魔女と過ごした七日間

Seven days
he spent with
the Laplace's Witch

Higashino Keigo

東野圭吾

角川書店

魔女と過ごした七日間

装丁　高柳雅人
写真　小宮山桂／イメージマート

I

中学校の正門を出たところで空を見上げ、陸真《りくま》は眉《まゆ》をひそめた。灰色の雲が分厚く広がっている。やっぱり降るのか。天気予報で雨のマークを見ておきながら、たぶん大丈夫だろうと思って傘を持たずに出てきてしまった。七月に入ったというのに、梅雨明けは遠そうだ。

今日は真っ直ぐ帰ったほうがいいかもなと思いつつ、気づけばいつもの道を歩いていた。自宅のマンションとは逆方向だ。

やがて辿《たど》り着いたのは、駅前にある十階建てのビルだ。都会のオフィスビルを連想させる洗練されたデザインで、壁面が金属のように光を反射させている。

市が運営する複合公益施設だった。中には市役所や図書館、コミュニティセンターなどがある。完成したのは五年ほど前で、最新の設備がいろいろと整っている。

陸真は正面玄関から中に入っていった。入館料は無料だし、面倒な手続きも不要だ。ただしあちらこちらに設置された防犯カメラが、入場者の姿を捉《とら》えている。公にはなっていないが、父の克司《かつし》によれば、それらの映像はリアルタイムで警察によって監視されているらしい。不審な動きを見せる人物がいたりすれば、ＡＩが即座に警報を発するそうだ。顔認証によって指名手配中の犯人を見つけられるから、手続きなしで誰でも出入りできるのも当たり前というわけだ。

エレベータホールには誰もいなかった。エレベータは一階に止まっていたらしく、陸真がボタンを押すとすぐに扉が開いた。中が無人であることを確認して乗り込むと、三階のボタンに続いて、『閉』のボタンを押した。

間もなく扉が閉じ始めた。ところが、あと三〇センチほどで閉まるというタイミングで外から何かが転がってきて、扉の間に挟まった。センサーが働き、扉は開いた。

挟まっていたのは、テニスボールより少し小さめの赤い玉だった。材質は木のようだ。

再び扉は閉まりかけたが、さっきと同じように赤い玉を挟み、またしても開いた。陸真は『開』のボタンを押し、玉を拾い上げようと屈《かが》んだ。すると、ごめんなさい、と女性の声が聞こえた。陸真が顔を上げると、車椅子が目に入った。小学校低学年と思われる男の子が乗っている。そしてその後ろに人がいた。小柄だが大人の女性だった。声を発したのは、この人らしい。

「中に人がいると思わなかったので」女性が申し訳なさそうにいった。

「あ……大丈夫です」

女性が赤い玉を拾い上げ、車椅子を押しながら入ってきた。陸真が『開』ボタンを押し続けていることに気づいたらしく、ありがとうございます、と礼をいってきた。

「何階ですか」陸真は訊《き》いた。

女性は操作パネルを見て、「あたしたちも三階です」といって微笑んだ。

奇麗な人だな、と陸真は思った。大きくて少し吊《つ》り上がった目が印象的だ。

女性が肩に提げていたトートバッグから取り出したものを見て、はっとした。けん玉だったからだ。彼女は赤い玉をけん先に取り付け、バッグに戻した。玉はけん玉用のものだったのだ。だがなぜ糸が付いていないのか。

陸真は先程の光景を振り返った。彼女はエレベータの扉が閉まるのを防ぐため、赤い玉を転がしたらしい。その思惑通りに玉は扉に挟まったわけだが、そう簡単にできることだろうか。転がすタイミングが遅ければ扉が閉まってしまうし、逆に早ければ玉は通り過ぎてしまう。

ダメ元で転がしてみて、たまたまうまくいった――そう考えるしかなかった。

エレベータが三階に着いた。陸真は『開』のボタンを押し、彼女たちが降りるのを待った。ありがとうございます、と車椅子の少年がいった。女性は黙って頭を下げてきた。

三階は図書館だった。学校の帰りに寄るのは陸真の日課になっている。ここなら何時間いても無料だし、陸真を楽しませてくれるものがたくさんある。

目当ては冒険小説だった。最近のものではなく、二十年から三十年ほど前に書かれた作品にお気に入りが多い。その頃だとスマートフォンはないし、インターネットも今ほど普及していない。だから登場人物たちは、必要な情報を手に入れるため、活発に動き回る必要がある。時には敵のアジトに潜入したりもするのだ。仲間と連絡を取り合う方法もかぎられているので、いろいろと工夫しなければならない。そういったハードルを知恵と勇気で乗り越えていく――

そんなところが陸真をわくわくさせるのだった。こういう時代に生まれたかったなあと本を読むたびに思う。

　冒険小説のコーナーをじっくりと眺め、本日の一冊を選んだ。ソ連の軍人が最新鋭の原子力潜水艦を使い、アメリカへの亡命を企てるという内容だ。書かれたのは約四十年も前らしい。かつてソビエト連邦という国があったことを陸真は教科書で習い、知っていた。

　読み始めて間もなく、自分の選択が正解だったことを確信した。これまでに読んだことのないタイプの作品だったが、抜群に面白く、先が気になって仕方がない。とはいえかなり分厚い本だから、今日一日で読み終えるのは無理だろう。明日からしばらくは本探しに苦労することはなさそうだ、とほくそ笑んだ。

　あっという間に時間が過ぎていき、気づけば窓の外は暗くなっていた。しかも窓ガラスに水滴がついている。陸真は窓に近寄り、外を見下ろした。街灯に照らされた歩道を行く人々は、全員が傘をさしている。

　床をこするような音が斜め後ろから聞こえた。振り返ると車椅子の少年と女性が近づいてくるところだった。

「かなり本降りになってきたね」女性が外を見ていった。少年に話しかけたのか、独り言なのか、わからなかった。

　不意に彼女の顔が陸真のほうに向いた。「傘、持ってないみたいだね」

「あ……はい。傘を持って出るかどうか迷ったんですけど、大丈夫かなと思って」

「朝は微妙な天気だったものね」そういってから彼女は、「近いの？」と訊いてきた。

「えっ？」

「家。ここから近い？　それとも電車で通ってるの？」

陸真は首を横に振った。「歩いて十五分ぐらいかな」

「わりと遠いね」彼女は苦笑し、首を傾げながら腕時計を見た。「いいことを教えてあげる。あと十五分ほどしたら、この雨は一旦《いったん》やむ。今は五時半だから、五時四十五分頃ね」

「えっ、そうなんですか」

「ただし、その時はまだ外に出ちゃだめ。五分ぐらいしたら、また雨が降ってくる。大事なのは、その次。十分後ぐらいに、また雨はやむ。そうしたら急いでここを出たらいい。三十分ほどは降ってこないはずだから。だけどそのチャンスを逃したらおしまい。次に降りだしたら、そのまま朝までやまない」

あまりに断定的な口調に、陸真は当惑した。

「その情報、ネットか何かに出てるんですか」

「そんなところには出てないんだけど」女性は、ふっと吐息を漏らした。「信用できないよね。ごめんなさい、忘れてちょうだい」

行こうか、といって女性は車椅子を押し始めた。

「ちょっと待ってください」陸真は彼女の前に回り込んだ。「どうして糸を付けてないんですか」

「糸？」

「けん玉の……」

ああ、と彼女は表情を崩した。「大した理由じゃない」

「糸なんていらないからだよ」そう答えたのは車椅子の少年だ。後ろを振り向き、「あれ、見せてやって」と女性にいった。

「こんなところで?」

「いいじゃん。誰も見てないし」

女性は困ったように周囲を見回した。たしかに書架に遮られて、人目はない。

「じゃあ、一度だけ」彼女はトートバッグに手を入れ、けん玉を出してきた。そして赤い玉を外し、陸真のほうに差し出した。「上に投げて」

「上に?」

「そう、真上に」

わけがわからなかったが、いわれた通りにすることにした。陸真は赤い玉を上に五〇センチほど投げ、落ちてきたのをキャッチした。

「もっと高く」女性がいった。

陸真はさっきより少し力を入れて投げた。一メートル強といったところか。落ちてきたのを、また受け止めた。

もっと、と彼女はいった。「もっと高く放り投げて」

「ええー」

陸真は、さらに力を込めて放った。だが投げた瞬間、しまったと思った。力を入れすぎたのだ。案の定、玉は勢いを落とすことなく天井に当たった。角度を変え、落下してくる。

受け止めようと陸真が身構える前に、目の前を何かが横切った。次の瞬間、かちゃん、という甲高い音が聞こえた。

女性が伸ばした腕の先にけん玉があった。赤い玉は見事にけん先に収まっている。

陸真は唖然《あぜん》とした。あんな状態で落ちてくる玉を、けん先でキャッチしたというのか。玉は回転しているから、穴が真下を向くのはほんの一瞬のはずだ。しかしインチキなんかではなかった。

「ほらね」車椅子の少年が誇らしげにいった。「いった通りだろ?」

「じゃあ、あたしたちはこれで」

女性はけん玉をトートバッグにしまうと、車椅子を押しながら歩きだした。バイバイ、と少年が手を振ってくれた。だが陸真はそれに応じる余裕などなく、ただ立ち尽くし、去っていく二人を見送った。

その後は読書どころではなくなった。あの女性は何者だろうか。あんなことが可能なのか。インチキをしたようには見えなかったが、やはり何らかのトリックだったのか。

本から顔を上げ、何気なく窓の外に目をやり、はっとした。立ち上がり、窓際に駆け寄った。

雨がやんでいる――。

壁の時計で時刻を確かめた。五時四十八分だった。彼女は四十五分頃に一旦雨はやむが、五分ほど経ったらまた降りだすといっていた。

陸真は時計と窓の外を交互に眺めた。すると再び雨が降りだしたのがわかった。時刻は五時五十分になっていた。

本を棚に戻し、帰り支度をして図書館を出た。エレベータで一階に下り、エントランスホールから外を眺めた。

雨の降り方が少しずつ弱まっていくのがわかった。そしてついにやんだのは、午後六時ちょうどだった。あの女性がいっていた通りだ。もはや予言としか思えない。だとすれば信じたほうがよさそうだ。陸真はビルから外に出た。

今にも水滴が落ちてくるのではないかと思いつつ、帰路を急いだ。自宅のマンションに到着したのは午後六時二十分だった。幸い雨は降らなかった。

部屋で服を着替えているとスマートフォンが鳴りだした。克司からだ。

「はい」

「俺だ」

「わかってる」

「ちょっと用ができて、帰りが遅くなる。晩飯、適当に食っといてくれ」

「わかった」

「冷凍庫にピラフが――」

最後まで聞かずに電話を切った。冷凍ピラフ？　そんなみみっちいものを食えるかよ。近所の洋食屋に電話して、ハンバーグ定食を注文しよう。

ざあざあという雨音が窓の外から聞こえてきた。陸真はスマートフォンで時刻を確かめた。午後六時三十分だった。

次に降りだしたら、そのまま朝までやまない――女性の声が耳に蘇《よみがえ》った。

2

　脇坂拓郎《わきさかたくろう》は中学校の正門前に立つと、モバイルを検索モードにして正門に刻まれた学校名を画面に映した。

（Ｓ市立第三中学校、公立学校、平成三年四月一日創立、男女共学です）女性の声がイヤホンから聞こえてきた。合成音とは思えず、色気さえ感じられる声だ。

「過去半年間の主な出来事は？」脇坂はモバイルに向かっていった。

（一月五日、夜間学級の生徒たちの文集が毎朝《まいちょう》新聞に取り上げられました。三月三十日、Ｓ市教育委員会による人事異動あり。三月三十一日、保健師を増員。五月十五日、体験学習でアフリカの子供五人を受け入れました。以上です）

　どうやら悪質な事件などは起きていない模様だ。

「多摩川《たまがわ》警備員遺体遺棄及び殺害事件との関わりは？」

（被害者宅より八六〇メートルの距離。被害者長男が在学中。以上です）

　結構、と呟《つぶや》いて検索モードを解除した。解除を忘れると、脇坂が声を発するたびにＡＩが反応してくる。

　門をくぐり、乾いたグラウンドを横切りながら、こんな場所に足を踏み入れるのは何年ぶりだろう、と考えた。体操着姿の男子たちが順番に二人ずつ走っている。どうやら五〇メートル走のタイムを計っているようだ。今の中学生は何秒ぐらいで走るのか。自分は七秒を切るのが精一杯だったな、と二十年ほど前のことを思い出した。

　モバイルをリモートワークモードにし、カメラで彼等の姿を捉えた。

「脇坂です。今、中学に到着しました」

　数秒して反応があった。

（おう、元気だなあ、中学生は）イヤホンから聞こえてきたのは生身の人間の声だ。脇坂の上司である主任の茂上《もがみ》だ。（この炎天下で走るなんて、おまえはともかく俺にとっちゃ自殺行為だ）

「俺だって無理ですよ」

（何をいってる。超高齢化社会だから、おまえも十分に若手だってことを忘れるな。いざとなったら犯人確保のために走り回ってもらわなきゃ困る）

　茂上は冷房の効いた特捜本部でモニターの前にいる。これから脇坂が会う予定の参考人とのやりとりを傍聴するためだ。途中で指示を出してくることも大いにありうる。この方式のせいで捜査員は単独で行動するのが基本になった。聞き込みの際、本庁の刑事と所轄の刑事がペアになって動くという慣例は、何年も前に消失していた。

　校舎に入るとすぐに受付窓口があった。脇坂は女性事務員に名乗った。来校することは前もって連絡してある。

　脇坂は来客室に案内された。簡易ソファがあるだけの素っ気ない部屋だった。

　茂上さん、と呼びかけた。

「少年が所轄に連れられてきたのは一昨日《おととい》でしたよね」窓から校庭を眺めながら脇坂は訊いた。

（そうだ。遺体が身に着けていた背広や下着なんかを確認してもらったらしい）

「遺品を見て、父親のものだとすぐにわかったんですか」

いや、と茂上はいった。

（わからないといったそうだ。汚れすぎていて、わからないと。父親のものだといわれればそう見えるし、違うといわれれば違うように思うと）

「そうですか……」

冷静だな、と脇坂は思った。その衣類は脇坂も見たが、たしかにどれもこれも灰色で、単なるボロ布にしか見えなかった。だがふつう遺族というのは、なかなか先入観を捨てられない。他人の遺体を家族だと思い込み、引き取ってしまうことさえあるのだ。

（頭は悪くないようだ）茂上がぽつりといった。同じ印象を抱いているらしい。

三日前の七月十日、多摩川に人が浮いているという通報があった。場所は田園調布《でんえんちょうふ》の南で、近くを東海道《とうかいどう》新幹線が通っている。すぐに地元の警察によって引き上げられた。遺体は男性で、体格は中肉中背、四十代から六十代の間だろうと思われた。背広姿だが、身元のわかるものは見つからなかった。腐敗が進んでおり、死後四日から六日が経過しているとみられた。

東京都S市在住で七月五日に行方不明者届を出されている男性が、服装や年格好、血液型が合致していた。遺体は指紋を確認できる状態だったので、すぐに指紋と毛髪の照合が行われ、本人に間違いないと確認された。

男性の氏名は月沢《つきざわ》克司といった。行方不明者届を出したのは、唯一の同居家族である中学三年の息子だった。

特捜本部が開設されたのは昨日の昼間だ。事故と事件の両面で捜査は開始されたが、早い段階で事件性が高いと思われていた。両方の手首に粘着剤が付着していたからだ。両手を粘着テープで巻かれ、拘束されていた可能性が高い。テープは川に落とされる前に外されたか、流されているうちに外れたのだろう。また解剖の結果、血液から睡眠剤の成分が検出された。

警視庁捜査一課からは、脇坂の所属する係が送り込まれることになった。事件の詳細は殆《ほとん》ど判明していなかったが、係長や主任たちはいつも以上に険しい表情を示していた。その理由は月沢克司の経歴にあった。月沢は二年前まで警視庁に籍を置いていた警察官だったのだ。

そのことが事件に関わっているかどうかはまだわからない。だがもし何らかの繋《つな》がりがあるのならば、早急に解明し、マスコミへの対応などを練る必要があった。警察の不祥事が関わっているのではと疑われるようなことは、絶対に避けねばならなかった。

ノックの音が聞こえた。どうぞ、と応じながら脇坂はソファから立ち上がった。

ドアが開き、小柄な男性が顔を出した。「月沢君を連れてきました」

「入ってもらってください」

男性に促され、少年が入ってきた。男性よりも背が高かった。身体は細いが、しっかり日焼けしているので頼りなさは感じない。眉の吊り上がった、精悍《せいかん》な顔立ちだ。

ではよろしく、といって男性は出ていった。

少年は無言で立っている。やや俯《うつむ》き加減だが、視線は脇坂のほうに向けられていた。

「月沢陸真君だね」

「そうです」

「授業中に申し訳ない。お父さんのことで少し話を聞かせてもらいたいんだ。私は警視庁の脇坂というものです」警察のバッジを提示した。このバッジケースにはカメラが仕込まれており、相手の顔を撮影している。画像はモバイルを通じ、特捜本部に送られる仕組みだ。こうして関係者の顔写真は即座に収集されていく。違法ではないそうだが、脇坂は未《いま》だに後ろめたさが消えない。

これからのやりとりも、すべてリアルタイムで特捜本部に伝わるのだが、そのことをわざわざ相手に伝えたりはしない。これまた違法ではないらしい。

脇坂は名刺を差し出した。受け取る少年は無表情だ。緊張しているのだろう。

「とりあえず、座ろうか」

はい、と答えて陸真が向かい側のソファに腰を下ろすのを見て、脇坂も座った。

「今朝、君のスマートフォンに電話をかけたんだけど、繋がらなかった」

陸真は小さく顎《あご》を上下させた。「学校じゃ、電源を切ってなきゃいけないんで……」

「そうらしいね。それで、もしやと思って学校に電話をかけてみたんだ。君が登校していると聞いて、正直驚いた。てっきり休んでいると思ったから」

陸真は顔をしかめ、頰《ほお》を搔《か》いた。「家にいたって、することがないし」

そうかもしれない、と脇坂は思った。一緒に悲しむ相手もいないのだ。ひとりで部屋に閉じこもっているぐらいなら、学校に来たほうが少しは気が紛れるだろう。

遺品の確認のために陸真が警察署を訪れた際、被害者の勤め先や家族構成など、大まかなことは所轄の刑事が確認している。月沢克司の妻、つまり陸真の母親は彼が六歳の時に亡くなっていた。乳がんが全身に転移したらしい、とのことだった。らしい、と表現が曖昧《あいまい》なのは、陸真には記憶がないからだ。父親から、そのように説明されているのだろう。

「親しい親戚《しんせき》とかは？」

脇坂の質問に対し、「いないです」と陸真の答えは早い。

「葬儀とかはどうするの？　君が手配するわけ？」

「まだ何も考えてないです。あとで先生に相談してみます」

「お父さんの職場の人が力になってくれるかもしれない。会社には連絡した？」

「いいえ、まだです。――そうだ、連絡しなきゃいけないんだった。忘れてた」

「どういうこと？」

「親父が帰ってこなくなった日の翌日、もしかしたら会社にいるのかなと思って電話してみたんです。でもやっぱりいなくて、欠勤してるっていわれました。それで相手の人に事情を話したんです。すると向こうもびっくりしたみたいで、何かわかったら連絡してくれといわれました。その後も何度か電話をもらってたんだけど……」

うまい具合に話の流れが本題に近づいた。脇坂は筆記具を出した。

「行方不明者届には、お父さんが家に帰らなかったのは七月四日となっていたけれど、それは間違いない？」

「間違いないです。電話がかかってきて、帰りが遅くなるといいました。一昨日、スマホの着信履歴を警察の人にも見せました」

「遅くなる理由は？」

「聞いてません。用ができたから、とだけで」

「そういうことはこれまでにもあった？」

「しょっちゅうです」ここでも陸真は即答した。「職場の仲間と飲みに行くことになったとか、ちょっと誘われたからとか、理由はいろいろでしたけど」

「外泊して家に帰らなかったことは？」

「それは」陸真は少し考える素振りを示した後、肩をすくめた。「なかったと思います。記憶にはないです」

今でこそ中学三年で身体も大きいが、少し前まではもっと幼かったはずだ。そんな子供を一人きりにしての無断外泊など、ふつうはしないだろう。つまりその夜、月沢克司の身に何かがあったのだ。

「お父さんには電話をかけた？」

「次の日の朝、かけました。目が覚めた時、まだ帰ってなかったので」

「電話は繋がった？」

陸真はかぶりを振った。「繋がりませんでした」

「それで会社に電話をかけたわけだ」

「そうです」

「会社で電話に出た人の名前は覚えてる？」

「はい。セトさんという人です」陸真はポケットからスマートフォンを出すと、いくつか操作をしてから、「この人です」といって画面を脇坂に示した。アドレス帳の画面で、『瀬戸さん』

という名と携帯電話番号が登録されていた。脇坂はそれらをメモした。

「七月四日の夜、お父さんがどこへ行ったか、心当たりはない？　行きつけの飲み屋さんとか」

陸真は俯いて考え込んでいる。心当たりを自分なりに探っているように見えた。

（どうした？）茂上が訊いてきた。（手応《てごた》えがありそうか？）

この問いに返事をするわけにはいかないので、「何か思いついたことはある？　どんなことでもいいんだけど」と脇坂はいった。

やがて少年が顔を上げた。

「行き先はわからないけど、じつは気になってることがあるんです」

「どんなこと？」

「少し前から、親父の様子がおかしかったんです。ぼんやりしてるっていうか、何か、ずっと考え事をしてるみたいでした。いつもは、ちゃんと勉強してるかとか、昼飯はきちんと食ってるかとか、いろいろうるさいんですけど、殆ど何もいわれませんでした」

「少し前といったね。日にちはわからないかな。記憶が曖昧なら大体でもいい」

すると陸真は再びスマートフォンを操作し始めた。過去の出来事を思い出すのに、スマートフォンの助けを借りる者は多い。

たぶん、と陸真が声を発した。「六月二十七日じゃないかな」

「どうしてその日だと？」

「その日も夕方に親父から電話がかかってきて、遅くなるから晩飯は一人で食っとけっていわれたんです。仲間と飲みに行くといってました。帰ってきたのは午後十一時ぐらいだったと思うんですけど、酒臭くないんです。親父にそういったら、今夜はあまり飲んでないといいました。珍しいこともあるもんだなと思いました。だって、すごい酒好きだから」

「で、その日から様子がおかしいと」

「そうです。俺の気のせいかもしれないけど」

「その日、お父さんは仕事に出ていたのかな」

「出てました。モーターショーです」

「モーターショー？」

またしても陸真はスマートフォンを操作し、画面を脇坂に向けてきた。メッセージ画面だ。奇抜な形のクルマの画像に、『役得で開場前に撮影。今年の目玉は空飛ぶクルマらしい。』というメッセージが付いていた。日付は六月二十七日だ。

「モーターショーの会場に行くといって出かけました。そうしたら午前中に、このメッセージが送られてきたんです」

「なるほど。この画面を撮らせてもらってもいいかな」

「どうぞ」

脇坂はモバイルを使い、スマートフォンの画面を撮影した。これで茂上にも伝わったはずだ。

（役得、とあるな）早速茂上のつぶやきが耳に届いた。

「この日のお父さんの仕事先が、モーターショーの会場だったんだね。お客さんを入れる前だから、ゆっくりと撮影できたということかな」

脇坂の言葉に、そうです、と陸真が頷《うなず》いた。

月沢克司の勤務先は行方不明者届に記されていた。『PASTA』という警備保障会社で、すでに捜査員が聞き込みに行っているはずだ。

「モーターショーのことで、お父さんは君に何かいってなかったかな」

「聞いてないです。さっきもいいましたけど、その日以後は俺たち、ろくに言葉を交わしてなかったんで」

「様子がおかしかったといったけど、ほかに何か変わったことはなかったかな。ふだんならやらないことをやってたとか」

「それは気がつかなかったけど、どっかに行ってました」

「どっか、とは?」

「モーターショーの後、二日間の休みがあったんですけど、どちらも親父は出かけてたみたいなんです。みたいっていうのは、出かけたところを見たわけじゃなくて、そういう形跡があったんです」

「どんな形跡?」

「革靴が外に出ていました。親父、ふだんはスニーカーしか履きません。仕事に行く時も基本的にはそうです」

(スーツの時でもスニーカーなのかどうか確かめてみろ)茂上がいった。

主任が何をいいたいのか、脇坂もわかった。

「スーツの時もスニーカーなのかな?」

「いや、それはさすがに違うと思います。そういう時は革靴でした」

遺体はスーツ姿だった。靴は見つかっていないが、革靴だったに違いない。

「七月四日、お父さんは休みだったのかな」

脇坂の質問に、「違ったと思います」と答えてから、陸真は不意に何かを思いだした顔になった。「あっ、そうだ。休みを取ってたんだ。瀬戸《せと》さんがそういってた」

「瀬戸さんというのは、会社の人だね」

「そうです。休暇を取った翌日に無断欠勤だから余計心配になった、といってました」

どうやら月沢克司には、密《ひそ》かに行き来していた場所があったらしい。七月四日には、休みを取ってまでそこへ行った。そのことが事件に関係している可能性は高い。

「お父さんが誰かとトラブルになっていたという話は聞いたことがないかな」

「トラブルって？」

「どんなことでもいいよ。お金の貸し借りがあったとか、職場で喧嘩《けんか》をしたとか」

陸真は首を傾げた。「聞いたことないなあ……」

「じゃあ逆に、仲が良かった人は誰？　特に親しくしていた友達とかはいなかった？」

「友達っていうか、職場の人と時々会ってたかな」

「警備会社の人？」

「じゃなくて、前の職場。警察官だった頃の同僚っていうのかな」

「名前は？」

「オグラさん……だったかなあ。すみません、自信はないです」

「大丈夫。それで十分だ」

月沢克司の警視庁時代のことなら、いくらでも調べられる。

チャイムの音が聞こえてきた。休み時間に入ったようだ。途端に、ざわざわと廊下が騒がしくなった。

「最後に一つ、事件とは全然関係なくてもいいから、少しでも気になっていることがあればいってくれないかな」

すると陸真はかすかに眉をひそめ、視線を泳がせた。何か迷っていることがありそうだと脇坂は気づいた。だがこういう時に急《せ》かすのは御法度だ。茂上もわきまえているらしく、何もいってこない。

「本当に……関係なくてもいいですか？」

「もちろんだ。それに関係があるかどうかなんて、今は誰にもわからない。そうだろ？」

そうですね、と頷いてから陸真は背筋を伸ばし、脇坂を見た。

「親父、たぶん俺に何か隠してました」

あまりにきっぱりとした口調に脇坂は戸惑いを覚えた。

「どんなこと？」

陸真は再び逡巡《しゅんじゅん》の気配を示したが、今度はすぐに口を開いた。

「確証はないけど、好きな人がいたんじゃないかなと思います」

脇坂にとって、やや予想外の内容だ。もっと悪いことではないかと考えていた。

「どうしてそう思う？」

「そりゃあ、わかりますよ」陸真は少し口元を緩めた。今日、初めて見せる表情だ。「世間の奥さんとかがいってるじゃないですか。旦那《だんな》が浮気したら、すぐに気づくって。俺、あの人たちのいってることがよくわかります。スマホの扱いが、ほんとに面白いぐらい不自然なんです。こそこそメッセージをやりとりしてるし、電話がかかってきたら、あわてて部屋から出ていったりする。ごまかすにしても、もうちょっとどうにかならないのかって思います。そもそも、俺に隠す必要なんてないじゃないですか。お母さんはとっくの昔に死んでるし、親父に好きな女の人がいたって、別に何とも思いません。何を気にしてるんだろうって不思議でした」

「そのことでお父さんと話したことは？」

「ないです」陸真は首を振った。「どうでもいいですから。話したくないのなら話さなければいいと思ってました。俺だって、親父に話したくないことはいっぱいあったし、実際話さなかったし」

どんなことを内緒にしていたのか知りたかったが、訊かないでおいた。初対面の刑事に話すわけがない。

「すると、お父さんのスマホを覗《のぞ》き見する、なんてこともしてないんだね」

「当たり前です。そんなこと、するわけないじゃないですか。そういうのは俺、大嫌いなんです。もし今後、親父のスマホが見つかったとしても、中身を見る気はないです。いくら死んだからといって、プライバシーの侵害はやりたくないですから」

自信たっぷりに断言する中学生の言葉に、脇坂は少々後ろめたさを覚えた。スマートフォンに代表される通信機器の分析は、今や捜査に欠かせない。月沢克司のスマートフォンは見つからないだろうが、すでに携帯電話会社への情報開示請求の手続きは済んでいる。

「陸真君、これは警察からのお願いなんだけど、お父さんの荷物を調べてもらえないかな。事件に関わる何かが見つかるかもしれない。プライバシーの侵害はしたくないという気持ちはわかったけれど、君だってお父さんを殺した犯人を捕まえてほしいだろ？　もし何を調べたらいいのかわからないということなら、我々が手伝わせてもらう」

陸真は当惑の表情を浮かべている。こんなことをいわれるとは予想していなかったのかもしれない。だが不満そうではなかった。迷っているのだろう。

「それって家宅捜索みたいなことですか」陸真が訊いてきた。

いやいや、と脇坂は手を振った。

「家宅捜索というのは、犯人らしき人物の家などを調べて、犯行の証拠を見つけようとすることだ。そうではなくて、お父さんの人間関係とか、最近の様子を把握できるものがほしいんだ。パソコンとか手紙とか、たぶん書いてないだろうけれど日記とかね」

「パソコンは持ってないし、手紙なんかあったかな」

「とりあえず調べてみてもらえないだろうか」

陸真は目を伏せてから、はい、と答えた。

「どっちみち荷物は整理しなきゃいけないと思うから、ついでにやってみます」

「荷物の整理はいいけど、捨てるのはしばらく待ってもらえるかな。もしかしたら重大な証拠が混じっているかもしれない。もちろん、生ゴミとかは捨ててもらって結構だけど」

「わかりました。もし何か迷ったら、刑事さんに連絡していいですか」

「それでいい。さっき渡した名刺に携帯電話番号が書いてあるから」

（脇坂）茂上の声が耳に入ってきた。（七月四日のアリバイを確認しろ）

はっとすると同時に、必要なことではある、と納得もした。息子だというのは、容疑者から外す理由にはならない。中学生の息子が家族を殺害した事件など、過去には数えきれないほどある。

「確認だけど、七月四日の夜、君はひとりでお父さんの帰りを待っていたわけ？　誰かと一緒ではなかった？」

「ひとりでした」

「自宅のマンションで？」

「そうですけど……」陸真の目に怪訝《けげん》そうな光が滲《にじ》んできた。

仕方がない。相手の嫌がることを避けていたら、この稼業は務まらない。

「スマートフォンの位置情報を確認させてもらえるかな」できるだけ軽い口調で脇坂はいった。

「七月四日の夜だけでいい」

何をいわれているのか一瞬理解できなかったのか、陸真の口が半開きになった。だがすぐに脇坂の狙いを察したようだ。

「俺、嘘なんかついてませんよ」低い声でいった。

「そうだろうけれど、裏付けのないことは真実と決めつけるわけにはいかないんだ。警察ではね」

陸真は不快そうに口元を曲げた後、大きなため息をついた。

「警察にとってはプライバシーなんて目障りなだけだって、親父もよくいってました」そういってスマートフォンの操作を始めた。

3

小柄な担任教師はふだんあまり頼りにならないが、葬儀の手配のやり方については、懇切丁寧に教えてくれた。特に葬儀をしなければならないということはなく、火葬だけで済ませる手もあるようだ。市役所に相談すればいいだろう、とのことだった。

また、いずれ児童相談所から連絡が来ると思う、ともいわれた。陸真の境遇は、すでに伝えられているらしい。

「困ったことがあれば、何でもいいなさい」別れ際に教師はいった。

じつはお金のことで困っているといいたいところだったが、それこそ相手を困らせるだけだと思ったので黙っていた。

教室を出ると廊下に宮前純也《みやまえじゅんや》がいた。陸真を見て、お疲れ様といってきた。

「待っててくれたのか」

まあね、と太った同級生は答えた。

「陸真のことを親に話したらさ、うちで晩御飯を食べないかと誘ってみろっていうんだ」

「今夜?」

「そう。たぶんカレーだと思うけど」

「カレーか……」

「うちのお母さん、友達を家に呼ぶとなったら、カレーしか思いつかないらしい。いつまで子供だと思ってるんだ」純也は肩をすくめた。「で、どうする?」

「どうしようかな」

「無理強いはしないけど、来てくれたほうが僕としてはありがたいんだけどな。来てくれなかったら、たぶん親が心配すると思うんだ。いや、陸真のことじゃなくて僕のことをさ。友達だといってるけど、じつはそんなに仲が良くないんじゃないかとか」

ははは、と陸真は笑い声を発した。父親の死を知って以来、初めてかもしれない。

「そこまでいってくれるんなら御馳走《ごちそう》になろうかな」

「そうだよ。そうこなくっちゃ」純也は、ぽんと陸真の背中を叩《たた》いてきた。

二人で並んで校舎を出た。外は蒸し暑い。三〇度はあるだろう。

宮前純也とは中学二年の時に同じクラスになった。始業式を終えて下校する途中、突然名前を呼びながら駆け寄ってきたのだ。

せっかく同じクラスになったんだから仲良くしよう、と彼はいった。

「いいけど、なんで俺なんだ?」

「インスピレーション。自己紹介を聞いて、面白そうなネタをいっぱい持っていそうだと思った」

「持ってないよ、そんなもの」

「自分じゃ気づいてないだけだよ。とにかく一緒に帰ろう。自己紹介は歩きながらするよ」太った同級生は陸真に身体を寄せてきて、背中を押した。

「わかったから、離れろよ。暑苦しいだろ」

変なやつだな、と思った。何だか調子が狂ってしまう。こんなふうに接してきた人間は、今までいなかった。

宮前純也と名乗った同級生は、歩きながら自分について話した。父親が自動車整備工場を経営していることや、大学生の姉がいること、太っているのはダイエット中だった姉の食べ残しを勿体《もったい》ないと思って全部食べたせいであること、などだ。

さらに彼は小説家志望だともいった。

「ただし専業作家を目指すわけじゃない。今の時代、小説だけで食べていくのは無理だからね。本業とは別に、趣味で小説を書きたいなあと思っているわけ。だから月沢君の話なんかも聞きたいんだよ。きっと、いろいろと参考になると思うからさ」

「俺はネタなんか持ってないといってるだろ」

「君が持ってなくても、お父さんが持ってる」

「親父？」

「自己紹介の時にいってたじゃん。元刑事だったって。ミステリを書く時に参考になる」

「ああ……」

そういうことかと納得した。たしかに自己紹介で、そんなことをしゃべってしまった。ほかに話すネタがなかったからだ。

「悪いけどさ、あんまり期待には応えられそうにない」

「どうして？」

「親父は刑事時代のことは思い出したくないみたいなんだ。だから聞きづらい」

「そうなのかあ」

「だからほかの奴を当たったほうがいいんじゃないか。弁護士の息子とか」

「そんなこといわないでくれよ。せっかく友達になったんだからさあ」純也はまた身体を寄せてきた。

「だから少し離れてくれといってるだろ。おまえ、人より体温が高いんじゃないか」

そんな出会いだったが、不思議とウマが合った。お互いを名字ではなく下の名前で呼び合うようになるのに、さほど時間はかからなかった。それから一年以上が経ち、友情に罅《ひび》が入ることもなく今日に至っている。

純也の家は一軒家で、同じ敷地内に整備工場がある。まだ就業時間内らしいので、工場にいるはずの父親に挨拶《あいさつ》しておくことにした。

父親は、柔道選手のようにがっしりとした体格の人物だった。オイルの染みが付いた作業着は、腋《わき》のあたりが汗で濡《ぬ》れていた。冷房はついているが、工場内は暑い。

陸真は、夕食に招いてもらえたことへの礼をいった。

「うちはいつでもいいから」純也の父親は真剣な顔つきでいった。「食うものに困ったら、腹が減ったから飯を食わせろって純也にいえばいい。といっても、大したものは用意できないけどね」

「ありがとうございます。感謝します」陸真は何度も頭を下げた。

「礼なんかいいよ。それより、これからいろいろと大変だろうけど……」そこまでいってから父親は首を振った。「いや、がんばれなんてこと、今はいったって無理だよな」

「当たり前じゃないか」横から純也が抗議した。「そんなことはいわないって約束だっただろ」

「そうだったな。すまん」

どうやら親子で取り決めたことがあったようだ。

「がんばります」陸真はいった。懸命に笑い顔を作ろうとした。

親父さんは片目をつぶって顔の前で手刀を切ると、ごゆっくり、といって去っていった。

「馬鹿親父でごめん」純也が改めて詫《わ》びてくる。

「気にしてないよ。ありがたいと思ってる」

本心だった。

夕食までは時間があるので、純也の部屋で待つことになった。六畳ほどの洋室で、ベッドと机と本棚があった。純也がベッドに腰掛けたので、陸真が椅子を借りることにした。

本棚にはいろいろな書物が並んでいた。小説だけでなく、辞典の類《たぐ》いも多い。『自動車の仕組み』という本もあった。

「やっぱり家の仕事を継ぐのか」

純也は、うーんと唸《うな》り声をあげた。

「悩んでるんだよなあ。何せ自動車整備工場だからね。将来性があるように思えない」

「どうして？　クルマがなくなることはないだろ」

「クルマはなくならなくても、整備工場がいらなくなることはあり得るんだ。まず若者のクルマ離れ。自分のクルマを持つっていう発想がない。持ったとしても、多少傷がついたって気にしない。見てくれなんてどうでもよくて、走れりゃいいってわけだ。最近、マイカーをワックスがけしてる人を見たか？　僕は何年も見てない」

「傷がついたぐらいなら走れるだろうけど、故障したらどうするんだ？　自分じゃ修理できないぞ」

「ところが最近のクルマは性能がいいから、めったなことじゃ故障しない。それでもこれまでは、下手くそなドライバーとか、飲酒運転する馬鹿とか、無免許のアホとかが事故を起こしてくれるおかげで、うちの仕事が減ることはなかった。でも今後はそうはいかない。ＡＩによる自動運転が普及したら、事故なんて激減するだろうからね」

「ここでＡＩのお出ましか」

「ＡＩは、まだまだしゃしゃり出てくるぞ。事故や故障がなくても、車検があるからクルマの整備は必要だ。整備工の代わりにＡＩに操られたロボットが仕事をするんだ。人より何倍も早いし、経費もかからない。すると価格競争が起きて、料金をどんどん下げざるをえなくなる。どう？　これでも将来性を感じられる？」

「なるほどね。純也も純也なりに、いろいろと悩んでるんだな」

「そりゃそうだよ」そういってから純也は、ごめん、といって両手を合わせた。「つまんない愚痴をしゃべっちゃった。陸真なんて、それどころじゃないっていうのに……」

「気にすんなよ。いつも通りにしてくれたほうがいいんだ」陸真は椅子を一回転させた後、斜め上に視線を向けた。「そういえば親父もＡＩに振り回されてたなあ」

「えっ、そうなの？　どんなふうに？」

「親父が刑事だったことはいったけど、具体的な仕事の内容はいわなかったよな」

「うん、何か訊いちゃいけない感じだったし」

「あまり人に話すなって親父から口止めされてたんだ。刑事といっても、ちょっと特殊な仕事でね。純也、見当たり捜査員って知ってるか？」

「ミアタリ……聞いたことがあるような気はするけど、知らないのも同然だな」

だろうな、と陸真は頷いた。

「見当たり捜査員の仕事は、全国に指名手配されている犯人を街中から見つけだすことなんだ。何百人っていう数の指名手配犯の顔写真を覚えて、道端に立って通りかかる人々の顔をひたすら眺める。指名手配犯を見つけたら、その場で逮捕する」

「道端に立つって、どこの道端？」

「いろいろだよ。人目を避けて生きている人間が行きそうな場所だといってたな。乗降客の多い駅の近くとか。あと、競馬場やパチンコ店。指名手配犯は定職につきにくいから、生活費を稼ぐためにギャンブルに通う者が多いそうだ」

「それ、顔写真だけを手がかりに見つけるわけ？」

「そう。親父、このぐらい分厚いノートをいつも持ってた」陸真は親指と人差し指で三センチほどの隙間を作った。「そこにびっしりと写真が貼ってあるわけよ。指名手配犯たちの写真。どんな罪を犯したかも書いてあった」

「それを覚えて、人混みの中から見つけようってわけ？　そんなことできるのかな」

「それが結構馬鹿にできないんだ。東京の見当たり捜査員だけで、年間に何十人も捕まえたことがあるんだってさ」

「マジで？」

「親父がそういってた。嘘ではないと思う」

「へえ、すごいな」感心の声をあげつつも、純也の顔は半信半疑だ。無理もないと思った。陸真でさえ、未だに信じられないのだ。

「休みの日でも、親父は暇さえあれば顔写真を睨んでた。一体何が楽しいんだろうと思ったけど、指名手配犯を見つけて逮捕した瞬間の充実感は半端ないそうなんだ。人によって向き不向きがあると思うけど、親父は向いてたんだろうな」

「それなのに、どうしてその仕事を辞めちゃったんだ？」

「辞めたんじゃなく、辞めさせられたんだ。三年ぐらい前だったかな、見当たり捜査班は大幅に縮小されることになった」

「どうして？」

「取って代わるものが現れたからだ。人間よりもはるかに多くの情報を処理できて、比較にならないほどの大勢の人々の顔を一気に確認できる。何のことかわかるよな？」

純也は何度か瞬《まばた》きした後、閃《ひらめ》いた顔になった。「もしかして……ＡＩ？」

ピンポーン、といって陸真は人差し指を立てた。

「今はいたるところに防犯カメラがあるだろ。警察が設置したものだけじゃなく、民間で設置したものもいっぱいある。あの映像、じつは全部警察に送られてるって知ってた？」

「えっ、そうなの？」

「公にはなってないけど、そうなんだってさ。映像はリアルタイムで警察の監視システムにかけられて、常時照合が行われている。指名手配犯なんかがいたら、一発で見つけられるというわけだ。そうなってくると、行動範囲に限度があって自分の見える範囲でしか指名手配犯を捜せない見当たり捜査員なんて、存在価値が低くなると思わないか」

「そう言われればそんな気がするね」

「それで親父はほかの部署に回されたんだけど、どうしても肌に合わず、警察を辞めることにしたというわけ」

「そういうことかあ」純也はベッドに寝転がり、足を組んだ。「技術の進歩って、いいことばっかりじゃないんだなあ」

「だけど親父はよくいってた。見当たり捜査員の勘はＡＩには再現できない、いずれまた必要だと気づく時が来るって。負け惜しみだったのかもしれないけど」

「たしかにそういう特殊な才能がＡＩのせいで使われなくなるっていうのは、もったいない気がするね」

「それが皮肉なことに、親父は転職して、今度はＡＩに手を貸す仕事に就いたんだ」

「親父さんの新しい仕事って……警備保障会社だっけ？」

「そう、そこの潜入監視員だった」

「センニュウ……何？」純也が身体を起こした。

「潜入監視員。はっきりいって、あんまり人にはいえない仕事なんだ」

父の克司が勤務していたのは、じつはふつうの警備会社ではなかった。スタジアムやコンサートホール、イベント会場などで、人々の行動を監視するのが主な業務だ。具体的には不特定多数の客たちをカメラで撮影し、その映像をＡＩで解析することにより、不審人物を発見するのだ。

だが固定された防犯カメラでは、得られる映像に限界がある。死角をゼロにはできないし、不審人物を発見できたとしても、都合のいい角度で撮影できるとはかぎらない。肝心なところで人や物がカメラの前を横切ることもある。

そこで克司たち潜入監視員の出番だ。身体に複数のカメラを装着して一般客に紛れ込み、周辺の人々の様子を捉えるのだ。もちろん警備員の制服などは着ない。不審人物が見つかったという情報が入れば、より接近した位置から撮影することになる。

では不審人物とは、どのような人物か。ひとつは文字通り、不審な動きを見せる人物だ。不自然に徘徊《はいかい》していたり、誰かを追跡しているような人物を発見した際には、ＡＩが警告を発する。防犯カメラの場所を確認しているような人物も要注意だとみなされる。

そんな行動を一切していなくても、ＡＩが警告を発する場合がある。データベースに入っている要注意人物を発見した時だ。指名手配犯が、それに当たる。顔の画像から照合する顔認証がシステムの根幹だが、歩き方から個人を識別する歩容認証システムなども連動している。複数のデータが揃っていた場合、会場に紛れ込んでいる手配犯をＡＩが見逃す可能性は、ほぼゼロといってよかった。

だがデータベースに入っているのは指名手配犯だけではない、というのは公然の事実だ。じつは指名手配されていない事件の容疑者や刑務所出所者のデータも入っている。ただし克司によれば、それらがどこからどのように入手されたものかは不明らしい。警察から提供されているとの噂があり、おそらくそうなのだろうと思われるが、真偽のほどは明らかにされていなかった。

「親父さん、そんな仕事をしてたんだ」純也はベッドの上で胡座《あぐら》をかいている。陸真の話の途中から興味津々という顔になり、姿勢を変えたのだ。

「あまり人に威張れる仕事じゃないだろ。だから今まで黙ってた。親父も最初の頃は俺に話さなかったんだ。だけどある時、話す気になったそうだ。といっても、子供に隠し事をしたくないとか、そういう格好いい理由じゃなくて、今の世の中はこんなふうに監視社会なんだぞってことを教えたかったからしい。要するに、すぐに見つかるから悪いことをするなよっていいたかったんだろうな」

「すごいなあ、親父さん、やっぱりネタの宝庫じゃん。会いたかったなあ」そういってから純也は自分の口を手で塞《ふさ》いだ。「あっ、ごめん……」

いいよ、と陸真はいった。「俺も会わせたかった」

純也が泣き笑いのような顔になった。

宮前家の食卓は会議机のように大きかった。以前は昼休みに、従業員たちが昼食を摂《と》るのに使っていたらしい。親子四人だと大きすぎるのではないかと思ったが、惣菜《そうざい》を盛り付けた大皿が次々と並べられるのを見て、これぐらいでちょうどいいのかと陸真は納得した。唐揚げにトンカツ、野菜の煮物にポテトサラダ、そして海老《えび》シューマイ、毎晩こんなに食べるのかと驚いたが、すべて自分の好物だと気づき、胸が熱くなった。純也が母親に頼んだのだろう。あるいは母親が純也に陸真の好みを尋ねたか。いずれにしても涙が出そうになるほどありがたかった。たぶんカレーだといったのは、純也の照れ隠しだったのだ。

「遠慮なく食べてね。まだまだいっぱいあるから」純也の母親が目を細めて優しくいってくれた。息子と同じ顔をしたおばさんだ。

ありがとうございます、といって陸真は箸《はし》を動かした。さほど食欲はなかったが、ここでしっかりと食べるのが親切心に応えることだとわかっている。

「純也、今夜はどうすんの？」純也の姉が訊いた。ボーイッシュな女子大生だ。

「どうって？」

「月沢君のことだよ。泊めてあげたら？」

「あ……僕はいいけど」

「そうだ、それがいい」父親が同意した。「純也は床で寝ろ。母さん、布団を出してやれ」

「はいはい」

「あっ、いえ……」陸真は慌てて口を挟んだ。「嬉《うれ》しいんですけど、今夜は帰ります。やらなきゃいけないことがあるんで」

「何？」純也が訊いてきた。

「今日、学校に刑事が来た。いろいろと訊かれた後、親父の荷物を調べてくれといわれたんだ。事件に関係してるものがあるかもしれないからって」

「あ……そうなんだ」

「なるべく早いほうがいいだろうから、今日、帰ったらやろうと思ってる」陸真は純也の両親や姉たちのほうを向いた。「そういうわけで、今夜は帰ります」

そうか、と父親が頭を掻いた。「それなら仕方ないな」

「何かと大変なのね」母親が呟く。「学校にまで刑事さんが来るなんて」

「親父以外の刑事と会ったのは初めてです。さすがに独特の迫力がありました」

「そうなの？」純也が早速食いついてきた。

「見た目はふつうなんだけど、目つきが鋭いんだ。それに訊きにくいことだって、ずばずば質問してくる。最後の質問は何だと思う？　俺のアリバイを確かめたんだぜ。この俺を疑ってたわけだ。びっくりするだろ？」

盛り上げるつもりで話したのだが、宮前家の人々は沈んだ顔になり、黙り込んでしまった。純也でさえ俯いている。

いわなきゃよかったな、と陸真は後悔した。

自宅のマンションまでは純也の父親がクルマで送ってくれた。降りる時、「また明日」と後部座席で純也が手を振った。陸真は頷いて応じた。そしてクルマのテールランプが見えなくなるまで見送った。左手には鞄《かばん》を、右手には紙袋を提げている。紙袋の中身は大小様々なタッパーウェアだ。純也の母親が余った料理を詰めてくれた。

一年前、純也と友達になっていなかったらと思うとぞっとした。

部屋に入ると明かりを点《つ》け、冷蔵庫にタッパーウェアを入れてからコップに水道の水を注いで飲んだ。やっぱりペットボトルの水より不味《まず》いと思ったが、これからは慣れなきゃいけない。ただの水を買うなんて贅沢《ぜいたく》なのだ。

リビングルームのソファに腰を下ろし、室内を見回した。

部屋の間取りは１ＬＤＫだ。ここへ越してきた日のことを陸真はかすかに覚えている。引っ越し業者を使わず、克司が一人で荷物を運び込んだ。そんなことができたのは、前に住んでいた部屋で使っていた主な家具は、大方処分したからだ。妻を病気で亡くし、克司としては独り暮らしを始めるようなものだったのだろう。だから寝室も一つでいいと思ったのかもしれないが、六歳の息子にやがて背を抜かれる日が来ることは予想できなかったのか。おかげで陸真が中学生になってからは、克司は毎晩ソファで寝ていた。

これからは、ずっとひとりだ。

帰ってきても、待ってくれている者はいない。今までだって似たようなものだったが、仕事が休みの日には克司がいた。上手ではないが、手料理を作ってくれたこともあった。そんな日は、もう来ない。

悲しいというより怖かった。果たしてきちんと生きていけるのだろうかと不安になる。やはり父親の存在は大きかったのだなと改めて思う。背中を見つめて歩いていけばそれでよかった。その背中が突然消えてしまった。

陸真は両手で頭を掻きむしった。やめろやめろやめろ、あれこれ考えたってどうにもならない、なるようにしかならない――。

脇坂という刑事の言葉を思い出し、克司の所持品を調べてみようと思った。まず壁際に置かれた安っぽいリビングボードに目を向けた。克司はそこに仕事や家関係の書類などを収めていたからだ。陸真はめったに開けたことがない。自分のものは寝室に置いた勉強机に入れてある。

リビングボードの上に分厚いノートが載っていた。克司が見当たり捜査員だった頃に使っていた、指名手配犯の顔写真をファイルしたノートだ。夕食前、純也との間で話題に出した。

ふだん、このノートはリビングボードの中にしまってある。見当たり捜査員をやめたのだから当然のことだ。しかし最近まで、時々引っ張り出しては眺めていたのを陸真は知っている。理由を尋ねたことはない。たぶん、昔のことを懐かしんでいるのだろうと思っていた。

そういえば、このノートはいつからこんなところに出ていただろうか。

克司はどちらかというと几帳面《きちょうめん》で、出したものをそのままにしておくことを嫌う。陸真もよく注意された。つまりノートを出したのは、そんなに前ではない。すぐにしまうつもりが、うっかり置きっぱなしにしてしまったと考えられる。

あの日ではないか、と気づいた。七月四日、克司が帰ってこなかった日だ。あの前日はどうだったか。ノートはここにあったか。記憶を辿ったが、思い出せなかった。

陸真は立ち上がってリビングボードに近づき、ノートを手に取った。大きさは縦二〇センチ、横一五センチというところか。厚みは三センチ近くある。ずしりとした重みは、克司が続けてきた仕事の歴史を感じさせた。

ソファに戻り、表紙をめくってどきりとした。人相のよくない顔がずらりと並んでいる。何度か克司から見せられたことがあるが、いつまで経っても慣れなかった。

写真の下には事件の概要と本人に関するプロフィールが書き込まれている。プリンターで打ち出したものを縮小コピーしたものらしい。横三人縦四人で、一ページには十二人分のデータが貼り付けられている。

それらの中に、写真の斜め下に赤くて丸いシールが貼られているものがあった。克司によれば逮捕済みの印らしい。それらは定期的に取り除くのだそうだ。

中には二十年以上前に指名手配された者のデータもある。シールが貼られていないから、まだ逮捕されていないのだろう。海外に出ていたりして、時効が停止しているケースもあるから、時効が過ぎても取り除くことはないと克司はいっていた。

赤いシールの横に『A』と記されているものがあった。これの意味も克司から聞いている。AIのことだ。警察の監視システムによって発見され、逮捕に結びついたという印だ。克司は警察を辞めた後も指名手配犯の逮捕状況をチェックし、その結果をこのノートに反映させていたらしい。

何のためにそんなことをしていたのかはわからない。だが陸真は、克司のプライドが関わっているのではないかと想像している。いつだったか、酒に酔ったいきおいでこんなふうに話したのを覚えている。

「もし見当たり捜査班が縮小されていなかったら、AIなんかなくたって、全部俺たちが見つけていたはずなんだ。整形しようが歳を取ろうが、見当たり捜査員の目はごまかせない。どんなに科学が進歩しても、優秀な見当たり捜査員の勘はAIでは再現できない。そのことは俺が一番よく知っている」

悔しかったんだろうな、と陸真は思う。しかもよりによって転職先で与えられたのが、潜入監視員というAIの下働きみたいな仕事だ。さぞかし屈辱的だったに違いない。

ノートを閉じ、立ち上がった。リビングボードの扉を開け、元の場所に戻そうとした。

中には様々なファイルが並んでいた。几帳面な克司らしく、背表紙に、『マンション関連』、『保険証書』といったシールが貼られている。

『銀行関連』というファイルがあったので中を調べてみると預金通帳が入っていた。印鑑はないが、どこにあるかは知っている。これで当面の生活費は何とかなるかなと思ったが、不安は消えなかった。本人が死んでしまったからといって、預金を勝手に引き出せるものなのだろうか。

何の表示もないファイルがあった。何気なく抜き取り、開いてみた。すると中には細かい数字の並んだ書類が綴《と》じられていた。書類の上部には、『検査詳細情報』とあり、その下に、『患者氏名　永江照菜（ナガエテルナ）』とあった。生年月日も記されていて、それによれば今年七歳のようだ。性別は『女性』、依頼医『羽原全太朗』、依頼科『脳神経外科』となっている。書類の末尾には、『開明大学病院』と記されていた。

何だこれは、と思った。永江照菜とは誰なのか。ページをめくったところ、同じような書類が綴じられている。どうやら何年にもわたる検査の結果らしい。

最後のページを見ようとした時、ぱらりと何かが落ちた。拾い上げてみると手書きの領収書だった。宛名は『月沢克司様』となっている。その下に、『診察代として』とあった。

4

特捜本部が開設されてから三日目の捜査会議において、脇坂は月沢陸真から聞き取った話を報告したが、周りの反応は鈍い。七月四日に休暇を取ったというのは、警備会社で聞き込みをしてきた捜査員からすでに報告があった。唯一少しばかり手応《てごた》えを感じられたのは、父親には密《ひそ》かに付き合っていた女性がいたかもしれない、という陸真の言葉を披露した時だった。

「その女のセン、探ってくれ」係長の高倉《たかくら》から指示が飛んだ。「携帯電話会社からの情報は届いてたな。女がいたのなら、必ずその中に名前があるはずだ」

わかりました、と脇坂は答えた。

「犯行現場の特定についてはどうなっている」

高倉の質問に立ち上がったのは、地取り捜査を指揮している班長だ。

「遺体の発見地点周辺から上流にかけて、神奈川県警の協力を得て、目撃情報と防犯カメラの映像を集めています。残念ながら現在までのところ、これといった情報は寄せられておらず、犯行に関係していると思われる映像も見つかっていません。引き続き、情報収集を行います」

こんな答えに納得できるはずもなく高倉たち上層部は苦い顔をしている。早くも捜査の難航を予想しているからに違いなかった。

解剖の結果、月沢克司は溺死《できし》であることが判明している。つまりまだ生きている状態で川に突き落とされたと考えられるが、それがどの場所かがわからないのでは現場検証すらできない。

D資料班、と高倉が呼びかけた。「D資料の収集と分析の状況について報告してくれ」

すぐに担当者が立ち上がった。

「川縁《かわべり》を中心に捜索し、吸い殻や空き缶など約百二十点の資料を収集し、現在DNAの分析に回している状況です。本日もさらに範囲を広げ、収集する予定です」

「わかった。今回は、そっちの成果が勝負を分けるかもしれない。しっかり頼む」

「了解です」担当者は力強く答えて着席した。

捜査会議が終わると、それぞれの分担ごとの細かい打ち合わせに入る。脇坂は、被害者の人間関係を洗うことが担当の鑑取り班に加わっている。所轄を含め、二十人ほどだ。

皆が集まるまで周囲の様子を眺めていると、ひな壇を離れた高倉が一人の男性と話しているのが見えた。警察庁から来ている伊庭《いば》という人物だ。公家《くげ》を連想させる顔には優越感のようなものが浮かんでいる。その理由は脇坂にも察しがついた。

「係長はＤＮＡを当てにしているようですね」脇坂は茂上の耳元でいった。

「まあ、仕方ないだろう」茂上は広くなった額からオールバックの髪を撫《な》でつけた。「今のところ、手がかりが全くないからな。鑑取りから怪しい人間が浮かんでくるかもしれんが、証拠がないんじゃどうしようもない。しかし見つかったＤＮＡと一致したら、状況証拠の一つになる」

「だけどすごい数ですよ。百二十点とかいってましたけど」

「たしかにそうだが、科警支援局の処理能力は半端じゃないって話だ。データベースの数も俺たちの想像をはるかに超えているだろう。これまでだって、何度も驚かされている。Ｄ資料が百二十点あるのなら、最低でも半分ぐらいは割り出してくるんじゃないか。その中に被害者と繋《つな》がりそうな人間がひとりでもいたら万々歳だ」

「それはそうですけど」

そんなことを話していたら、高倉が脇坂たちのほうに向かって歩いてきた。後ろから伊庭もついてくる。

「ちょっといいか?」高倉が茂上に訊《き》いた。

「はい。何でしょうか」

「会議を聞いていたからわかると思うが、今後、D資料班の負荷がかなり大きくなると予想される。鑑取り班もそれなりに大変だろうが、作業バランスを考えて、時には応援に回ってもらうかもしれん。そのつもりでいてくれ」

「わかりました。皆にいっておきます」

「ひとつ、よろしく頼みますよ」伊庭が前に出てきていった。「高倉チームの実力はよくわかっていますが、最近の殺人事件の傾向として、人間関係を追っているだけでは解決できないケースのほうが多いですからね。その点、DNAは必ず犯人のところへ導いてくれます。そこでなるべく無駄のない人員配置を、と高倉係長にお願いした次第です」

「心得ておきます」茂上は頭を下げた。

伊庭は鷹揚《おうよう》に頷《うなず》くと、高倉に目配せした。

二人がゆっくりと去っていくのを見送った後、茂上は脇坂を見て肩をすくめた。その顔には苦笑が浮かんでいる。「DNAは必ず犯人のところへ導いてくれます、か。さすが警察庁のエリートはいうことが違う。あの目には鑑取り班は無駄に見えるらしい」

「自信満々という感じですね。今をときめく科警支援局の課長となれば、鼻高々になるのも無理ないのかな」

科警支援局――正式名は警察庁科学警察支援局という。DNA捜査に特化した部署で、全国の警察から送られてくるＤＮＡを、データベースと照合する役割を担っている。かつては刑事局の仕事だったが、規模が大きくなったために独立したのだ。

ただしその正体はベールに包まれている。詳しいことは何ひとつ公表されていないのだ。

日本でＤＮＡ型データベースの運用が始まったのは平成十七年だ。登録されるＤＮＡ型は、被疑者の口腔内などから採取した被疑者ＤＮＡ型と、犯罪現場に被疑者が残したと思われる血液や皮脂などから検出された遺留ＤＮＡ型の二種類がある。その数は年々増えていき、現在では日本人の五十人に一人ぐらいの割合で登録されているといわれている。

だが最近、本当にその二種類だけだろうか、と疑われる事例が出てきた。現場で採取された遺留ＤＮＡ型を科警支援局に送ったところ、逮捕歴のない人物の名前が回答されてきたりするのだ。逮捕されなくても、捜査協力の名目で一般人からＤＮＡを採取することはあるが、事件とは無関係と確認された段階で破棄されるし、データベースに登録されることもないはずだった。

いつどのようにして当該人物のＤＮＡが採取されたのか――この質問に科警支援局は答えない。極秘事項だというのだ。

破棄されるはずのＤＮＡ型も、じつは密かにデータベース化しているのではないか、と囁《ささや》かれている。しかし、それにしても数が合わない。どう考えても不特定多数のＤＮＡ型を大量に採取し、登録しているとしか思えないが、その方法が不明だった。本人に無断でそんなことをするのは、いうまでもなく違法だ。

何もかも謎めいている。そう思うと伊庭の公家面も、世間を欺くためのカムフラージュのように思えてくるのだった。

鑑取り班のメンバーが揃い、打ち合わせが始まった。

「携帯電話会社からの情報をみんなのところに送ってあるはずだ。確認してくれ」

茂上にいわれ、脇坂はモバイルをチェックした。『月沢克司　携帯電話利用履歴』というファイルが届いていた。

発信履歴を見ると、ずらりと番号が並んでいた。その横には名前が添えられている。名義人だろう。携帯電話会社が協力してくれたらしい。

月沢克司が最後に電話をかけたのは七月四日の十八時二十九分で、相手は『月沢克司』となっていた。陸真のスマートフォンらしい。名義が克司なのは、中学生だから当然だろう。

それ以後は電話をかけていないということは、その時点で月沢克司は誰かと会う約束を交わしていた可能性が高い。脇坂がそう発言すると、ほかの捜査員たちも同意してくれた。

「問題は、いつ、誰とその約束を交わしたかだな」茂上がいった。「七月四日には、ほかに発信がない。必ずしも携帯電話を使ったとはかぎらないが」

とりあえず発信履歴に残っている人物の身元を特定するのが先決だろう、ということになった。それぞれが担当する関係者たちに問い合わせるのが早道だ。脇坂は月沢陸真の顔を思い浮かべた。向こうは不愉快かもしれないが、今日も会いに行くしかなさそうだ。

打ち合わせが終わって解散した後、脇坂、と茂上に手招きされた。

「発信履歴の中に女の名前があっただろう?」

「わかっています。『永江多貴子《たきこ》』ですね」

その名前が発信履歴にいくつかあったことには気づいていた。

「携帯電話会社に照会すれば住所はすぐにわかるだろう。どうする？　いきなり当たってみるか？」

「いやあ、それは」脇坂は首を傾げた。「少しでもいいですから、何か予備知識がほしいですね。相手が何者かわからないままというのは、ちょっと……」

「じゃあ、被害者の息子のところに行くか」

「そのつもりです」

「わかった。永江多貴子の住所は俺が調べておく」

「すみません、よろしくお願いします」

特捜本部を出る前に月沢陸真のスマートフォンに電話をかけることにした。今日も学校に行っているのなら繋がらないはずだ。

ところが予想に反して呼び出し音が聞こえてきた。間もなく繋がり、月沢です、と少しかすれた少年の声がいった。

「警視庁の脇坂です。覚えてくれているかな？」

「覚えてます。会ったのは昨日ですから」真面目な口調で答えてきた。

「それならよかった。今、ちょっといいかな」

「大丈夫です」

「今日は学校には行ってないの？」

「休ませてもらいました。火葬の手続きとか、いろいろとやらなきゃいけないことがあるので。

どうせ一学期の授業は今日で終わりだし……。そうだ、父の遺体っていつ戻ってくるんですか」

「そろそろのはずだ。確認しておくよ。すると今日は忙しいのかな。じつは訊きたいことがあって、会ってもらえると助かるんだけど」

「いいですけど。俺のほうも話しておいたほうがいいのかなっていうことがあるし」

「どんなこと?」

「それは、あの……電話じゃ話しにくいな」

「わかった。何時ぐらいならいいかな」

「もし家に来てもらえるのなら、何時でもいいです。今からでも」

「じゃあ、そうしよう。念のために住所を確認させてくれ」

行方不明者届に書いてあった住所をいったところ、間違いないようだ。余裕をみて、一時間後に訪ねるということで電話を終えた。

月沢陸真の住むマンションは、最寄り駅から徒歩で十数分のところにあった。古い建物で、築数十年は経っているだろうと思われた。

陸真はTシャツに短パンという出《い》で立ちで待っていた。その服装自体は少年ぽいのだが、昨日より少し大人びたように見えた。若者は日々成長しているということか。

通されたリビングルームは、お世辞にも広いとはいえない。正方形のダイニングテーブルと、こぢんまりとしたソファセットが絶妙に配置されていた。購入する際には慎重に寸法を測ったに違いない。だがよく整理されていて、雑然とした印象は受けなかった。

ソファを勧められたが、「いや、こっちにしないか」と脇坂はダイニングチェアを指した。ソファは三人掛けが一つあるだけなのだ。できれば向き合いたかった。

いいですよ、といって陸真は椅子に腰を下ろした。それからばつが悪そうに頭を掻《か》いた。

「すみません。お茶とかなくて……」

「大丈夫だ。これを買ってきたから」脇坂はレジ袋をテーブルに置いた。中には缶コーヒーやウーロン茶のペットボトルが入っている。来る途中、コンビニに寄ったのだ。「好きなものを選んでくれ。余った分はお土産だ」

「ありがとうございます」陸真は缶コーヒーに手を伸ばした。

「お父さんの遺体は明日には引き渡せると思う。早いほうがいいのなら、すぐに手続きをするけど」

「あっ、それなんですけど」陸真は気まずそうな顔で缶のタブを引っ張った。「遺体、もう少し預かっておいてもらえませんか。今日、市役所に行って相談してきたんですけど、いろいろと面倒みたいで……」

「わかった。じゃあ、都合のいい日が決まったら連絡してくれるかな」

「そうします。すみません」

「それで話したいことというのは何かな」

陸真はコーヒーをひと口飲み、缶を置いた。

「そちらの質問を先に聞かせてもらえますか。気になってるものですから」

「ああ、そうかもしれないね」

本当は相手に先に話をさせて、その内容によってこちらの質問を変えたりするのが常道だが、この場合は不要だと脇坂は判断した。

「これを見てもらえるかな」鞄《かばん》から一枚の紙を出した。そこには名前が並んでいる。月沢克司の携帯電話の発信履歴をプリントアウトしたものだ。「この中に知っている名前があったら教えてほしいんだけど」

陸真は一瞥《いちべつ》した後、ひとりの名前を指した。

「この瀬戸さんというのは会社の人だと思います。昨日、いいましたけど」

「そうだったね。ほかには？」

ほかには、と呟《つぶや》いてリストを眺めていた陸真の視線が止まった。さらに、あっと声を漏らした。

「どうかした？」

この人、といって彼が指したのは、『永江多貴子』の文字だ。「誰ですか？」

「えっ？」

「この永江っていう人、誰ですか？」

脇坂は少年の顔を見つめた。

「なぜ君がそれを訊くんだ？　質問しているのはこっちなんだけどな」

「同じ用件なんです」陸真がいった。「俺も、この永江っていう名字の人のことを話そうと思ってたんです」

「……どういうこと？」

「ちょっと待っててください」陸真は立ち上がり、壁際のリビングボードのところへ行った。扉を開けると、中からファイルを取り出して戻ってきた。「こんなものを見つけたんです」

脇坂は白い手袋を出し、両手に嵌《は》めた。「見せてもらっていいかな」

「どうぞ」

脇坂はファイルを開いた。そこに綴《と》じられていたのは、『検査詳細情報』と称された書類だった。様々な数値が並んでいる。医学知識のない脇坂でも、聞いたことのある名称がいくつか目に留まった。

「これは……血液検査の結果らしいね」そういってから患者名を見て、はっとした。患者名が『永江照菜』とあったからだ。「永江か……」

「ねっ、同じでしょ」

「そうだな」

「それから、こんなものも見つけました」陸真が出してきたのは領収書だった。宛名は『月沢克司様』となっていて、婦人科と思われるクリニックの判子が押され、『診察代として』と手書きしてあった。

「お父さんが婦人科で診察を受けたとは考えにくいね」

「そうですよね。もしかしたら婦人科が主だけど、風邪ぐらいなら診てくれるところがあるのかなと思ったんですけど……」

「その可能性は限りなく低いと思う。ていうか、この領収書には、もう一つ重大な情報が含まれている」

「日付ですか」

「やっぱり気づいていたか。そう、日付が気になる。八年も前だ」

「どうしてそんな古いものを……。たまたまかもしれないけど」

陸真は首を捻《ひね》っているが、脇坂には思いついたことがあった。しかし今ここで話す必要はないだろう。

「これらを預からせてもらってもいいかな。事件に関係しているかどうかはわからないけれど、もう少し詳しく調べてみたい」

「構いません。俺が持ってても仕方ないので」

「ありがとう」

脇坂はファイルと領収書を鞄に入れた。

「脇坂さんは、永江多貴子という人が何者なのか、御存じないんですね」

「わからないから君に訊きにきたんだ」

「じゃあ、もしわかったら教えてもらえますか」

脇坂は少し考えてから徐《おもむろ》に口を開いた。

「申し訳ないけど、それは約束できない。お父さんが君に話さなかったのは、何か事情があったからかもしれないからね。個人情報の取り扱いには気をつけるよう、上からも厳しくいわれている。あれこれ訊くくせに知りたいことは教えてくれないのかと不満に思うだろうけれど、理解してくれるとありがたい」

陸真は納得顔ではなかったが、不承不承といったように頷いた。

「親父も、よくそんなようなことをいってました。警察が一般人に情報を漏らしていいことなんか殆《ほとん》どない、お互いにとってよくないって。だから指名手配というのは、よっぽどのことなんだ、とも」

「そうだね。指名手配は警察としてもリスクが大きい」

するとと陸真が、ああそうだ、といった。

「ひとつ思い出したことがあるんです。事件には関係ないかもしれないけど」

「どんなこと？」

「親父が警察官時代に使っていたノートが、あのリビングボードの上に出ていたんです。いつからそこにあったのか、はっきりと覚えてないんですけど、親父が行方不明になる直前だったような気がして……」

聞き捨てならない話だ。

「そのノート、見せてもらえるかな」

はい、と答えて陸真は立ち上がった。再びリビングボードの扉を開け、分厚いノートを手に戻ってきた。「これです」

ノートの厚みは三センチ近くあった。すごいね、と思わず呟いた。

開くと顔写真が並んでいた。それぞれが起こした事件の概要も記されている。

月沢克司が警視庁刑事部の捜査共助課にいたことは、すでにわかっている。見当たり捜査員だったらしく、当時の同僚への聞き込みも今後行われるはずだ。

見当たり捜査員の仕事ぶりを、じつは脇坂はよく知らない。配属されるのは特殊な才能を持った者たちで、自分には縁のないところだと思っていた。街に出て、道行く人たちの顔を眺め、いつ現れるかもわからない指名手配犯を見つけるなど、非現実的な行為のように思えてならない。

だが実際、彼等は成果を上げていたようだ。優秀な捜査員だと月平均一人ぐらいの割合で手配犯を見つけていたというのだから、馬鹿にはできない。

だがそんな職人芸も消え去りつつある。今や街中は防犯カメラだらけだ。その映像データがリアルタイムで警察の監視システムに送られている。顔認証はもちろんのこと、歩容認証システムや3D認証システムなどを駆使し、AIは短時間で大量の人間を識別していく。指名手配犯が隠れられる場所は、どんどん少なくなっている。

そういうわけで見当たり捜査班は規模が縮小され、今では他の道府県警察との連携が捜査共助課の主な業務になっているという話だった。

脇坂は月沢克司のノートをぱらぱらとめくってみた。

「すごい数だね。全部で何人分あるんだろう」

「四百人以上だと思います」

「これを全部覚えてたのか。考えられないな」

「顔写真を覚えるのにはコツがあるみたいです」

「コツ？　どんな？」

「ただ顔を記憶するだけじゃなく、想像力を働かせるんだそうです。こいつはこれまでどんなふうに生きてきて、今はどんなふうに考えて暮らしているか。何を思い、何を大切にして、何を犠牲にして生きているか。そんなふうに懸命に想像していると、写真の顔が頭の中でどんどん変わっていくらしいです。人というのは生きていれば必ず顔が変わる。人生が滲《にじ》み出てくる。それを加味して覚え込んでいく。そんなことを毎日繰り返していたら、たった一枚の顔写真で見ただけなのに、ずっと昔からよく知っている友達みたいに思えてくる。友達なら、大勢の中からでも見つけるのは難しくない。見当たり捜査ってのはそういうもので、理屈じゃないと親父はいってました」陸真は長い文言をすらすらと語った。おそらく父親から何度となく聞かされていたのだろう。

脇坂は頭を左右に揺らした。

「途方もない話に聞こえるね。まるで超能力だ」

赤いシールや『A』の印について尋ねてみると陸真が教えてくれた。逮捕されたものに印を付けるのはわかるが、AIによる逮捕を特別視していたというのが興味深かった。

「きっと親父は、AIなんかに見当たり捜査員の代わりができるわけないと思ってたんですよ。だからこんなことを記録していたんだと思います」

冷静な分析だと脇坂は思った。陸真の言葉には妥当性がある。

「お父さんのこと、尊敬してたんだね」

脇坂がいうと陸真は照れたように苦笑した。

「尊敬っていうのかな。自分の能力に自信っていうか、誇りを持ってるのはすごいなと思ってました。親父、警察を辞めてからも指名手配犯を見つけたことがあるんです」

「えっ、そうなの?」

陸真はノートのページをめくり、これです、といって顔写真を指差した。角刈りで口の周りに髭《ひげ》を生やした男の写真だ。プロフィールによれば、全国で窃盗を繰り返していた常習犯らしい。

「警備員の仕事をしている時に見つけて、即座に通報し、逮捕に結びついたということでした。この犯人の姿は防犯カメラも捉《とら》えていたはずだし、その映像は監視システムにかけられていたのに、ＡＩには見つけられなかったんです。どうしてだと思いますか？」

「わからない。どうしてなんだ？」

「親父が見つけた時、男は手配写真よりもかなり痩《や》せこけていて、実際の年齢より十歳以上も老けて見えたという話でした。知り合いでも、しばらく会ってなかったら気づかなかったんじゃないかって親父はいってました」

「でもお父さんは見逃さなかったんだね」

そうなんです、と陸真は頷いた。

「この男が泥棒に入った現場には、お酒を飲んだ形跡があったそうなんです。そこで親父は、そんな酒好きならばアルコール依存症になっているんじゃないかと考えて、手配写真よりもボロボロになってる姿を思い描いていたらしいんです。するとある日突然、想像通りの男が目の前に現れたというわけです」

「なるほど。そんな芸当はさすがのＡＩでも難しそうだな」

「美容整形した顔もＡＩは苦手だと親父はいってました。海外で整形手術を受けた人が帰国したら、空港の顔認証で引っ掛かってトラブルになったなんてことも以前はあったそうです。その点、見当たり捜査員は、整形していようが変装していようが見逃さないと親父は威張ってましたね」

「整形しても？　どうしてだろう」

「どんなに化けても目だけは変えられないからだそうです。二重瞼《まぶた》にしようが目頭に切れ込みを入れようが、目の間隔は変わらない。それだけでも見分けられるといってました。感染症が流《は》行《や》って、国民全員がマスクを付けていたことがあったでしょ？　あの時でも全く問題なかったというんです。指名手配犯というのは、元々マスクを付けていることが多いからだそうで、手配犯の顔写真を覚える時、マスクを付けた姿も頭の中でイメージしていたということでした」

脇坂はため息をつき、かぶりを振った。

「信じがたい話だけど、きっとそうなんだろうなあ」

「ＡＩは膨大なビッグデータを持っているらしいけど、目に見えるデータだけじゃ何もわからない。犯人を見つけるには心という内面のデータも必要なんだ、ともよくいってました。ふうんそうなのかって、その時はあんまり真面目に聞いてなかったんだけど、親父のやつ、案外深いことをいってたのかもなって今は思います」

陸真は視線を斜め上に向けた。父親とのやりとりを思い返しているように見えたが、不意に、あっと声を発した。「そうだ……でもあの写真だけは別だといってたな」

「あの写真って？」

陸真がノートに手を伸ばし、後ろのほうのページを開いた。「これです」

彼が指しているのは、額が広く、細い目をした男の顔写真だった。年齢は三十代半ばといったところか。氏名の欄には、『新島史郎《にいじましろう》』とある。強盗殺人罪で指名手配されていたようだ。事件を起こしたのは十七年前で、高級住宅地にある民家に侵入し、住んでいた夫妻と一人娘を殺害した後、金品を奪って逃走している。

あの事件か、と脇坂は合点した。T町一家三人強盗殺人事件――通称T町事件だ。長らく迷宮入りしていたが、数年前に解決した。実際、写真の下には赤いシールが貼ってある。さらに『A』の文字が記されていた。

「この写真がどうかした？」

「親父、変なことをいったんです」

「どんなこと？」

「この顔写真を見て、犯人はどういう人間だと思うかって訊いてきたんです。それでしばらく写真を眺めたんだけど、何も思いつきませんでした。だから、全然わからないといいました」

「するとお父さんは何と？」

「それでいいんだ、といいました。自分もそうだ、何もわからないって。ふつう人の顔には人生を感じさせるものがあって、写真だけでもそれを感じられるけれど、この顔写真からは何の人生も感じられないっていいました。どんな人間なのかさっぱりわからないから、月日が経てばどう変わっていくかも想像がつかない。この写真を渡されただけじゃ、自分には見つけられない――親父はそういったんです。だから、じゃあそんな人間を見つけ出したAIはやっぱりすごいってことになるのかって訊いたら、親父のやつ少し考えてから、ある意味そうなのかもしれないなっていいました」

「ある意味そうなのかも、か。気になるね」

「でしょう？　だから俺もどういう意味だって訊いたんですけど、ここまでにしようといって、親父は話を打ち切っちゃいました。もしかしたら何か嫌な思い出でもあるのかもしれないと思って、俺もそれ以上は訊きませんでした」

奇妙なエピソードだった。脇坂は改めて『新島史郎』の写真を見つめた。たしかに、何を考えているのか、どんな生き方をしてきたのかをまるで想像できない顔だ。不気味とさえいえる。だがなぜそう感じるのか、自分でもわからなかった。

「このノート、預からせてもらってもいいかな」

脇坂がいうと、陸真は少し迷いの色を見せた。「何のためにですか？」

「もちろん捜査の参考にさせてもらいたいからだよ」

「でも指名手配犯の写真を並べてあるだけですよ。そんなもの、警察にはいくらでもあるんじゃないですか？」

「そうなんだけど、お父さんの手作りノートという点に価値がある。何らかのメッセージが込められているかもしれないからね」

「メッセージ……ですか」

「何か問題があるかな？」

「いえ、それは別にないですけど」陸真はノートを閉じ、表面を何度か撫でてから顔を上げた。「親父を殺した犯人、見つかりそうですか？」

「見つける」脇坂は即答した。「見つけて逮捕しなきゃならない。それが我々の仕事だ」

「手がかりはあるんですか」

「集めているところだ。だからそのノートも貸してほしい」

陸真は深呼吸を一つしてから頷いた。

「わかりました。じゃあ、預けます。でもその前に、中のページを全部撮影させてください。万一の時の予備っていうか、バックアップがほしいので」

「もちろん構わない」

「それから約束してください。汚したり、破ったりは絶対にしないって。だって、これ、親父の形見ですから」

その目は少年らしからぬ威圧的な光を放っていた。

約束する、と脇坂は答えた。

5

一学期の終業式は、夏休みの正しい過ごし方、という担任教師の長くて退屈な講釈で締めくくられた。陸真は学校に置きっ放しにしていた本や文具を鞄に詰め、教室を出た。廊下で待っていたら間もなく隣の教室の戸も開き、ぞろぞろと生徒たちが出てきた。その中に純也の姿もあった。

「火葬のこと、どうなった?」

純也の問いに陸真は渋面で応じた。

「何だか面倒臭い感じなんだ。やっぱりプロの葬儀屋に頼んだほうがいいみたいで、安いところをいくつか紹介された。とはいえ五万円ぐらいはかかりそうでさあ」

「高いな、それ。もうちょっとどうにかならないの？」

「ネットで調べたら、火葬だけだともう少し安くて済みそうなんだけど、その後、結局いろいろあって、同じぐらいになっちゃうんだ」

「そうなのかあ……」純也が自分のことのように深刻そうな声を出した。「あのさ、うちの親が気にしてるんだ。月沢君のところ、貯金はあるんだろうかって。こんなことを訊いて失礼だとは思うけど」

「全然失礼じゃない。そうだなあ、ゼロではないだろうけど、あまり期待できない。だけど一応確認しておきたいから、これから銀行へ行こうと思ってるんだ。残高だけでなく、毎月どれだけのお金が出入りしてるかも知っておきたいし。親父のやつ、全く通帳を使ってなかったらしく、何も記入されてなくてさ」

「オーケー、付き合うよ」

ようやく梅雨が明けたらしく、真夏の日差しを浴びながら学校を出て、銀行のある商店街に向かった。コンビニでは通帳記入ができないことぐらいは中学生でも知っている。

「せっかくだから親父の口座がある支店に行こうと思うんだ。事情を話して、お金を下ろせるかどうかも訊かなきゃいけない」

するとと純也が足を止めた。「それ、やめたほうがいいんじゃない？」

「どうして？」

「聞いたことがあるんだ。下手に口座の持ち主が死んだことをしゃべったら、お金を引き出せなくなるって。下ろせないだけでなく、家賃とかカードの支払いとか、あと公共料金の引き落としもストップされる」

「えっ、そうなの？」

「銀行が口座を凍結しちゃうそうなんだ。相続人がはっきりするまでは、お金を本人以外に渡すわけにはいかないってことらしいよ」

さすが作家志望だけあって純也は物知りだ。

「相続人って、俺しかいないよ。そんなのはっきりしてるじゃないか」

「陸真にとってはそうだろうけど、銀行側にはわからない。ほかに相続人がいないってことを証明しなきゃいけない」

「じゃあ、どうすりゃいいんだ」

「とりあえず今日のところは通帳記入だけにしておこう。お金はキャッシュカードで引き出せばいい」

「キャッシュカード？　そんなもの持ってないよ」

「親父さんの荷物の中に――」そこまでいって純也は額に手を当てた。「だめか……」

「財布も免許証も川の底だ。それにキャッシュカードの暗証番号を知らない」

「わかった。うちの親に話してみる。貯金のことを気にしてたぐらいだから、援助する気はあるはずなんだ」

陸真は肩を落とし、嘆息した。

「何だか申し訳ないな。俺、純也のとこのパラサイトじゃねえか」

「気にするなよ。友達だから当たり前」純也が肩を組んできた。

「ありがとう。でもちょっと離れてくれ。暑苦しいうえに、汗がくっついて気持ち悪い」

「何だよ、友情の証《あかし》を嫌がるな」さらにぎゅうぎゅうと太った身体を押しつけてきた。

じゃれつきながら歩いているうちに銀行に着いた。中はエアコンが効いていて、別世界だ。

眼鏡をかけた中年の女性銀行員が近づいてきて、「どういった御用件でしょうか」と尋ねてきた。中学生が二人で来るところではない、といわんばかりだ。

「友達がお父さんから通帳記入をしてきてくれと頼まれたそうなんです」純也が迷いのない口調でいい、陸真のほうを見た。「そうだよな？」

はい、と陸真は女性銀行員にいった。

「通帳、見せてもらえる？」

陸真は鞄から通帳を取り出し、女性に渡した。

「ちょっと待っててね」そういって女性はカウンターの窓口に行くと、何やら作業を始めた。通帳記入をしてくれているらしく、印字する音が聞こえてきた。

やがて女性が戻ってきた。「お待たせしました。これでいいかな？」

通帳を受け取って開いてみると、細かい数字がびっしりと並んでいた。

ありがとうございます、と礼をいって銀行を出た。

「案外あっさりと終わった。ほっとした」陸真がいった。

「あの様子だと陸真の親父さんが亡くなったことは、まだばれてないね」

「助かったよ。自動引き落としがストップしちゃうのはヤバいからなあ」

「銀行員は、葬式が行われてるのを見つけたら、誰が死んだのかをチェックするそうなんだ。自分のところに口座があるかどうかを調べて、あるとわかったら、すぐに凍結するらしいよ。それを後から知ってあわてる遺族も多いんだって」

「そうなのか。危ないところだった」

純也に相談してよかったと思った。持つべきものは物知りの友だ。

腹が減ったので昼食を摂《と》ることにした。二人には行きつけにしている食堂がある。老夫婦が二人で切り盛りしている古い店だが、安くて量が多いのだ。

今日は僕の奢《おご》りだ、と純也がいってくれた。申し訳なかったが、その言葉に甘えることにした。見栄《みえ》を張っている余裕などない。

大盛りのカツカレーを食べたら汗だくになった。かき氷を食べようと純也がいうので、陸真も同意した。

イチゴかき氷を食べながら、通帳を開いた。真っ先に確認したのは残高だ。ものすごく少なかったらどうしようと思ったが、二百万円ほどが残っていた。微妙な金額だが、これならばすぐに路頭に迷うことはなさそうだ。

次に明細を順番に見ていった。やはり公共料金など自動引き落としになっているものが多い。携帯電話料金があるのを見て、冷や汗が出た。これが止まったら、スマートフォンを使えなくなるところだった。

出金だけでなく、入金もたまにある。もちろん給料だ。月によって微妙に違うのは、勤務時間や手当てに差があるからだろう。思ったよりも金額が少なかったことを知り、陸真はがっかりした。この収入でやりくりしていたのだから、やはり克司は几帳面《きちょうめん》なほうだったといえるのかもしれない。

おや、と思った。突然、百万円もの入金があったからだ。振り込んでいるのは、『ヒロタナオキ』という人物だった。この金は何なのか。

ところがその百万円が、二日後には別人の口座に移されていた。その名義を見て、陸真は口に入れていた氷を噴きそうになった。『ナガエタキコ』とあったからだ。

「どうした？」純也が訊いてきた。

陸真は通帳を見せ、『永江照菜』という少女の血液検査結果の書類を克司が保管していたことや、脇坂刑事から見せられた携帯電話の発信履歴に『永江多貴子』の番号があったことなどを説明した。

「めっちゃ気になるね、その話」

「だろ？」陸真は通帳のページを繰り続けた。やがて、あっと声をあげた。

「今度は何？」

「またあったんだ。今度は五十万だけど」

振り込んでいるのは『タナカリョウスケ』という人物だ。そして二日後、そのまま『ナガエタキコ』の口座に移されている。

「どういうことだろう」陸真は腕組みをして考えた。かき氷が溶けているが、もう食べる気はなくなっていた。

「会ってみたらどう？」純也が思いがけないことをいった。「その永江さんっていう人に」

「どうやって？　どこに住んでるのかもわからないんだぜ」

「女の子が治療を受けてる病院に行ってみたら何かわかるかもしれない。病院はどこ？」

「ええとたしか……」陸真はスマートフォンを出し、画像を表示させた。念のために書類の一枚を撮影しておいたのだ。「開明大学病院だ。脳神経外科となってる」

「ここからだと、そんなに遠くない。行ってみよう。もしかすると入院しているのかもしれない」純也はスプーンを置いた。

「今から？」

「まだ昼過ぎだ。それとも何か予定でもあるの？」

「そんなものはないけど」

「だったら善は急げだ」純也は勢いよく席を立った。その拍子に膝がテーブルにぶつかり、溶けていたかき氷がこぼれた。

駅に行き、電車に乗った。開明大学の最寄り駅は四つ目だ。

「いよいよ夏休みか。受験勉強しろって、親がうるさいんだよな」純也がいった。

「受験か。俺はどうなるんだろう？」

「えっ、高校に行かないの？」

「そりゃ行きたいけど、行けるのかな」

「行けるはずだよ。両親がいないけど高校や大学まで進んだって人、いっぱいいる。アイドルとかにもいたはずだ」

「そういう人はどうやって行ったんだろう?」

「そのアイドルは児童養護施設から通ってたって聞いたけど」

「児童養護施設か……」

まだ児童相談所から連絡は来ないが、中学生にいつまでも独り暮らしをさせておくわけにはいかないだろうから、そろそろ何かいってくるかもしれない。児童養護施設といわれても、ぴんとこなかった。どんなところなのか、考えたことさえない。

電車が駅に到着した。陸真たちはシートから立ち上がった。

駅前にはラーメン屋やアイスクリーム屋、クレープ店などが並んでいた。主な客層は学生だろう。実際、それらしき若者が闊歩《かっぽ》していた。誰も彼もが秀才に見える。

しばらく進むと開明大学病院の立派な建物があった。何階建てなのか、ちょっと見上げただけではわからない。

ガラス張りの正面玄関から中に入り、インフォメーション・カウンターで、「永江照菜さんの病室に行きたいんですけど」と陸真はいってみた。

「何科でしょうか」係の女性が尋ねてきた。

「脳神経外科です」

係の女性は端末を操作してモニターを見つめた後、小首を傾げた。

「現在入院中の患者さんの中には、そういう方はいらっしゃらないようです」女性はきっぱりといいきった。

陸真は純也と顔を見合わせた。「どういうことかな?」

純也がカウンターのほうを向いた。「通院中の人の住所って、ここでわかりますか?」

女性は苦笑して首を振った。「そういったお問い合わせにはお答えできないきまりです」

純也は首をすくめ、カウンターから離れた。やっぱりそうだろうな、と顔に書いてある。ダメ元で訊いたらしい。

「いきなり手詰まりになっちゃったわけだけど、さてどうしよう?」純也が腕組みした。

どうしようと訊かれても陸真に名案などあるはずがなかった。

「諦《あきら》めて出直すしかないんじゃないか。親父の荷物をもう一度調べてみるよ。何か出てくるかもしれない」

「でもせっかくここまで来たんだから、少し粘ってみようよ。何かいいアイデアがあるはずだ」

「そんなこといってもなあ――」陸真は何気なくフロア内に目を向け、はっとした。一台の車椅子が止まっているのだが、乗っている少年の顔に見覚えがあった。

「どうした?」純也が訊いてきた。

あの子、といって陸真は車椅子の少年を指した。「少し前に図書館で会った」

「図書館?」

「駅前にある市立図書館だ」

ひとりの女性がどこからかやってきて、車椅子を押し始めた。図書館で糸なしのけん玉を操った女性とは別人だった。

さらに待合スペースの椅子から二人の少年が立ち上がり、彼等に合流した。どちらも小学生のようだが、学年は明らかに違う。大きいほうの少年は歩き方がぎこちなく、何らかの障害を抱えていると思われた。

女性と少年たちは病院を出ていった。その様子を陸真が眺めていると、少し離れた場所に止まっていた白い大型ワゴンが動きだし、車寄せにいる少年たちのそばで停止した。体格のいい男性が運転席から降りてくる。

陸真は車体の側面を見た。『数理学研究所』と記されている。

車椅子の少年に続き、ほかの二人の少年と女性がクルマに乗り込んだ。男性は車椅子を折り畳み、クルマの後部に積んでから運転席に戻った。

ワゴンが走り出し、車道に出ていくのを陸真は見送った。

「何だろうな、あの子たち」純也が首を傾げた。

陸真はスマートフォンを出し、『数理学研究所』で検索してみた。公式サイトはすぐに見つかった。何やら難しいことが書いてある。よくわからないが、知能に関する最先端科学を研究しているところらしい。

最新ニュースの記事は、『「エクスチェッド」に関する報告（第二報）』をアップしました。』というものだった。試しにクリックすると、難しそうな論文が表示された。読む気はしなかったが、タイトルの横にある文字に目を見張った。『羽原全太朗　開明大学医学部脳神経外科』とあった。

純也に見せると鼻の穴が大きくなった。

「もしかして、永江照菜ちゃんもそこにいるのかも」

「場所を調べてみよう」陸真はスマートフォンを操作した。興奮しているせいで指が少し震える。

数理学研究所は、ここから二キロ弱のところにあるようだ。残念ながらバスは通っていない。

「歩くしかないか」陸真は呟いた。外を見ると強い日差しを浴びて道路が光っている。

「熱中症対策をしなきゃな」純也は鞄から帽子を出してきた。

約三十分後、陸真たちは真っ白な建物の前に立っていた。

「やっと着いた」途中で買った水のペットボトルを手に純也は顔を歪《ゆが》めている。たった二キロ弱の距離を少し足早に歩いただけなのに、二人とも汗びっしょりだった。

建物の入り口に、『独立行政法人　数理学研究所』というプレートが出ていた。

「こんな思いをして、空振りだったらショックだなあ」陸真はいった。

「確かめもしないうちにそんなことをいっちゃだめだよ」純也が歩きだした。躊躇《ためら》いなく玄関の前に立ち、自動ドアを開けた。

「いきなり入っちゃうのかよ」陸真も急いで続いた。

照明を抑え気味のロビーには無機質な雰囲気が漂い、テーブルとソファが素っ気なく並んでいた。奥に自動改札機に似たゲートがある。おそらくＩＤカードなしでは入れないのだろう。その横のカウンターに女性がいて、陸真たちに目を向けてくる。

すみません、といいながら純也が近づいていった。

「こちらに永江照菜ちゃんという女の子はいませんか」

女性は微笑みながらも小さくかぶりを振った。

「そういったお問い合わせには答えられないきまりになっております」

病院のインフォメーションの女性と全く同じ台詞《せりふ》だ。

「怪しい者じゃないんです。たぶん本人たちに確かめてもらえれば、わかるんじゃないかと思うんですけど」

純也だけに任せておくわけにはいかない。陸真も駆け寄った。

「本当は照菜ちゃんではなく、永江多貴子さんにお会いしたいんです」

「ナガエタキコさん……」女性は手元のパソコンを操作した後、顔を上げた。「失礼ですが、お名前は？」

当たりだ、と陸真は確信した。永江母娘《おやこ》はここにいる。

「月沢といいます。月沢陸真です」

女性は思案顔になった後、「あちらでお待ちになっていてください」といってソファのほうを手で示した。

陸真は純也と並んでソファに腰掛けた。女性はどこかに電話をかけている。

「どうやら予想が当たったみたいだな」純也が耳元に囁きかけてきた。「永江さんはここにいるんだ」

「問題は向こうが会う気になってくれるかどうかだ。月沢という名字を聞いて、気がつかないわけがないし」

電話を終えた女性が近づいてきた。

「今、関係者がこちらに来ますから、このままお待ちください」

「関係者って？」

陸真の問いに、「来ればわかります」と女性は口元を緩めていった。

「どういうことかな。永江さんは来ないってことか」女性の後ろ姿を見送りながら陸真はいった。さあ、と純也は首を捻る。

やがてゲートの向こうに人影が現れるのが見えた。小柄な女性だった。少年たちを引率していた女性とは違うようだ。受付の女性と何やら話している。

陸真と純也は同時に立ち上がった。

背中を向けていた小柄な女性が振り返り、近づいてきた。その顔を見て、陸真はあっと声を漏らした。吊《つ》り上がった目が印象的な彼女は図書館で会った女性——糸なしけん玉を操った女性にほかならなかった。

向こうもすぐに気づいたらしく、じっと陸真の顔を見つめてくる。そのまま二人の前まで来ると、「どちらが月沢君?」と尋ねてきた。

俺です、と陸真は答えた。そう、と彼女は頷き、腕組みをした。

「一応訊くんだけど、この再会は偶然だよね? それとも、あたしのことを調べてここへやってきたの?」

「半分は偶然です」

「半分って?」

「開明大学病院で、図書館で会った車椅子の子を見かけました。その子たちが乗ったクルマがここのものだったので、もしかしたら俺たちが捜している子もいるかもしれないと思って、やってきたんです」

「君たちが捜している子というのが永江照菜ちゃん？」

「そうです」

「だけど、本当は多貴子さんのほうに会いたいわけね」

はい、と陸真は頷いた。

小柄な女性は、ふうっと息を吐いた。「とりあえず、座って話そうか」

彼女がソファに腰を下ろしたので、陸真たちも座った。

「念のために確認しておくね」女性が陸真のほうに顔を向けてきた。「君は月沢克司さんの息子さん？」

「そうです。父のことを知ってるんですか」

「少しね。事件のことは昨日聞いた。驚いたし、ショックだった」

「誰から聞いたんですか」

「刑事さん。脇坂という人」

ああ、と陸真は頷いた。「知ってます。昨日の午前中、俺のところにも来ました」

あの後、脇坂はここへ来たということらしい。

「脇坂刑事は永江さん母娘だけと話したかったみたいだけど、多貴子さんの希望で私も同席させてもらったの。さてそれで、どうして君は永江多貴子さんに会いたいのかな？」

それは、と陸真が答えかけたが、「ちょっと待って」と純也が制してきた。さらに彼は女性を見た。「あなたは誰ですか。永江多貴子さんではないですよね？」

「うん、違う」

「だったら、永江さんに会わせていただけませんか。陸真は永江さん本人と話したいはずですから」そういってから純也は陸真のほうを向いた。「そうだよな?」

この友人を連れてきてよかった、と陸真は改めて思った。見ず知らずの人間に、克司のことをべらべらとしゃべってしまうところだった。

そうです、と陸真は女性にいった。「御本人に会わせてください」

彼女は猫のような目で陸真たちを交互に眺めた後、口元を緩めた。

「君たちは悪人には見えないから正直に話すね。たしかに永江さん母娘はここにいる。だけど今、すごく気持ちが不安定なの。月沢克司さんとずっと連絡が取れなくて心配していたら、突然刑事さんがやってきて、月沢さんは殺されましたっていわれたんだから当然だよね。そんなところへ、今度は息子さんらしき人物が訪ねてきたんだから、混乱しても無理ないと思わない? だからあたしが代わりに用件を聞きにきたってわけ。どう? これで少しはわかってもらえたかな」

「その話を聞いていると、永江さんっていう人と親父はすごく親しかったように感じるんですけど……」陸真は思いきって尋ねた。「二人は恋人ですか?」

女性の目に、ふっと柔らかい光が覗《のぞ》いた。

「やっぱり知らないんだね。たぶん克司さんは話してなかっただろうって多貴子さんもいってた。そう、君のいう通り。二人は恋人。でも厳密にいえば、それ以上」

「それ以上って?」

「このお友達は信用できる?」女性が純也を指差した。「秘密を守ってくれそう?」

陸真は純也を見た。彼は、僕を疑うのか、とばかりに胸を張った。

「信用できます」陸真は断言した。

「わかった。いずれ明らかになることだろうから、君に打ち明けてくれても構わないって多貴子さんにいわれてるので、教えてあげる。わかってるだろうけれど、永江照菜ちゃんは多貴子さんの娘。そして――」彼女は人差し指を立てた。「父親は月沢克司さん。つまり照菜ちゃんは、あなたの妹ってことになる」

6

窓の外はまだ明るかったが、時刻は午後五時になろうとしていた。陸真は純也と共に会議室のような部屋にいた。

あの女性は羽原円華《うはらまどか》と名乗った。この研究所の職員らしい。どんな仕事をしているのかは知らないが、永江母娘との関わりは深いようだ。羽原全太朗と名字が同じだが、関係があるのだろうか。

彼女の話は衝撃的だった。克司に特別な女性がいることには薄々感づいていたから、永江多貴子がそれだと聞かされても意外ではなかった。だがまさか二人の間に子供が生まれていたとは予想していなかった。

ショックを受けているようだから今日は帰ったほうがいい、と羽原円華はいった。

「いつかは会わなきゃいけないと思うけど、少し頭を冷やしてからにしたらどうかな。今日いきなり会うのは、君だって気まずいんじゃないの？」

彼女のいう通りかもしれなかった。気が動転していることは自覚しているし、何かの判断を求められた時、冷静に答えを出せる自信がなかった。

しかしこういう時こそ頼りになる味方がいた。陸真は純也に意見を求めた。

「陸真の好きにすればいいと思うけど、僕なら今日会う」純也はきっぱりといった。「先延ばしにしたって、悶々《もんもん》とするだけだと思うから。相手についてあれこれ想像して、悪いことばかり考えちゃう気がする。それなら早く会って、すっきりさせたほうがいい」

純也らしい考え方だと思った。合理的なのだ。

会いたいです、と陸真は羽原円華にいった。

「通帳を見たんですけど、親父は大金を永江多貴子さんに送っています。それがどういうお金なのか、俺には知る権利があるはずです」

それを聞いた羽原円華は、しばらく目を閉じて考え込んでいたが、不意に立ち上がると、「一緒に来て」といった。そして陸真たちをこの部屋に案内した後、「多貴子さんに話してくる」といってどこかへ消えたのだった。

「陸真、あの女の人と前に会ったことがあるみたいだな」純也がいった。

「車椅子の子と図書館で会ったといっただろ。その時に一緒にいたのがあの人だった」

「そうなのか。美人だけど、めっちゃ気が強そうだ」

「気も強そうだけど、あの人、すごいことができるんだ」

「どんなこと？」

「たとえば、けん玉。玉に糸がついてないんだ。その玉を放り投げて、穴にけん先を一発で入れた」

「なんだ、そんなことか」純也は鼻で笑った。「糸なしのけん玉名人なんて、ユーチューブで探したらいっぱい動画が出てくる」

「違うんだ。俺もネットで調べたからわかる。そういうのは全部、玉を回転させず、せいぜい数十センチ浮かしてるだけだ。ところがあの人は、天井に当たるぐらい高く放り上げた玉を、けん先で受け止めたんだ。しかも投げたのは俺だ。何も考えず、上に放り投げた。当然、玉は回転している。おまけに天井に当たってから落ちてきた。その玉の穴にけん先を突き刺した……いや、違うな。突き刺したんじゃない。あの人は、けん先を上に向けて待っていただけだ。そこへ玉が落ちてきて、けん先に穴がぴたりと収まった。そんなこと、ふつうできるか?」

「まさか……」純也の顔には、まだ疑いの色が残っている。「まぐれじゃないの?」

「あれはそういう感じじゃなかった。だって、あの人にそんなことができるっていいだしたのは、車椅子に乗ってた男の子だ。つまり、それまでに何度もやってみせたってことじゃないのか」

純也は唸《うな》り声を漏らした。「信じられないなあ」

「何だよ、俺が嘘ついてるっていうのか」

「いや、そうじゃないけど」

「ほかにも不思議なことがあったんだ」

陸真はエレベータの扉が閉まるのを、転がってきた玉が挟まって止めたことを話した。玉を転がしたのは彼女だ。

　純也は首を傾げた。

「それはできそうな気がする。タイミングさえ上手《うま》く合わせられれば……」

「そのタイミングを合わせるのが難しいんじゃないか。純也は見てないから、そんなことがいえるんだろうけど、あれは神業だ。それからそうだ、雨を完璧《かんぺき》に予言した。何分後に一旦《いったん》やんで、何分後に降りだして、何分後にまたやむっていうふうにいいきった。おかげで俺、傘を持ってなかったけど濡《ぬ》れずに済んだんだ」

「ネットの天気予報を見ただけじゃないの？」純也はどこまでも疑《うたぐ》り深い。

「どこのネットに分刻みの予報なんか出てるんだよ」

　さすがに反論が思いつかないらしく、純也は神妙な顔つきで、親指と人差し指で顎《あご》を挟んだ。

「その話が本当なら、たしかにあの人は、単に美人で気が強いだけの女性じゃないってことになる。じゃあ、一体何者なんだ？」

　さあ、と陸真は首を捻るしかなかった。

　トントン、とドアをノックする音が聞こえた。どうぞ、と陸真は応えた。

　L字型のドアノブが回り、ドアが開いた。羽原円華が顔を見せた。

「永江さんたちに来てもらった」

　はい、と答えて陸真は椅子から腰を上げ、直立不動の姿勢でドアに向かった。純也も横に並んで立った。

　円華に促されるようにして、痩せた女性と小柄な女の子が入ってきた。永江多貴子は四十歳ぐらいに見えた。化粧気は少なく、どちらかというと地味な顔立ちだ。俯《うつむ》き加減で壁の前に立ってから、ようやく陸真たちを見た。だが、すぐにまた視線を落とした。

女の子は、じっと陸真たちを見つめている。大きな目と少し上を向いた鼻が印象的だ。どことなく克司の面影を感じ、陸真は不思議な気持ちになった。母親は違うけれど、この子と自分とは血が繋がっているのか——。

ドアを閉め、円華が永江母娘と陸真たちの間に立った。

「永江多貴子さんと照菜ちゃんよ」陸真にいってから、永江さん、といって母娘に呼びかけた。「こちらが月沢陸真君で隣にいるのは友達の宮前純也君です」

陸真は息を整え、月沢陸真です、といった。

多貴子が深々と頭を下げてきた。

「お父さんには大変お世話になりました。このたびのこと、本当に悲しくて、残念で、何といっていいかわかりません」か細い声だった。

陸真は複雑な思いが胸に広がるのを感じた。これまで一度も会ったことのない人物だ。しかし父の克司は何年間も、彼女たちと特別な時間を過ごしてきたのだ。

自分が知らなかった父の世界の住人たちなのだ。

円華が陸真を見た。

「君からの用件は多貴子さんに話した。お金に関する疑問となれば、はっきりさせたほうがいいからね。多貴子さんも同意見で、それで会う決心をしてくれたというわけ。とにかく、まずは席に着こう。——多貴子さん、おかけになってください。照菜ちゃんも座って」

永江母娘が並んで椅子に腰を下ろした。それを見てから陸真と純也も席に着いた。

「じゃあ多貴子さん、陸真君に説明を」

円華に促され、はい、と多貴子は答え、何度か唾《つば》を呑《の》み込むしぐさをしてから遠慮がちに陸真のほうを見た。

「私が克司さんと出会ったのは、都内で行われたセミナーにおいてです。末期がんの患者さんとの接し方をテーマにしたもので、月に一度ぐらいの割合で開催されていました。私はスタッフのひとりとして運営を手伝っていました。当時、ホスピスで働いていたからです。そのセミナーに克司さんも参加しておられました。奥様が乳がんの末期だとかで、日々の看病でいろいろと悩むことが多かったみたいです」

自分が五歳か六歳の頃か、と陸真は思った。克司がそんなところに出かけていたことなど、もちろん知らない。

「やがて奥様が亡くなられて、克司さんはその報告にいらっしゃいました。それがきっかけで、時々お会いするようになったんです」

克司さん、と彼女が呼んでいるのを聞き、陸真は違和感を覚えざるをえなかった。

早すぎねえか、と胸の内で突っ込む。お母さんが死んで、すぐに次の女と付き合うのかよ。ふつう、しばらくは自粛ってものをするんじゃないのか——。

「子供ができたとわかった時には戸惑いました。産んでいいものかどうか、迷いました。でも克司さんにいったら産んでほしいといわれて、それで私も決心したんです」多貴子が隣に座っている娘に視線を向けた。

照菜は無表情で俯いている。この状況を理解しているのかどうかはわからない。いや、七歳となれば理解できないわけがないではないか。

陸真君、と円華が声をかけてきた。「あたしから多貴子さんに質問してもいいかな?」

「あっ、どうぞ」

円華が多貴子のほうに顔を向けた。

「二人の間に結婚の話は出なかったんですか?」

多貴子がまた唾を呑み込むような様子を示した。

「話し合ったことはあります。私は克司さんにお任せしますといいました。本当に、どちらでもよかったんです。生まれてくる子供の認知はするといっていただけましたし、克司さんが息子さんのことを気にしておられることもわかっていましたから」

ようやく自分の話が出てきた、と陸真は思った。ここまで、まるで知らない人間について語られているような気がしていた。

「すると結婚しなかったのは月沢さんの考えだったんですね」

「当面見送ろうといわれました。息子がある程度大きくなったら、きちんと説明して、彼も同意してくれたなら入籍したい、と」

円華は頷き、陸真のほうを見た。「そういうことらしいよ」

どうやら彼女は陸真の代わりに質問してくれたようだ。たしかに知っておきたいことだった。

「ある程度大きくなったらって、どういうことかな」陸真は呟いた。「俺、もう結構大きいと思うんだけど……」

「もうそろそろ、とはいってました」多貴子が答えた。「高校受験があるし、今は余計なことに気を遣わせるわけにいかないから、それが済んだらって」

来年の春ということらしい。息子に事情を打ち明け、多貴子と結婚したいというつもりだったのか。もしそうなっていたら、自分はどう答えただろうと陸真は思った。突然、母親と妹ができるのだ。果たして受け入れられたか。

「あの……親父とは、しょっちゅう会ってたんですか」

多貴子は顔を傾けた。

「しょっちゅうというのかな。二週間に一度ぐらいでした」

「ここに来たんですか」

「いえ、まず私と外で待ち合わせてからここへ一緒に来る、ということが多かったです」

「ええと……」陸真は円華を見た。「ずっと気になってたんですけど、ここは何なんですか？病院の一部ですか？」

「病院じゃない。関連施設ってところかな」円華は多貴子に視線を移した。「この先はあたしが説明しましょうか」

「はい、お願いします」多貴子が頭を下げた。

円華が再び陸真たちのほうに顔を向けた。

「数理学研究所なんていう無機質な名称が付けられているけど、ここで行われているのは人間の本質についての研究。特に知能とは何かについて、各方面からアプローチがなされている。その一つがエクスチェッドに関する研究」

「あっ、その言葉……」

「知ってる?」

「この研究所の公式サイトで見ました。書いている人が羽原全太朗《ぜんたろう》という開明大学医学部の脳神経外科の人でした」

「羽原全太朗は、あたしの父。あたしも助手として研究を手伝っている。まあ、そんなことはどうでもいいか。君たち、ギフテッドという言葉を知ってる?」

陸真は首を捻ったが、知ってる、と隣から純也がいった。

「生まれつき高い知能を持ってる子のことですよね。小学生なのに高等数学を解けたり、いくつもの言語を覚えたりできる」

そう、と円華は頷いた。

「神様から贈られた、ということでギフテッド。欧米なんかでは特別な教育を受けさせたりしてるけど、まだまだわからないことが多い。この研究所でも、そうした特殊な才能を持った子の知能について調べているわけだけど、特に医学的な見地から解明しようとしている。研究対象になっているのは、単なるギフテッドじゃなくて、生まれながらにして脳に疾患を抱えている子たちなの。障害が脳機能に影響を与えているんじゃないか、という仮説に基づいた研究」

「サヴァン症候群とか?」純也がいった。

「君はなかなか物知りみたいだね。そう、サヴァン症候群もその一種といえる。最近になって、脳神経に疾患を持っている子供たちの中に、そうした特殊能力が備わっている子が多いとわかってきた。そんな子供たちのことを、この研究所ではエクスチェッドと呼んでいる。障害と交換で能力を得たということで、交換したを意味するエクスチェンジドを略した言葉」

陸真は開明大学病院で見かけた子供たちのことを思い出した。

「あの車椅子の男の子もエクスチェッド？」

「その通り。あの子は、さっき宮前君がいったような高等数学を理解できる能力を持っている。高次方程式の解の一つを瞬時に答えられたりもする。そのかわりに身体のバランスを取る能力に欠陥があって、うまく歩けない。外出の際は危ないから車椅子を使用しているわけ」

「すると、もしかして……」陸真は照菜に目を向けた。

「照菜ちゃんは優れた記憶能力を持っている」円華がいった。「一度見たものを忘れない。文字や絵を完璧に覚えている。そのかわりに声を出せない」

陸真は、どきりとして少女の顔を見た。彼女と目が合ったので、あわててそらした。

「声を出せないだけでなく、生まれつき手足の動きもよくありませんでした。すぐに転んだりして」多貴子が話し始めた。「いろいろな病院を回ったんですけど、どこに行っても原因はわからないといわれました。諦めかけていたところ、三年前に開明大学病院で羽原先生に診てもらって、脳神経に先天性の疾患があるとわかったんです。放っておくと悪化するおそれがあって、手術する必要があるとのことでした。それで羽原先生の手術を受け、手足はとても自然に動かせるようになりました。でも声は未《いま》だに出せません。それに疾患は完全に治ったわけではなく、今後も長期的な観察が不可欠だそうです。そんなある日、羽原先生から照菜に知能テストを受けさせたいといわれました。その時、エクスチェッドのことを聞きました」

「経過観察をしているうちに、父は照菜ちゃんがエクスチェッドかもしれないと気づいたらしいの」円華が横から補足した。「テストの結果、父の予想通り、特殊な記憶能力を持っていることが判明したというわけ。そこで研究所は、永江さんたちに正式に協力をお願いした。照菜ちゃんには基本的にここで生活をしてもらう。食事や身の回りのことはすべてこちらで面倒を見るかわりに、研究の被験者になってほしいって」

「実験台みたいなものですか」

純也の問いに円華は表情を崩した。

「動物実験みたいなものを想像してるなら、大いなる誤解だといわなきゃね。身体を傷つけるようなことは一切しない。その子の能力に応じたテストをして、どんなふうに脳が使われているかを分析するの。一日に一回、二時間程度かな」

「娘によれば、そんなに大変じゃないみたいです」多貴子がいい添えた。「むしろ楽しいとかで」

それを聞き、陸真は疑問が湧いた。

「会話はどうやってしているんですか。筆談ですか」

「声を出さなくても、いいたいことぐらいはわかります」多貴子はさらりといった。「長年一緒にいますから」

「親父は……どうだったんですか。わかったんでしょうか」

陸真が訊くと永江母娘の顔つきが変わった。緊張感が増したように見えた。多貴子は小さく息を漏らすと、「どうだった？」と照菜に尋ねた。「お父さん、照菜のいいたいことをわかってくれていたと思う？」

照菜はこっくりと頷いた。そして陸真に大きな目を向けてきた。その目からは後ろめたさなどは感じられなかった。彼女にとっては当たり前のことなのかもしれない。何しろ克司は彼女にとって、「お父さん」と呼ばれる存在だったのだ。

陸真、と純也が声をかけてきた。「通帳のことは？」

そうだった。肝心なことを忘れていた。

「今日、銀行で父の口座の通帳記入をしてきたんです。それで知ったんですけど、父は永江さんにお金を振り込んでますよね。ええと……」陸真は鞄から通帳を出した。「二年前の二月九日に百万円。それから……同じ年の十一月に五十万円。どういうことですか？」

多貴子はテーブルの上で両手の指を組み、大きく息を吐きながら首を縦に動かした。

「生活面での援助は、なるべく受けないようにしていました。克司さんには息子さんを育てるという役割がありますし、私も働いていますから。でも照菜の手術にはずいぶんとお金がかかってしまい、一度では払えませんでした。それで分割で払っていたところ、突然克司さんがお金を振り込んでくれたんです。聞けば、競馬で当たったということでした」

「競馬で？」

「はい。警察官時代に競馬場へはよく行ったから、気分転換に今でもすることがあって、気まぐれに買った馬券が当たったと」

「いや、競馬なんかじゃないです。ほかの人から振り込んでもらった金です」

「ほかの人って？」

陸真は通帳に目を落とした。

「百万円はヒロタナオキという人で、五十万円のほうはタナカリョウスケという人です。どちらのお金もその二日後に、永江さんの口座に振り込んでいます」

「ヒロタナオキさんとタナカ……」多貴子が復唱しようとした。

「リョウスケです。知らないですか？」

多貴子は首を横に振った。「私は聞いたことがないです」

「そうですか……」陸真は再び通帳に視線を戻した。ではどういうことなのか。これらの人物は何者で、なぜ克司に大金を振り込んだのか。

「照菜ちゃん、どうしたの？」

円華の声が耳に入り、陸真は顔を上げた。すると照菜がしきりに両手を動かし、母親に何事かを訴えていた。陸真が持っている通帳を時折指差したりもする。

「どうしたんだろう？」横で純也が心配そうな声を出した。

「えっ、そうなの？　あの刑事さんのノートに？　そういうことなの？」多貴子が照菜に問いかけている。少女は母親の目を見つめ、何度も首を縦に大きく振った。

「多貴子さん、照菜ちゃんは何と？」円華が訊いた。

「今、陸真さんがいった二人の名前ですけど、昨日刑事さんから見せられたノートの中にあったというんです」

「あの顔写真のノートに？」

円華の問いに、はい、と多貴子は答えた。

「えっ、顔写真って、もしかしてそのノートというのは」陸真は目を見開いた。「親父が見当たり捜査員時代に使っていた指名手配犯のリストですか？」

そうです、多貴子は頷いた。

「昨日、刑事さんから見せられたんです。何か思い当たることはないかと訊かれたので、一通り目を通しました。照菜も横にいて、見ていました。それで、あのノートの後ろから三ページ目と四ページ目に、二人の名前があったといっています。氏名は漢字で書いてあったけれど、下にフリガナがついていたそうです」

「そんな、一度見ただけなのに……」

「さっきのあたしの話を聞いてなかったの？」円華が真剣な目を向けてきた。「照菜ちゃんはエクスチェッドだといったでしょ。特殊な記憶能力がある」

陸真は息を呑み、純也と顔を見合わせてからスマートフォンを取り出した。あのノートの中はすべて撮影してあるのだった。

画像を表示させ、確かめてみると照菜がいった通りだった。後ろから三ページ目に『弘田直樹』の顔写真が、四ページ目の中程に『田中良介』の顔写真が貼られていた。どちらにもフリガナが付いていたが、非常に小さな字だ。こんなものまで一瞬で記憶できるとは、話を聞いただけでは信じなかっただろう。

弘田直樹は五年前に大阪で轢《ひ》き逃げ事件を起こしていた。生年月日から計算すると現在は三十三歳のはずだ。田中良介は詐欺罪で指名手配されている。こちらは五十歳のようだ。どちらにも赤いシールは貼られていなかった。

スマートフォンを持ったままで陸真は呟いた。「どうしたらいいんだろう……」

「あたしの意見をいわせてもらうなら」円華が手を挙げた。「今すぐ脇坂刑事に連絡するべきだと思う」

陸真に反対する理由はなかった。多貴子も、それがいいと思います、といった。

「誰が電話する？　あたしがかけてもいいけど」円華がスマートフォンを掲げた。

お願いします、と陸真がいった。多貴子と声が重なった。

円華が電話をかけた。すぐに繫がったらしく、事情を話し始めた。簡潔でわかりやすい説明だった。電話を終えると、「大急ぎで来てくれるそうよ」といった。「でも三十分以上はかかるでしょうね。君たち、どうする？　待っていられる？」

陸真は純也と顔を見合わせた。太った友人は、うん、と強く頷いた。それを見て、待ちます、と円華に答えた。

「私たちは部屋に戻らせてもらっていいですか」多貴子が遠慮がちにいった。「照菜が少し疲れたと思うので……」

「そうしてください」円華の返事は早い。さらに、いいよね、と陸真に同意を求めてきた。はい、と答えた。

多貴子たちが席を立ち、ドアに向かった。そのまま出ていくと思われたが、照菜が陸真を見て、バイバイとばかりに小さく手を振ってきた。あどけない顔からは何の邪念も感じられず、陸真は二人が出ていくのを呆然《ぼうぜん》と見送った。

「あたしも一旦退散するね」円華がいった。「廊下に飲み物の自販機があるから、よかったらどうぞ。トイレは部屋を出て左。ほかに何か質問は？」

「いえ、ないです」

「じゃ、しばし休憩」そういって円華も姿を消した。

純也と二人きりになると、どっと疲れが出た。陸真はテーブルに突っ伏した。「あー、参った……」

「とんでもない展開だね」言葉と裏腹に純也の口調はのんびりしている。

「あり得ない話の連続で、頭の中がぐちゃぐちゃだ。何だよ、妹って。そんなのありかよ。聞いてねえよ。親父、ふざけんじゃねえよ」

「でもかわいい子だった。あんな妹なら、僕もほしいな。エクスチェッドだっけ？　天才児ってのも面白いじゃん」

「どこが面白いんだよ。他人事《ひとごと》だからって軽くいうなよ」

純也が無言になった。どうしたのかと思って横を見たら、むっとした顔をしていた。

「他人事だなんて思ってないよ。単なる好奇心だけで、こんなところまで来ると思う？」

鋭い反撃に返す言葉がなかった。ごめん、と素直に謝った。

「思ったよりも悪い話じゃなかったから安心したんだ」純也がいった。「お金を送った理由が気になってたからね。すごい大きな借金があって、その返済とかだったらどうしようかと思った。陸真に返済義務が生じるし、それを避けるには相続放棄しなくちゃいけなくなって、そうなれば口座に残ってるお金も諦めなきゃいけない」

陸真は驚いた。考えもしなかったことだ。そういう可能性もあったのだ。

「純也、銀行とか相続に詳しいんだなあ」

「家が商売をしてると、しょっちゅうそういう話が出るんだ」

それだけではないだろう。根本的に物知りなのだ。

「あのさあ、あれ、どういうことだと思う?」陸真は重たく切りだした。

「あれって?」

「親父に振り込んできた連中の名前が、指名手配犯のリストに入ってたって話」

「あれか……」純也は気まずそうな顔になって頰《ほお》を掻きだした。「何なんだろうね」

「どうしてそんな奴らが親父に金を振り込んだんだろう?」

さあ、と純也は首を捻る。そのしぐさは明らかにわざとらしい。

「純也、考えてることがあるんだろ?」

「いやその、考えてるっていうか、ちょっと思いついたことはあるけど、自信があるわけじゃないから、あんまりいわないほうがいいかなっていう気もして……」

「何、モゴモゴいってるんだ。じれったいやつだな。いいたいことがあるんならいえよ」

「別にいいたいわけじゃないんだけど、ええと、怒らないで聞いてくれる?」

「怒らないよ。いってみろ」

うん、といって純也は姿勢を正した。

「あの二人の指名手配犯、親父さんが街中でたまたま見つけちゃったんじゃないかな。昔の癖ってやつで。おまけに声をかけちゃったわけだ。犯人はびっくりしただろうね。だけど親父さんが警察官じゃないと知って、相手は取り引きをもちかけてきた。見逃してくれたらお金を払うって」

「それがあの百万円と五十万円か」

「あくまでも想像だよ。僕の勝手な想像。本当は全然違うのかもしれない」

陸真は右の拳《こぶし》を固め、テーブルをどんと叩《たた》いた。

純也が怯《おび》えた顔でびくりと身体を動かした。「怒らないって約束だったじゃん」

「怒ってないよ。少なくとも純也のことは怒ってない。じつは俺もそうじゃないかなって思ってたんだ。やっぱりそうだよな。それしかないよな。何だよ親父のやつ、指名手配犯を捕まえるのが仕事だったのに、警察を辞めたら金を受け取って見逃すのかよ。見当たり捜査員のプライドはどこへ消えちまったんだ。最低じゃないか」

「まだ、そうだと決まったわけじゃないだろ。もしそうだったとしても、そんなに責めることないと思うけどな。だって相手は指名手配犯だぜ。そんな奴らの金、取っちゃえばいいんだ。それに親父さんは、ギャンブルとか贅沢《ぜいたく》に使ったわけじゃない。やむをえない事情があった。子供の命を守るためなら、親は何だってやるよ」

「子供……か」

怒りの気持ちが急速にしぼんでいくのがわかった。父親には自分以外にも守らなければならない命があったのかと思うと、様々な思い出が色褪《いろあ》せていくような気がした。

しばらくどちらも無言だった。これからどうなるのだろうという不安だけが胸に広がっていく。

「喉《のど》、渇かない？」純也がぽつりといった。「自販機があるといってた。買いに行こうよ」

そうだな、と腰を上げた。

廊下に出ると自販機はすぐに見つかった。しかし品揃えはあまりよくない。水とカフェインレスのお茶ばかりだ。仕方がないのでペットボトル入りの麦茶を選んだ。

「うわっ、これすごいな」そばの壁を見上げて純也がいった。

そこには一枚の巨大な風景写真が飾られていた。サイズは横が一メートル以上で、縦も八〇センチ近くありそうだ。どこかの街を撮影したものらしいが、日本ではなさそうだ。

奇麗な写真だな、と陸真がいうと純也が目を丸くした。

「何いってるんだ。よく見なよ。これ、写真じゃなくて絵だ」

「えっ」驚いて近づき、目を凝らした。たしかに絵だった。「すげえ、何だこれ……」

「使われているのは油性ペン。色の種類は百八十四色ある」後ろから声が聞こえた。振り返ると円華が近づいてくるところだった。「それを描いたのは英国人の父親を持つ十歳の女の子。数か月前、その子は両親と共にロンドンに行ったの。その時にホテルの窓から見た光景を描いたものがこの絵。帰国してから数週間で描きあげた」

「その子もエクスチェッドですか?」陸真が訊いた。

そう、と円華は答えた。

「本人にとって印象的な光景を目にした時、それが完全に脳に焼き付けられるみたいなの。そしてそれを絵として再現できる能力を持っている。その能力が神から与えられたものだとすれば、彼女が神に捧《ささ》げたのは言葉を理解する力。照菜ちゃんと違って声は出せるけれど、言葉にはできない。字も読めない」

陸真は改めて絵を眺めた。記憶だけを頼りに、しかもペンで描かれたものだとは信じられなかった。精緻《せいち》なだけでなく色彩が豊かなのだ。

「ここには様々な子供たちがいる。特殊な能力を与えられたことが、あの子たちにとって幸せなのかどうか、あたしにはわからない。だけど彼等が間違った道に進むことだけは何としてでも防がなきゃならないし、それが自分たちの務めだと思ってる」円華は絵から陸真たちに視線を移した。「照菜ちゃんの心の傷も癒《い》やしてあげなきゃいけない」

「心の傷……」

「じつの父親が殺されたんだよ。傷にならないわけがないでしょ」

「でも、さっきの様子だと、あまり悲しんでいるようには見えなかったけど」

「エクスチェッドには感情表現が苦手な子が多いの。照菜ちゃんもそう。でも悲しんでいる。多貴子さんによれば、彼女は昨日から一睡もしていないそうよ。それが彼女の悲しみの表現」

ぎくりとした。泣き続けていると聞くよりも衝撃的だった。

「あの子が眠りを取り戻せるよう、あたしはできるだけのことをするつもり」きっぱりといいきった後、円華は続けた。「間もなく脇坂刑事が到着する。部屋に戻ってちょうだい」

会議室に現れた脇坂は、スーツの上着を脱ぎ、ワイシャツの袖《そで》をまくっていた。ネクタイも緩められていた。かなり急いだのだろう。

彼は例のノートを持参していた。陸真が渡した通帳と見比べ、何度も唸った。

「連絡を貰《もら》った時は半信半疑だったけど、たしかにその通りだ。両方とも、このリストに載っている。ここへ来る前に確認したが、二人ともまだ逮捕されていない。そういう人間から月沢克司さんの口座に高額な振り込みがあった。これは何かあると考えたほうがよさそうだな」脇坂は独り言のようにいった。

「指名手配犯が本名での口座なんて持ってるかな？」円華が首を傾げた。

「持ってないでしょうね」脇坂の返事は早い。「持っているとすれば他人名義の口座で、そこから振り込む際、依頼人欄に本名を書き込んだと思われます」

「何のために？」

「もしかすると月沢さんから指示されたのかもしれません。本名で振り込め、と。理由はわかりませんが」

「じつは指名手配犯とは全くの別人が、振り込む時だけその名前を使ったとか？」

意表をつかれたのか、脇坂が息を吸う気配があった。

「あり得なくはないですけど、それこそ何のために？」

「可能性はゼロではないと思っただけです」そういってから円華は陸真のほうをちらりと見た。

脇坂が顎を撫でた。

「それはそうですね。あらゆる可能性を考える必要はあります。貴重な御意見、ありがとうございました。――陸真君、この通帳の内容をコピーさせてもらってもいいだろうか。もちろん外部に漏らすようなことは絶対にないと約束する」

「ええ、構いませんけど」

「ありがとう。ええと、ここにコピー機はあるんでしょうか」脇坂が円華に訊いた。

「もちろんあります。よかったら、あたしがコピーしてきますけど」

「いいんですか？　じゃあお願いします」脇坂は頭を下げながら通帳を円華に手渡した。

円華が出ていくと脇坂は陸真たちのほうを見た。

「それにしても、よくここがわかったね。どうやって突き止めたか、教えてくれないか」

「たまたまです。偶然が重なったんです」

陸真は、ここに辿《たど》り着いた経緯を説明した。そのためには図書館で円華たちと出会ったところから話さなければならなかったが、けん玉の件は省略した。

話を聞き終えた脇坂は感嘆したように首を何度か振った。

「そういうことだったのか。いやあ、大した行動力だなあ」

「脇坂さんは、昨日ここに来たそうですね」

「そうなんだ。君のところへ行った、その後でね。永江さんたちは月沢さんが亡くなったことを御存じなかったらしく、驚かせることになってしまった」脇坂は多貴子に視線を向けながら続けた。照菜は部屋で休んでいるそうで、ここには来ていない。「それで、あの……当然、君は聞いたわけだね？　永江多貴子さんとお父さんの関係を」

「聞きました。二人の間に子供がいたことも」

そうか、といって脇坂は鼻の下を擦《こす》った。

「正直いうと、次に君に会った時のことを考えると憂鬱《ゆううつ》だった。昨日もいったように個人情報を明かすわけにはいかないからね。とはいえ、知らないふりをしているのも辛《つら》いだろうなと思っていた」

「もう大丈夫です」

脇坂は黙って頷いた。

円華が戻ってきた。通帳を陸真に返した後、手に持っていたA４のコピー用紙の束を、どうぞ、といって脇坂に渡した。

「ありがとうございます。助かりました」

「犯人逮捕に繫がるといいですね」円華がいった。

「そのように願っています」コピー用紙を鞄に入れ、脇坂は腰を上げた。「では、失礼いたします。御協力に感謝します」

「お礼は結構ですから、ひとつだけ教えてください」円華がいった。「月沢克司さんの遺体が見つかった時刻と場所です。なるべく正確な情報を知りたいんですけど」

「時刻と場所？　七月十日の午前中で、場所は多摩川ですけど」

「正確な情報、といったはずです。捜査員ならお持ちでしょ？　それを教えていただけませんか？」

「何のためにですか」

「あたしなりに事件を推理するためです。捜査は警察にお任せしますけど、素人にもお手伝いできることがあるかもしれません。今日だって重要な情報を提供しました」

「正確な時刻や位置がわかったからといって、何を推理できるというんですか」

「それを脇坂さんが気にする必要がありますか？　遺体が見つかった時刻や場所なんて、捜査上の秘密とはいえないんじゃないでしょうか。死体を遺棄した犯人にだって、いつどこで発見されるかは予想できないから、裁判で有罪の証拠となる秘密の暴露にも繫がらない。違いますか？」

円華が早口で話す内容を、陸真は完全には理解できなかった。秘密の暴露って何だろう。しかし脇坂が困惑していることだけはわかった。つまり反論できないのだ。

「そんなものを知ったって、何の役にも立たないと思うんだけどなあ」さっきと同じことをいっている。しかも敬語を使う余裕さえなくしている。

「いいから教えてください。通帳のコピー、してあげたじゃないですか」

脇坂は顔を歪めた後、渋々といった様子でスマートフォンを出してきた。それを操作し、これでいいですか、といって円華のほうに差し出した。画面にはデジタルマップが表示されている。「通報があったのは、七月十日の午前八時三十八分です」

円華は自分のスマートフォンで、素早く画面を撮影した。「ありがとうございます」

「御満足いただけましたか」脇坂は苦笑し、ため息をついた。

すると円華は真剣な眼差《まなざ》しを刑事に向けた。

「あたしたちが満足するのは、月沢克司さんを殺した犯人が逮捕された時です」

この返しに脇坂の顔も引き締まった。

「わかっています。全力を尽くします」

ではこれで、と皆に一礼し、脇坂は部屋を出ていった。

陸真は純也のほうを見た。「俺たちも、そろそろ引き上げようか?」

「僕は構わないけど……いいの?」純也は多貴子のことを気にしているようだ。

「うん、今日はここまでにしておく」陸真は立ち上がり、多貴子を見下ろした。「とりあえず俺たちも帰ります」

多貴子は無言で小さく頷いた。

ドアに向かおうとすると、待って、と円華に呼び止められた。

「君たち、明日は何か予定があるの?」

陸真は振り返った。「俺は特にないですけど」

「だったら、あたしに付き合わない? 少しばかり身体を動かしてもらうことになると思うけど」

「何をするんですか?」

「脇坂刑事との話を聞いてたでしょ? あたしなりに推理する。まずは月沢克司さんが、どこで殺されたかを突き止める」

「どうやって?」

「あたしと一緒にいればわかる。その気があるなら、明日、この場所に来てちょうだい」円華はスマートフォンの画面を向けてきた。

そこにはさっき脇坂から得たマップが表示されていた。

7

脇坂が特捜本部に戻ると茂上がパソコンの前で頭を抱えていた。画面には、ずらりと氏名と住所が並んでいる。

「それ、何のリストですか?」脇坂は後ろから声をかけた。

茂上が憂鬱《ゆううつ》そうな顔で振り向いた。「何だと思う?」

「わからないから訊《き》いてるんですけど」

「科警支援局からの回答だ。D資料班が送った約百二十のDNA型を分析したところ、八十八名分のものだと判明したらしい。吸い殻なんかは同じ人間が複数捨てていたりするから、重複しているわけだ。で、その八十八名分のうち四十九名分がデータベースにあったものと一致したらしい」

「八十八のうち四十九?」

「そうだ。ほらな、やっぱり半数を超えてきた。俺のいった通りだろ」

脇坂は改めて画面を覗《のぞ》き込んだ。

「それぞれの犯罪歴はどうなってるんですか」

「半分ほどは何らかの前歴があったが、殆《ほとん》どが軽犯罪か交通違反だ。窃盗犯が二人いたが、どちらも万引きだ。詐欺罪も一人いたが、こちらは無銭飲食。傷害罪も一人いて、こいつは実刑をくらっている。いずれも今回の被害者との繋《つな》がりはなさそうだが、アリバイは確認しておく必要があるかもしれないな」

万引きに無銭飲食――多摩川周辺をうろつくホームレスじゃないのか、と脇坂は思った。

「前歴のないDNAは、どうやって身元を割り出したんですか」

「わからん。例によって、データベースの詳細については非公表、という添え書きがついていた」

「胡散《うさん》臭い話だなあ」脇坂は顔を歪《ゆが》めた。「絶対に何らかの方法で、犯罪とは何の関係もない人々のＤＮＡ情報を集めてますよね」

「俺もそう思うが、じゃあどうやって集める？　もうずいぶん前になるが、防犯のために国民全員のＤＮＡ情報を登録するという法案が国会で審議されたことがある。結果は反対意見が大多数で廃案になった。それ以来、そんな話は一切出なくなった。ＤＮＡは究極の個人情報といわれて久しい。最近では、捜査協力を名目にしただけでは関係者からのＤＮＡ採取も難しくなった」

「わかってますよ、そんなことは。前は拒否したら自分が疑われるんじゃないかと思って素直に従う者が殆どでしたけど、近頃じゃなかなか応じてくれない。一度警察にＤＮＡを採られたら、その情報がずっと残り続けるという噂がネットを中心に広がっているせいでしょう。だけど刑事である俺も、単なる噂だという気がしなくなっています」

「だからこそ余計、不特定多数の国民のＤＮＡを集めるなんて不可能な話だとしか思えないんだよ。考えてみろ。自分が捨てたばかりの吸い殻や、飲み終えたばかりのコーヒーの空き缶なんかを拾うやつがいたら気味が悪いだろう？　下手すりゃ通報される。だけど今のところ、そんな事案は起きていない」

脇坂は舌打ちをした。「科警支援局の奴ら、どうやって集めてるのかな」

改めて伊庭の公家面《くげづら》が頭に浮かんだ。あの仮面をどうにかして引っ剝《ぺ》がす方法はないものだろうか。

「そんなことを今おまえが考えたって仕方がないだろう。おまえが気にしなきゃならないのは、ここにあるリストの人間と被害者との間に繋がりがないかどうかだ。明日の捜査会議の前に、このリストを鑑取り班全員に送付しておく。明日も忙しくなりそうだな」

茂上の話を聞き、気持ちが暗くなった。人を眠らせ、川に突き落として溺死《できし》させた犯人が、川縁《かわべり》で煙草を吸ったり、チューインガムを噛《か》んだりするだろうか。だがリストが上がってきた以上、確かめないわけにはいかない。

脇坂は椅子を引き、茂上の横に腰を下ろした。周りを見回すと疲れた顔の捜査員たちが、あちらこちらでパソコンに向かっている。本日の仕事内容を報告書にまとめているのだろうが、大きな成果を得たという気配は感じられない。

「被害者の足取りは、まだ摑《つか》めないんですか」脇坂は小声で訊いた。「各種防犯カメラと連携している監視システムなら、とっくに見つけていてもおかしくないと思うんですが」

「監視システムの得意技は、その名の通り監視だ。つまりリアルタイムでの分析で、過去の映像からの検出には時間がかかる。当然だよな。リアルタイムというのは今この瞬間だけだが、過去は膨大にある。とはいえ被害者の顔認証や歩容認証などのデータは揃ったらしく、七月四日から五日にかけて、東京中の防犯カメラ映像をＡＩが片っ端から解析し始めたそうだから、いずれは見つかるんじゃないか」

「気が遠くなるような話ですけど、いつになりそうですか」

「そんなこと俺に訊くな。それより――」茂上は冷徹な表情になり、右手を出した。「例の通帳のコピーを見せてくれ。必要なところだけでいい」

脇坂は鞄《かばん》を開け、月沢克司の通帳のコピーを取り出した。数理学研究所での月沢陸真や羽原円華とのやりとりは、例によって茂上も傍受していたのだ。おかげでいちいち報告する必要がなく、すぐに本題に入れる。

「指名手配犯から多額の入金があり、二日後にはそれを娘の治療費として振り込んだ、か。考えられることはひとつしかないな」

「見当たり捜査員をしていた頃の眼力を生かし、指名手配犯を街中で発見した。しかしもはや刑事ではない月沢さんは、相手に近づき、通報しないことを条件に金を要求した――というわけでしょうね」

「あるいは相手から取り引きを持ちかけてきたのかもしれんな。百万円とか五十万円を振り込めるということは、それなりに蓄えがあったんだろう。こいつら、どんな事件を起こしたんだ？」

脇坂は手帳を出した。

「弘田直樹は轢《ひ》き逃げです。五年前に大阪府警から手配が出ています。職業は会社員。コンピュータ関連の会社です。現在は三十三歳。田中良介は詐欺罪。現在は五十歳。資産家を騙《だま》し、三億円以上の金を持って逃走しています」モバイルのＡＩに尋ねたところ、立ち所に教えてくれた。

「振り込みは、どちらも一回だけか？」

「通帳によれば、そうです」

「つまり何度も金を要求したわけではない、ということか」

「要求したくてもできなかったのかもしれません。相手は当然、行方をくらまし、連絡を絶ったでしょうから」

「要求が一回だけだったのなら、それが殺しの動機に繋がるとは思えない」

「ふつうはそうですね」

「とはいえ、この二人の指名手配犯について調べないわけにはいかないな。どうせ他人名義の口座を使ったんだろうが、利用履歴から何かわかるかもしれん。家賃の引き落としなどにも使っているようなら、住んでいるところを摑める。誰かにやらせよう」独り言のように呟《つぶや》いた後、茂上は傍らに置いた手帳を開き、何やら書き込み始めた。その表情は淡々としている。この作業が事件解決に繋がる可能性は低いと思っているのだろう。

メモを終えたらしく、さて、と茂上が顔を上げた。

「二人の指名手配犯が事件に関係しているかどうかはともかく、月沢克司氏が元警察官としてあまりよろしくない行動を取っていたのは事実のようだ。このことはどうだ？　事件に何らかの関わりがあると思うか？」

「自信をもって、ある、とはいいませんが、その可能性は高いと思います。息子によれば、月沢さんは行方不明になる直前、例のノートを見ていたようです。新たに指名手配犯を発見し、金銭を要求する準備をしていたのかもしれません」

「そして本人に接触し、取り引きを持ちかけたところ、返り討ちに遭ったというわけか」

「あり得ませんか？」

いや、と茂上は首を振った。

「あり得ないどころか、有力なセンだ。そうなると容疑者は一気に絞られるしな」

脇坂は再び鞄を開けて月沢のノートを出し、茂上の前にある机に置いた。

「このノートに顔写真が貼られていて、まだ逮捕されていない手配犯ですね」

「そういうことだ。決めつけは禁物だが、次の捜査会議までに係長に話しておこう。人員を回してもらえるだろう」

「ひとついいですか」

「何だ?」

「月沢さんが指名手配犯を見つけたとして、それはいつ、どこで、だと思いますか」

脇坂の質問に、茂上は小さく両手を広げた。

「そんなのはわからんよ。どこかの街中だろう。道行く人々の中から指名手配犯を見つけ出すのが見当たり捜査員だ」

「それはわかっていますが、月沢さんは刑事を辞めています。もはや指名手配犯を捜すために街角に立っていても、誰も給料を払っちゃくれない。しかし彼は、警視庁を辞めた後、似たような仕事をしていました」

「そうか」茂上は得心した顔になった。「警備員だったな」

「ただの警備員じゃありません。潜入監視員です。身に着けたカメラで、周りにいる人間を片っ端から撮影するという仕事でした」

「カメラで撮るだけじゃなく、自分の目で顔を見て、このノートにある顔写真と照合していたというわけか」

「息子の陸真君がいってました。警察を辞めて警備員の仕事をしている時に指名手配犯を見つけ、逮捕に結びついたことがあるって」

茂上の目つきが鋭くなった。

「今回も、潜入監視員をした時に見つけたというわけか」

「もしそうなら、その手配犯の姿が防犯カメラや月沢さんが撮った映像に映っている可能性があります」

「しかし月沢氏は毎日のように仕事に出ていたんだろ？　映像の数は膨大になる」

「おっしゃる通りですが、俺の想像が正しければ絞り込めると思います」

「どんな想像をしているんだ？」

「月沢さんが潜入監視員の仕事中に指名手配犯を発見したとします。警察には通報せず、本人に金銭を要求するつもりなら、次にどうするでしょうか」

「何とかして身元を突き止めようとするだろうな」

「どうやって？」

「そりゃあ尾行だろう」そういってから茂上が首を縦に振った。「なるほど、そういうことか。監視員を続けてたんじゃ、尾行はできないな」

「だからどうするか？　何か理由をつけて、月沢さんは仕事を抜けたんじゃないでしょうか。少なくとも一定時間、その場から離れる必要がある」

「仕事中にそういうことがあったかどうかを確かめればいいわけか……」

「この推理、的外れですか？」

「的外れどころか、それしかないはずだと顔に書いてあるぞ。早速、誰かに当たらせよう」

「まだ七時です。俺がこれから行ってきます。ああいう会社だから、二十四時間動いているはずです」返事を聞く前に立ち上がり、脇坂は茂上に背中を向けていた。

月沢克司が働いていた警備保障会社は中央区日本橋茅場町《ちゅうおうくにほんばしかやばちょう》に本社がある。聞き込みに行った捜査員たちの情報によれば、警察との窓口になっているのは瀬戸という人物らしい。月沢陸真からも聞いている名前だ。連絡してみると、瀬戸はまだ会社にいて勤務中だという。午後十時を過ぎれば身体が空くとのことだった。

脇坂は警察署の近くの定食屋で夕食を摂《と》ることにした。所轄の刑事から教わった店だ。特捜本部には弁当が用意されているが、食事の時ぐらいは仕事場から離れたかった。

店は木造民家を改装したような造りで、昭和の雰囲気があった。天井近くの棚にテレビが置いてある。老人向けのバラエティ番組が流されていたが、数人いる客は誰も見ていなかった。

脇坂は四人掛けテーブルにつき、壁に並んだ品書きを見て、サバの味噌煮《みそに》定食を注文した。ビールも頼みたいが、この後に仕事があるので我慢した。

手帳を取り出し、サービスで出された茶を啜《すす》りながら数理学研究所でのやりとりを振り返った。あそこへは昨日と今日、続けて訪れ、いくつかの事実が確認できた。

永江多貴子が月沢克司の恋人で、永江照菜は二人の間にできた子供ではないかというのは、月沢陸真の話を聞いた時から考えていたことだった。赤の他人の血液検査結果を、ふつうは大切にファイリングなどしない。書類を詳細に読めば患者は七歳の女の子らしい。しかも月沢克司は八年前に婦人科で診察代を払っていて、その領収書を大事に保管していた。もしかしたら女の子の母親が妊娠した時のもので、その記念に取っておいたのではないか、と気づいた。つまり月沢にとって、その妊娠は喜ばしいことだったのだ。

ただしこの推理を陸真には話さなかった。あくまでも想像にすぎず、少年の心を乱すだけだと思ったからだ。だが研究所で永江多貴子の話を聞いたところ、やはり的中していたというわけだ。

事件について、永江多貴子は思い当たることは何もないといった。月沢とは二週間近く会っておらず、最後に電話をもらったのは七月三日で、以後は連絡が取れなかったらしい。事件を知らなかったという供述は不自然ではなかった。昨今、自分が興味のあるニュースしか見ないという人間は多い。

そして今日だ。指名手配犯ノートと銀行の通帳が結びついたのは意外で大収穫だった。あの二人の中学生は大した探偵だ。

それにしても、あの女性は何者だろう——脇坂は羽原円華の整った顔を思い浮かべた。研究所の職員だといった。永江照菜たちの世話をしているらしい。永江母娘《おやこ》は、ずいぶんと彼女を信頼しているようで、聴取の場に同席させることを望んだ。彼女は途中で口を挟んだりはせず、永江母娘に問いかける脇坂の顔をじっと見つめてきた。その目には妙な力があり、視線を受けた部分が心なしか熱を帯びるような感覚があった。

昨日、帰りに羽原円華は脇坂を出入口まで先導してくれたのだが、途中でくるりと振り返ると彼の足元を指していった。「靴、そろそろ買い替えたほうがいいですよ」

「靴?」突然、何をいいだすのかと思った。

「靴底がずいぶんとすり減っています。しかも左右で違います。そのまま履いていると腰痛の原因になります」

「あ……そうなんです。前に靴を修理した時にいわれました」

「じゃあ、急いで修理に出されたほうが」

「そうします。でもすごいですね、歩き方を見ただけでわかるなんて」

すると羽原円華は口元を緩めて首を振った。「見ていません。聞こえただけです」

「何がですか？」

「足音が」

えっ、と脇坂は自分の足を見下ろした。「足音だけでわかるんですか？」

だが彼女はこの問いには答えず、「本日はお勤め御苦労様でした。お気をつけてお帰りになってください」といって慇懃《いんぎん》に頭を下げたのだった。

さらに今日だ。今度は別れ際に奇妙なことを要求してきた。月沢克司の遺体が見つかった場所と時刻を正確に知って、一体どんなことが推理できるというのか。

変な女だと思いつつ、また会いたいという気持ちがある。不思議な魅力を持った女性だ。

サバの味噌煮定食が運ばれてきた。所轄の刑事がいっていた通り、美味《うま》そうだ。脇坂は割り箸《ばし》を手に取った。とりあえず今は腹ごしらえに集中しよう。

食事を楽しみながら何気なくテレビに目を向けると、ニュース番組が始まっていた。男性アナウンサーが話している。

「今月七日、大田《おおた》区の家電量販店の倉庫が何者かによって荒らされた事件で、都内に住む十九歳の専門学校生が逮捕されました。学費が足りなくて困り、インターネットの闇バイトに手を出してしまった、窃盗の手伝いだとは思わなかったと話しているそうです。警察の発表によれば、現場に落ちていたニット帽に付着していたDNAから、この専門学校生を割り出したとのことです」

はっとして箸を止めた。画面を凝視したが、そのニュースはそこまでだった。

DNAから割り出した？　どうやって？

ニット帽からDNAを検出できたのはわかる。毛髪や皮脂などが付着していたのだろう。分析したDNA型がデータベースにあったということか。十九歳の専門学校生のDNA型が、なぜデータベースに登録されていたのか。もちろん逮捕歴があればその時に登録されたのだろうが、ニュースを聞いたかぎりでは、過去に犯罪に手を染めている印象はない。

最近はこういう事例が増えた。現場に遺留品さえあれば、瞬く間に犯人逮捕に結びついているという印象がある。いや、実際そうだ。科警支援局のDNA捜査網の力には、底知れない不気味さがある。

考え事をしながら箸を動かしているうちに料理が残り少なくなっていた。サバの味噌煮が載っていた皿は空だ。どんな味だったかよく覚えておらず、損をした気分になった。

店を出ると地下鉄に乗った。茅場町で降り、外に出た時には午後十時を少し過ぎていた。

会社は駅のそばにあった。一方通行の道路に面した立派な建物だ。窓のいくつかはまだ明かりが点《とも》っているが、正面玄関は真っ暗だ。

瀬戸に電話をかけると、夜間通用口に回ってくれといわれた。建物の左端にあるらしい。

行ってみると小さな入り口があった。守衛室の前に眼鏡をかけた痩《や》せた男が立っていた。

「瀬戸さんですか」

「そうです。ええと……」

脇坂です、といいながら警察のバッジを提示した。「突然すみません」

「いいえ。では、これを」瀬戸は紐《ひも》の付いた入館証を出してきた。

案内されたのは休憩室のような空間だった。簡易なテーブルと椅子が並んでいて、壁際には自動販売機が置かれている。こんな時間だが、人が数名いた。

「皆さん、遅くまで大変ですね」

脇坂がいうと、いえいえ、と瀬戸は手を振った。

「単に勤務時間がずれているだけです。僕の場合、今夜は野球場のモニターをしなきゃいけなかったので、遅番になったんです」

「モニターというと？」

「ここのモニタールームで、防犯カメラやセンカンのカメラの映像をチェックしながらセンカンたちに指示を送るんです。同じ場所に留《とど》まっていたんじゃ、撮影できる映像はかぎられてきますから。また不審者を発見した場合には、そのことを彼等に伝え、より多くの情報を得られるようにします」

「失礼、センカンというのは？」

「ああ、ごめんなさい。潜入監視員のことです。ええと潜入監視員のことは……」

「それは知っています。身体に装着したカメラで周囲の様子を撮影するそうですね。今のお話を伺っていると、一度の催しで相当な数の映像を撮影されているようですが」

「それが我が社の仕事ですから」瀬戸は誇らしげな口調でいった。「警備保障会社にカテゴライズされていますが、防犯だけを売りにしているわけではありません。膨大な数の映像は、いわばビッグデータです。それらを分析し、マーケティングに繋げていくのも我が社の大きな役目です。たとえばイベント会場での人の流れなどを分析し、どの催しに人がどのように集まったか、会場の配置が適切だったか、誘導経路に無駄がなかったか、といった防犯以外のことも検証し、クライアントに提供します。あるひとりの来場客にフォーカスし、どんなふうに見て回り、どこでお金を使い、どのエリアを素通りしたかなどを明示することも可能です。必要とあれば、いつトイレに入ったかも」まるで営業マンのようにすらすらと言葉が出てくる。

「そういった分析は顔認証を使って？」

「顔認証も使います」瀬戸は頷いた。「だから潜入監視員たちには、とにかくできるかぎりたくさんの人々を撮影してくれといっています。角度だとか手ブレなんかは気にせず、片っ端から撮ってくれと。あとはＡＩが何とかしてくれますから」

「月沢さんも、その潜入監視員だったそうですね」

途端に瀬戸の表情が暗くなった。

「そうです。僕たちのグループのメンバーだったんですけど、まさかあんなことになるなんて……。あの、前に来た刑事さんにも話したんですけど、僕は個人的には月沢さんとは殆ど付き合いがなくて、事件について心当たりがあるかと訊かれても、何も答えられないんです。仕事上でも、単なる潜入監視員とモニター係というだけで」

どうやら聞き込みに来た刑事に、かなりしつこく訊かれたようだ。瀬戸は発信履歴に名前が残っていたからだろう。月沢は七月四日に仕事を休んでいるが、そのことを瀬戸に伝える電話だったらしい。

「今日はあなたと月沢さんの個人的な関係を問い質《ただ》しにきたわけではありませんから御安心を」脇坂は表情を緩めた。「教えていただきたいのは月沢さんの勤務状況なんです」

「といいますと？」

「潜入監視員は、イベントの最初から最後まで、ずっと会場にいるわけですか」

「基本的にはそうです。中にはものすごい長時間のイベントがありますから、そういう時には交代しますけど」

「途中で抜けることはないんですか」

「トイレで持ち場を離れることはあります。真夏の屋外なんかだと、熱中症対策で適宜休憩を取ってもらったりもします」

「トイレや休憩ではなくて、急遽《きゅうきょ》仕事を中止しなきゃいけない時はどうするんですか。たとえば体調が悪くなったとか、身内に不幸があったという連絡があった時なんかは」

ああ、と瀬戸は口を開けた。

「そんな時は仕方がないので、抜けてもらいます。所謂《いわゆる》、早退になります」

「最近、月沢さんが早退したことはなかったですか」

「月沢さんが？」瀬戸は眉根《まゆね》を寄せ、拳《こぶし》を顎《あご》に当てた。「そういえば、つい最近そんなことがありましたね。急に気分が悪くなったので申し訳ないけど離脱させてほしい、といいだしたことが……」

「いつですか？」

「いつだったかな。調べればわかると思いますけど」

「お手数ですが、確認していただけますか」

「わかりました。少しお待たせするかもしれませんが」

「御一緒しても構いませんか？　邪魔はしません」

瀬戸は断るのも面倒臭いという顔で頷《うなず》いた。

「まあいいでしょう。この時間だから、もうあまり人はいないと思うし」

ありがとうございます、と脇坂は頭を下げた。

エレベータで別のフロアに移動した。モニタールームという表示の出ている部屋はガラス張りで、たくさんのモニターが並んでいた。

瀬戸は自席らしき椅子に座り、キーボードを操作した。目の前のモニターに日程表が表示された。月沢克司の勤務実績らしいが、脇坂には表の見方がよくわからなかった。

「ああ、そうだそうだ、思い出した」表を見て瀬戸がいった。「あの日だ。モーターショーの最終日だ」

「モーターショーの日？　間違いありませんか？」

「間違いないです。月沢さんは午後五時二十分に早退しています。気分が悪くなったといってきたので、じゃあ離脱して結構ですといいました」

「日付は六月二十七日ですね？」

瀬戸はモニターを一瞥《いちべつ》し、そうですね、と答えた。

当たりだ。脇坂は指を鳴らしたくなった。さすがは親子だ。月沢陸真の直感は当たっていた。

やはりその日、何かがあった。月沢克司は誰かを見つけたのだ。

「瀬戸さん、さらにお願いがあるんですが、聞いてもらえますか？」

「どんなことですか？」瀬戸の顔に警戒の色が浮かんだ。

「その日の映像を貸していただきたいんです。モーターショーで撮影された映像を全部」

「えっ、全部」瀬戸の頬《ほお》が引きつった。「それは僕の一存では何とも……」

「どうせこの会社も警察庁と提携しているんでしょ？　そうでなければ指名手配犯や刑務所出所者の詳しい情報なんかは入ってこない。見返りとしてリアルタイムで映像を提供している。そうですよね？」

「いや、それは、ええと……」瀬戸のこめかみから汗が流れた。

「令状が必要なら、後日お持ちします。どうか、映像を貸してください。お願いします」脇坂は深々と頭を下げた。

弱ったなあ、という声が頭上から聞こえてきた。

8

聞き慣れない電子音で目が覚めた。陸真は自分がどこにいるのか、すぐにはわからなかった。カーテンを通して太陽の強い光が入ってくるが、そのカーテンに見覚えがない。

本が並んだ書棚が目に入り、純也の部屋だと気がついた。昨夜、泊めてもらったのだ。もちろん夕食も御馳走《ごちそう》になった。カレーライスだった。

電子音が止まり、おはよう、という声が聞こえた。ベッドの下を見ると、純也が布団の上で寝転がり、目覚まし時計を床に戻すところだった。

「ああ、おはよう」

「よく寝れた？」

「めっちゃ寝た。なんか悪いな。俺がベッドを取っちゃって」

「気にしなくていいよ。たまには布団もいい。僕もよく寝れた」

「ていうか、昨日は寝るのが結構遅かったもんなあ」

寝る準備をしてから、二人で長々とおしゃべりをしていたのだ。一学期の思い出や教師の悪口、気になっている女子のこと等、他愛のない話ばかりだ。事件のことは殆ど話さなかった。話したところで何ひとつ進展しないことを、どちらもわかっているからだ。

「ええと、今何時？」陸真は訊いた。

「七時半。あと二時間半しかない。起きよう」

純也が上体を起こすのを見て、陸真もベッドから下りた。

宮前家の巨大な食卓には、すでに朝食の用意ができていた。焼いた鮭と切り干し大根、アサリの味噌汁という純和風の取り合わせに陸真は感激した。克司が生きていた頃、朝食はトーストと目玉焼きばかりだった。

どんどん食べてね、と純也の母親がいうので、二杯もおかわりをしてしまった。

「今日も暑いみたいだから、二人とも熱中症に気をつけてね。純也、冷蔵庫にペットボトルの水を入れてあるから、月沢君と二本ずつ持っていきなさい」

「二本もいらない。一本でいいよ」

「一本なんて、すぐに飲みきっちゃうわよ。持っていきなさい」

「ちぇっ、わかったよ」

今日、二人はサイクリングに行くことになっていて、そのことは昨日のうちに純也の母親にも話してあったのだ。

もちろん単なるサイクリングではない。羽原円華からの誘いに乗り、克司の遺体が見つかった場所に行くのだ。陸真たちが住む町からだと十キロ近くあるのだが、自転車で来るように、と円華からいわれていた。その理由については、機動性がほしいから、と説明された。

何が何だかわからなかったが、陸真は円華の指示に従うことにした。昨日、純也の家に来る前に自宅マンションに寄り、翌日の支度をした後、駐輪場に止めてあった自転車を持ってきたのだった。

朝食を終えると午前八時を少し過ぎていた。純也の母親に見送られ、二人は出発した。円華とは午前十時に現場で落ち合う約束をしている。

「僕が前を行くから、陸真はついてきて」純也がいった。彼の自転車のハンドルにはスマートフォンを取り付けられるようになっていて、現在地を確認しながら走ろうというわけだ。陸真に異存はなかった。

自転車に乗るのは久しぶりだ。しかしペダルの動きはスムーズだし、ブレーキがおかしな音をたてたりもしない。昨夜、純也の父親がメンテナンスをしてくれたからだ。

風を切って走っていると、夏の日差しさえも爽《さわ》やかに感じられた。いろいろなことがどうでもよくなり、克司の死さえ、遠い昔の出来事のような気がする。麻薬などの幻覚状態をトリップというけれど、こういう感じに近いのかなと陸真は思った。そういえばトリップには旅行という意味もある。サイクリングはトリップの一種だ。だからこれはやっぱりトリップだ。

多摩川が見えてきたところで純也が速度を緩めた。「休憩する？」大声で訊いてきた。オーケー、と陸真は叫んだ。

川を渡る橋の手前に植え込みがあり、ちょうどいい日陰を作ってくれていた。その下には腰掛けられるブロックが並んでいる。バックパックからペットボトルを取り出し、水分補給をした。

「円華さん、何をする気なのかなあ」多摩川を眺めながら純也がいった。

さあ、と首を捻《ひね》ってから、陸真は友人の横顔を見た。「今、円華さんっていったよな」

「いったよ。だって円華さんじゃん」

「そうだけど、ふつう下の名前じゃ呼ばないだろ」

「どうして？　いいじゃん、呼んだって。羽原さんだとなんか硬い気がする。あの人のことは名前で呼びたい感じなんだよなあ」純也は頰を緩め、遠くに視線を向けている。

「純也、おまえ、もしかしてあの人のことが好きになったんじゃないか？」

すると純也は、むっとした顔を向けてきた。むきになって否定するのだろうと陸真は思った。ところが太った友人の口から出た言葉は、「悪い？」だった。

「好きだよ。だって、あんなに美人なんだから好きになって当然じゃん。誰だって好きになるって。それとも陸真は好きになってないの？」

「ならねえよ。めっちゃ年上だぜ」

「歳なんか関係ないよ。それに年上といったって、十歳ぐらいじゃないの。それぐらいのカップルはいるよ。ふーん、そうか。陸真は好きになってないのか。変わってるな」

「どっちがだよ」

「でも安心した。陸真はライバルにはならないってことだからな。よかったよかった」

相変わらず変なやつだなと陸真は改めて思った。しかし自分がこのユニークさに救われていることもわかっている。

ひと休みしたら元気が湧いてきた。再び自転車に跨《また》がり、スタートした。橋の手前を左に曲がれば、川に沿った車両通行止めの道が延びている。一本道なので今度は陸真が前を走ることにした。

多摩川を右に眺めながら軽快にペダルを踏んだ。河川敷にはボール遊びをしている子供たちの姿があった。誰もが夏休みを楽しんでいるように見えた。

今の自分も傍《はた》からはそう見えているといいなと陸真は思った。同情なんかはされたくない。かわいそうだなんて思われたくない。

この先——たとえば夏休みが明ける頃には、違う毎日が訪れるのかもしれない。近いうちに児童相談所から連絡が来て、児童養護施設に預けられることになるのだろう。そうなれば、もしかすると転校しなければならないかもしれない。純也とも今のようには会えなくなる。

そうなった時でも、決してかわいそうな少年には見えないようにしようと思った。笑顔で転校していくのだ。純也とも笑って別れるのだ。

サッカー場やテニスコートを右に眺めながら、ペダルをこぎ続けた。いつの間にかアスファルトではなく土の道になっていた。ジョギングや散歩をしている人も多い。

途中、河川敷が狭くなり、自転車走行が禁じられている道があった。しばらく車道を走った後、再び川沿いの道に合流した。橋の下をくぐり抜けると、視界が一気に広がった。河川敷の向こうに川崎《かわさき》のビル群が見えた。

「りくまー、ストップ」

後ろから声が聞こえたので、陸真はブレーキをかけた。純也が横に並んでくる。

「このあたりだと思うんだけどな」純也は自転車から降り、スマートフォンをハンドルから外した。

陸真は周囲を見回した。サッカーや野球をするスペースはなく、人気も少ない。気候のいい時ならば散策を楽しむ人も多いかもしれないが、この暑さではぼんやりと歩く気にはならないだろう。

川縁に佇《たたず》む女性の人影があった。ピンク色のキャップを被《かぶ》り、薄いパーカーを羽織った後ろ姿には、不思議なオーラが漂っていた。顔は見えないが、なぜか羽原円華に違いないと確信した。

羽原さんだ、と陸真は呟いた。

「えっ、どこ?」

「あそこ」

あっ、と声を発して純也は駆けだした。陸真も自転車から降り、後を追った。

純也が声をかけたらしく、女性が振り返った。スポーツサングラスをかけているが、やはり羽原円華に間違いなかった。

「おはよう。時間通りだね」円華はいった。

「でしょう？　めちゃくちゃがんばったもん」純也がアピールした。

おはようございます、と陸真は挨拶《あいさつ》した。「何を見ていたんですか？」

円華は首を傾げた。

「何を、と訊かれたらちょっと答えにくいな。ひと言でいうなら、いろいろなもの。地形とか川の流れ、水位、風向き、その他諸々《もろもろ》」

「遊んでる人の数とか？」純也が問う。

「それは関係ない」円華は答え、川のほうに顔を向けた。「七月十日、月沢克司さんの遺体はこのあたりで発見された。でも、ここで溺死させられたわけじゃない。もしこの場所で殺されたのだとしたら、遺体が見つかるのは、もっと下流のはず」

「流されるってこと？」

純也の言葉に、そう、と彼女は頷いた。

「溺死ということは、川に落とされた時点では生きていた可能性が高い。肺に空気が入っているので、少しの間は浮いている。でもやがて溺《おぼ》れ、身体全体の比重は水より重くなって、遺体は川底に沈んでいく。そのまましばらくの間は、あまり移動しない。次に変化が起きるのは、身体の腐敗が始まった時。今の季節だと、早ければ翌日には始まっていたかもしれない。腐敗が始まるとガスが発生する。ガスが徐々に体内に溜《た》まっていくと、浮力が生じ、遺体が底から浮かび始める。浮かべば当然、川の流れに従う」円華は陸真のほうを見た。「お父さんが行方不明になったのは七月四日の夜だよね？」

「そうです」

「遺体が見つかったのは十日の午前中。殺されたのが四日の夜だとすれば、約五日をかけてこの場所に流れ着いたことになる。お父さんの身長と体重は？」

「身長は一七〇センチぐらいで、体重は六五キロってところでした」

「遺体が水面に浮かんでいたら、もっと早くに見つかっていたはず。十日まで見つからなかったのは、たぶん水中を移動していたから。腐敗を進行させながら漂って、ついに水面まで浮き上がったのが七月十日だったというわけ」

すごい、と純也がいった。「なんでそんなことまでわかるの？」

「わかったんじゃない。起きた現象を整理しただけ。次は、この事実に基づいて、月沢さんはどこで川に落とされたのかを突き止めなきゃいけない」

「どうやって？」

「そのために、いろいろなことを観察していたの。じゃあ、行こうか」円華が歩きだした。

「どこへ？」追いかけながら純也が訊く。

「ついてくればわかる」

「ねえ、円華さんって呼んでいい？」

おい、と陸真はいった。「失礼だぞ。さっきからずっとタメロだし」

円華が足を止め、二人を振り返った。

「どう呼んでくれても構わないし、タメ口で結構。ただし、ひとつだけ条件がある。これから何があっても、あたしの個人的なことは質問しないで。わかった？」

その口ぶりがやけに真剣で、陸真はどきりとした。同様の感触を得たのか、わかりました、と純也がこの時だけ丁寧な言葉で答えた。

円華の自転車もすぐそばに止めてあった。フレームがピンク色の、スタイリッシュなスポーツサイクルだった。彼女がそれに跨がる際、ショートパンツから出た太股《ふともも》が目に入り、陸真は少しどぎまぎした。

円華が颯爽《さっそう》と走りだし、純也、陸真の順で追いかけた。ここへ来るまでの道のりを逆走するコースだ。さっきは右に眺めていた景色が、今度は左側を流れていく。

数分走ったところで円華が止まった。自転車から降りるのを見て、陸真たちも降りた。川は遠すぎて見えない。円華は自転車を止め、野球場とサッカー場に挟まれた小道に入っていった。陸真たちも後を追う。

競技場を通り過ぎると、草がぼうぼうに生えている先に川が見えた。円華は草を踏みつけながらさらに進んでいく。やがて川縁に立つとサングラスを外し、周りを見渡すように顔を巡らせた。

「ここが現場なんですか？」陸真は訊いた。

違う、と円華は答えた。

「遺体がこの場所を通過したのは、たぶん発見される前日の夜ぐらい」

「そうなんですか」

「川の流れは水面と水底だと水面のほうが速い。でもじつは、水面よりも少し沈んだところが一番速い。まだ水面に浮上していなかった遺体は、かなりのスピードで流されていたと思う」

「どうしてわかるの？」

純也が訊いたが円華は無言で瞼《まぶた》を閉じた。そのまま微動だにしなくなった。

円華さん、と純也が呼びかけた。「何やってんの？」

しかし彼女は答えず、黙っていろ、とばかりに右手を小さく上げた。しばらくしてからその手を下ろし、目も開けた。サングラスをかけ直す。

「何やってたの？」純也が改めて訊いた。

「音を聞いてた」

「何の？」

「いろいろな音。風の音、水の音」

「それを聞いてどうするの？」

「そんなことは決まってるでしょ。さあ、行くよ」円華が足早に歩きだした。

「風の音、水の音」ぶつぶつと呟いてから純也が陸真を見た。「そんなもの聞こえた？」

陸真は黙って首を振り、円華の背中を追った。

さらに数分走り、また円華は止まった。すぐそばに水路がある場所だ。

「ここでは少し流れが複雑になる」川縁に立ち、円華が呟いた。「でも四日から十日の間、大雨は降ってないから水位は安定していたはず。身長一七〇センチ、体重六五キロ……うん大丈夫、問題ないな」自分の言葉に納得するように頷いている。

「ここも現場じゃないんですね？」陸真は確認した。

「うん、違う」そういうと円華は踵《きびす》を返した。円華は上流に向かっていく。陸真と純也はとにかくついていくしかなかった。

そんなことを何度か繰り返しながら、円華は上流に向かっていく。陸真と純也はとにかくついていくしかなかった。


途中、警察官が捜索を行っている場所があった。さっき通った時には気がつかなかった。人数は三十人以上いるようだ。棒などを使い、草むらの中を捜しているように見えた。

円華が自転車を止め、警察官たちのほうに視線を向けた。

「何をやってるのかな」純也がいった。

「遺留品を捜してるんだと思う」円華が吐息を漏らした。「残念ながら、そこじゃないんだよねえ。まだもう少し上流」

「円華さんが教えてあげたらいいじゃん」

「何といって？　あたしの言葉を信じなさい、とでもいったらいいの？」

「僕なら信じるけどなあ」

「君ならね。逆にいうと君は警察官にはなれない」

行くよ、といって円華はまた自転車を走らせ始めた。

やがて三人は二子《ふたこ》玉川《たまがわ》のあたりまで来た。後ろには集合住宅が建ち並んでいる。川を見渡し、円華は大きく首を縦に動かした。「ようやく辿《たど》り着いたみたいね」

「ここが犯行現場？」純也が訊いた。

そう、と円華は答え、両手を大きく広げた。

「ここから前後百メートル。その間に月沢さんが殺害された場所がある」

えーっ、と純也はのけぞった。

「そんなこと、なんでわかるの？　円華さんって何者なの？」

円華が両手を腰に当て、純也を睨《にら》んだ。

「なんでわかるか？　あたしだからわかる。そうとしかいえない。もしそれでも満足できないなら、こう答えておく。あたしは魔女だから。それでいい？」

早口でまくしたてられ、純也は直立不動で目を白黒させている。わかりました、と弱々しく答えた。

円華は腕組みをし、川のほうに向き直った。「さて、ここからどうするか……」

「前後百メートルということは、全体で二百メートルもあります」陸真はいった。「結構広いですね」

「犯人の心理を想像してみて。いくら睡眠薬で眠らせているとはいえ、ひとりの男性を溺れさせるのは簡単じゃない。周りに障害物がなくて、どこから見られているかわからないような場所は避けるはずだよね」

円華の話を聞きながら、陸真は周囲を見回し、すぐに視線を止めた。

「わかった、あそこだっ」指差したのは大きな橋だ。その下ならば人目を避けられる。

「あたしと意見が一致したみたいね」円華がにっこりと笑った。

自転車から降り、三人で橋の下に行ってみた。草が生えているが足場はさほど悪くなく、川に近づくのは難しくなかった。

「ここだと思う」円華がいった。「月沢克司さんは眠らされてここまで連れてこられ、川に落とされた。間違いないと思う」

「こんなところで……」

日陰になった川縁を見つめ、陸真は気持ちも暗くなった。あの克司が、こんな場所で溺死させられたとは、到底信じられなかった。元刑事だけあって腕力には自信があったはずなのだ。

いつの間にか目の前から円華と純也の姿が消えていた。振り返ると二人はしゃがみこみ、草の生えた地面を見つめている。

「何をしてるんですか？」近づきながら陸真は訊いた。

「何かを引きずった跡がないか、調べてるの」

「親父は引きずられてきたっていうんですか」

「そうかもしれないし、もっとほかの方法を使ったのかもしれない。いずれにせよ、月沢さんが自分で歩いて、こんなところに来たとは思えない。そもそも溺死だからといって、生きている時に川に突き落とされたとはかぎらない。どこか別の場所、たとえば風呂場《ふろば》で溺死させられて、ここに運ばれてきた時にはすでに死体になっていた可能性だってある」

嫌な想像だった。そんな光景は思い浮かべたくない。

「気を悪くしたのならごめんね。だけど真実を知るためには、あらゆる可能性を考えなきゃいけない。気が進まないのなら、君は帰ってもいいよ」

「いえ、大丈夫です。俺も捜します」陸真は腰を屈《かが》め、目を凝らして地面を見つめた。

だが本当にここが現場なのだろうか。多摩川は長くて広大だ。こんなピンポイントで何かをしようなんて、無意味に思えてならなかった。自分たちに何か役に立つことができるとは思えない。やはり捜査は警察に任せるしかないのではないか——。

月沢君、と呼ばれてはっとした。円華の鋭い視線を感じた。

「何ですか」

「何ですか、じゃないよね。さっきから見てるけど、全然やる気が感じられない」

「いえ、そんなことないです」

円華がすたすたと近づいてきた。

「正直にいいなさい。こんなことをしたって無駄だと思ってるでしょ？　初めから諦《あきら》めてるでしょ？」

陸真は顔をしかめて唇を嚙んだ。純也の困惑している顔が目に入った。

「俺たちみたいな素人に手がかりを摑めるような気がしないんです。だって警察の人があんなに大勢で捜索して、何も見つけられないわけで……」

「彼等は的外れなところを捜索しているっていったはずだけど」

「そうですけど……」

「わかった。あたしを信用できないんだね。それはそれで仕方がない。オーケー、じゃあ君の好きなようにして。二人とも帰っていいよ。むしろ、もう邪魔だから帰って」

「僕は残るよっ」純也が口を尖《とが》らせた。「円華さんが残るなら残る」

「もちろんあたしはここに残って調べる。約束したからね」

「約束って……誰とですか？」

「照菜ちゃんと。お父さんを殺したやつを必ず見つけるって約束した」

それを聞いた瞬間、陸真は重くて鈍い衝撃を胸に受けた。

円華には、こんなことをするメリットは何もないのだ。ただひたすら研究所の子供たちを守ろうとしているだけだ。

純也にしてもそうだ。受験生にとって大切な夏休みを、こんなことに費やしていいわけがない。それにも拘《かか》わらず付き合ってくれているのは、陸真を大切な友達だと思ってくれているからだ。

円華と純也は再び地面に這《は》いつくばっている。その姿を見て恥ずかしくなった。

円華さん、と声をかけた。

「すみません。俺、真剣にやります。無駄かもしれないなんてこと、考えないようにします。だから、ええと、一緒にいさせてください」身体の前で両手を揃え、頭を下げた。

あのさあ、と円華がいった。

「君はどうして敬語なわけ？　純也みたいにタメロでいいんだけど」

「おっ、下の名前で呼んでもらえた。しかも呼び捨て」純也が嬉《うれ》しそうに手を合わせた。

「じゃあ、今度からはそうします」

「そうします、じゃなくて」

「あ……そうする」

「よろしい、それでいい。探偵に上下関係は不要だからね」そういうと円華は再び地面を睨みながら移動を始めた。

探偵か――足元の草をかきわけながら陸真は、その言葉の響きを味わった。父親の死の真相を探るなんて、まるでミステリ小説みたいだ。

それから小一時間ほど、そのあたりを三人で捜し回ったが、それらしき痕跡《こんせき》は見つけられなかった。克司が行方不明になったのは七月四日で、それから二週間ほどが経っている。仮に犯人が克司の身体を引きずったのだとしても、痕跡が残っている可能性は低いのかもしれない。

「仕方がない。ここでの捜索はこのへんにしておこうか」円華が観念したようにいった。陸真と純也はとうの昔に汗だくだが、彼女も肌を光らせていた。それでもパーカーを脱がないのは紫外線予防のためらしい。

「残念だなあ」純也が未練がましくいった。「ここが現場だっていう証拠を見つけたかったんだけどな」

「そんなものなくたって、現場はここに間違いないから」円華は地面を指した。「それに何かを引きずった跡があるからといって証拠にはならないよ」

「それもそうか」純也は肩を落とす。

円華が遊歩道に向かって歩きだし、純也も後に続いた。陸真は名残を惜しむように橋の下を振り返った。太陽の位置が変わったために、影の部分が減っている。

視線を移そうとした時だ。地面できらりと何かが光った。

何だろう――。

気になったので、近づいていった。そこは草の少ないところで、さっき調べた時は何も気づかなかった。

ざっと見たところ、やはり何もない。

おかしいなと思って身体の向きを変えかけた時、またしても光が目に入った。

陸真はもう一度念入りに地面を見つめた。やがて光の正体がわかった。胸の内側で心臓が跳ねた。ゆっくりと腰を下ろし、それに手を伸ばしていく。

だがそれに触れる直前に手を引っ込めた。克司から聞いたことがある。こういう時には迂闊《うかつ》に素手で触ってはいけない。

おーい、と純也の声が飛んできた。「何やってんのー?」

陸真は右手で手招きした。純也は円華と顔を見合わせた後、駆け寄ってきた。

「どうしたの?」円華が訊いてきた。

これ、といって陸真は下を指差した。

あっ、と声を漏らしたのは純也だ。

そこに落ちていたのは虫眼鏡だった。直径は五センチほど。縁が銀色で柄は白だ。レンズは割れていない。ガラスだから地面が透けて見え、さっきは見逃したらしい。

「親父の虫眼鏡だ」陸真はいった。「間違いない」

「月沢さんは虫眼鏡なんかを持ち歩いていたの?」

「ふだんは持ち歩かないけど、警察官時代は肌身離さず持ってた」陸真は円華の顔を見て続けた。「例のノートの顔写真を見る時に使ってた。虫眼鏡で写真を拡大して、顔を覚えようとしていた」

円華は納得したように何度も頷いた後、ポケットに手を入れた。そこから出してきたのはピンク色のハンカチだった。「結局、陸真が最後まで諦めなかったね」

陸真は無言でハンカチを受け取ると、虫眼鏡に被せ、慎重に拾い上げた。

9

多摩川から戻ってきた脇坂の報告を聞くと、茂上はそばにあった机に腰を乗せ、しかめっ面と苦笑をかけ合わせたような表情になった。

「やられちまったよなあ。警察のメンツ丸潰《まるつぶ》れってやつだ。何だよ、それ。素人に山勘で被害者の遺留品を見つけられちゃったわけ？　そんなことがあっていいのか」

脇坂は近くに人がいないことを確かめ、肩をすくめてみせた。

「鑑識の連中は、かなりばつが悪そうでしたよ。この場所からたったの四、五日であんなところまで流れるなんて考えられない、とかいってました」

茂上は鼻で笑った。「言い訳だよ、そんなのは」

「だけどD資料班も含め、かなり気合いが入った様子で、精力的に捜索をしていました。何はともあれ現場が特定できたのは大きいんじゃないですか」

「大きいなんてもんじゃない。おかげで目撃情報の聞き込み範囲や防犯カメラを絞れる」茂上は周囲を見回してから声を落として続けた。「さっき係長が捜査一課長に電話をかけてたが、張りのある声がここまで聞こえてきた」

「これで捜査が進展してくれるといいんですがね」

「ああ、全くだ」茂上はコーヒーの入った紙コップを手にした。

今日の正午過ぎ、脇坂がサンドウィッチを頬張りながらノートパソコンに向かって報告書を作っていると、スマートフォンが着信を告げた。羽原円華からだった。昨日も彼女から連絡があり、数理学研究所に出向いたのだが、今日は何の用だろうと訝《いぶか》りながら電話に出た。

羽原円華の話を聞き、腰を抜かしそうになった。例の中学生たちと一緒に多摩川に来て、被害者の所持品を発見したというではないか。小さな虫眼鏡で、月沢陸真によれば、父親が見当たり捜査員時代に使っていたものに間違いないらしい。俄《にわか》には信じがたい話だったが、彼女たちが嘘をつく理由がないので、急いで鑑識と共に駆けつけた。

場所は二子玉川にある橋の下だ。見つかったという虫眼鏡をその場で鑑識が調べ、柄についた指紋の画像を本部に送ったところ、月沢克司のものと一致したと確認が取れた。早速、もっと下流で捜索を続けていた連中に招集がかかった。

不思議なのは、どうやって見つけたのか、ということだった。それに対し、羽原円華は次のように答えた。

「月沢さんが殺された場所を突き止めようと思って、陸真君たちとサイクリングを兼ねてやってきたんです。犯人は人目を避けただろうから、たぶん橋の下じゃないかってことで、適当にこのあたりを見回ってたら、陸真君が見つけました」

「橋なんて、いっぱいあるじゃないですか。どうしてこの橋の下を?」

脇坂の質問に、別に、と羽原円華は冷めた顔でいった。

「特に理由はありません。フィーリングです」

到底納得できる回答ではなかったが、そういい張られたらどうしようもない。

二人の中学生に訊いても同じ答えが返ってきた。円華さんにいわれ、この場所を調べることにした、なぜ彼女がここを選んだのかはわからない、というのだ。

不思議な女性だな、と脇坂は羽原円華の顔を思い浮かべた。昨日、遺体が見つかった場所の正確な情報を教えてくれといった時から、こうなることを予想していたのか。まさか、そんなことはあり得ない――。

脇坂がそんなことをぼんやりと振り返っていると、不意に茂上が自分のスマートフォンを懐から取り出した。着信があったらしい。

「茂上だ。……ああ、そうか。三番会議室に案内してくれ。……うん、すぐに行く。映像の準備はしてあるな?……わかった」それだけいうと電話を切り、紙コップのコーヒーを飲み干した。

「誰か来たんですか」

「本庁の小倉《おぐら》警部補だ」茂上は紙コップを握りつぶした。「今、到着したらしい。おまえも同席するか?」

「もちろんです。あの映像、誰が手に入れたと思ってるんですか」

「だったら、その件についてはおまえから説明してくれ」

「わかりました」

二人で同時に腰を上げた。

小倉警部補というのは、月沢克司が捜査共助課に籍を置いていた頃の同僚だ。月沢陸真も、父親が親しくしていた人間として「オグラさん」を挙げていた。

警備保障会社の瀬戸に頼み、脇坂がモーターショーでの映像データを入手したのは昨夜のことだ。それを今朝の捜査会議で報告したところ、専門家に見せてみろと係長の高倉に指示された。専門家、つまり見当たり捜査員だ。映像の中に月沢克司が発見した指名手配犯がいるのなら、見つけられるのではないか、というわけだ。

生前の月沢克司をよく知る人物として、元々話を聞く必要があった。一石二鳥とばかりに茂上が小倉に連絡を取ったところ、自分から特捜本部に出向いてもいいとの返事が得られたらしい。どうやら小倉のほうも事件に関心を持っていて、自分に声が掛かるのを待っていたふしがあったという。

三番会議室に行くと、女性警察官がパソコンとモニターをセットしてくれていた。すぐに映像が見られる状態らしい。

女性警察官が出ていくのと入れ違いに、中年男性が入ってきた。ワイシャツの袖《そで》をまくり上げ、上着を抱えていた。額が少し後退しているが、日焼けした顔は健康的だ。

男性が脇坂たちを見た。「茂上警部補は……」

私です、といって茂上が名刺を出した。「小倉警部補ですね。このたびは、わざわざありがとうございます」

二人の名刺交換が終わった後、脇坂も名刺を出し、自己紹介した。

会議机を挟み、脇坂と茂上は小倉と向き合った。

「今度の事件については、いつお聞きになりましたか」茂上が質問を開始した。

「遺体の身元が判明した直後です。資料班にいる知り合いが教えてくれました。信じられませんでした。警察を辞め、平穏な毎日を送っていると思っていましたから」

「つまり事件に心当たりはない、と？」

「ありません。とはいえ、最近の月沢のことをどれだけ知っていたかと問われれば、返す言葉はないんですが……」小倉は唇を噛んだ。

「月沢さんとは付き合いが長かったんですか」

「彼が捜査共助課を出る前の四年間ほど一緒に仕事をしました」

「見当たり捜査に出ていたわけですね」

「そうです。同じ班でした」

「個人的にも親しかったんですか」

小倉は首を揺らすように頷いた。

「一緒に仕事をしていると、自然とそうなります。街中で道行く人の顔をじっと見続けているのは、思った以上に神経の疲れることでしてね。その苦痛を共有している者同士の連帯感は強いです」説得力を感じさせる言葉だった。

「最近は、いつお会いになりましたか」

「それを訊かれるだろうと思い、予定表を確認してきました。今年の一月に会っています。新年会をやろうってことで、昔の仲間四人で集まりました」小倉は手帳を取り出し、自分と月沢以外の二人の名前をいった。その二人も今は別の部署に移ったらしい。

「その時、月沢さんに何か変わった様子はなかったですか」

「特に気になることはありませんでした。いつも通りだったと思います」

「気に掛かる発言とかもなかったわけですね？」

「なかったんじゃないですかね。集まると、大体いつも同じような話しかしませんし」

「どんな話ですか？　差し支えなければ、ですが」

茂上の問いに小倉は自虐的な笑みを浮かべた。

「早い話、愚痴ですよ。悪口といったほうがいいかな」

「悪口？」

「ＡＩのね」小倉は、ぺろりと舌を覗かせた。「警察庁の防犯警備システム——要するに監視システムの影響を受けて、多くの見当たり捜査員が切られたわけですが、馬鹿げたことだと未《いま》だに不満を持っているわけですよ。警察庁はシステムのおかげで指名手配犯の逮捕率が向上したと鼻高々ですが、見当たり捜査員を切ったせいで取り逃がしている手配犯も少なくないはずなんです。ところがその現実を認めようとしない。どうかしています。ＡＩの悪口といいましたが、機械に人格があるわけじゃないので、実際にはＡＩを過大評価している上の人間たちの悪口ということになります」口調は穏やかだが、目には怒りの色が滲《にじ》んでいた。

「月沢さんも日頃から同じようなことをいっていたようです」脇坂が横からいった。「息子さんから聞きました。ＡＩに見当たり捜査員の代わりは務まらないと」

「そうでしょうね。月沢が警察を辞めた後で、指名手配犯を見つけた話はお聞きになりましたか？」

「聞きました。潜入監視員をしている時に見つけたそうですね」

「潜入監視員をしていたということは、少なくとも警備会社独自の監視システムは働いていたわけでしょ？　ところがその指名手配犯がいることに気づかず、月沢が見つけた。ＡＩの目なんて節穴だという証拠です」忌々しさを吐き出すように小倉はいった。

「小倉さんは今も捜査共助課におられるようですが、どういった仕事を？」

「他の道府県警との連携が主な業務です。ただ、顔確認に駆り出されることもあります」

「顔確認……といいますと？」

「警察庁の監視システムが指名手配犯を発見すると、その土地を管轄する警察本部に連絡が行き、そこの捜査員が逮捕に向かいます。その際、最終確認のために見当たり捜査員が呼ばれることもあるんです。それが顔確認です。ＡＩが人違いをするおそれがあることは、警察庁の連中もわかっているんでしょうね」

「すると小倉さんは今も現役の見当たり捜査員なんですね」茂上の言葉には敬意が込められていた。

悪い気はしなかったらしく、小倉は目を細めた。「いわば絶滅危惧《きぐ》種です」

脇坂、と茂上がいった。「例の映像について小倉さんにお話ししてくれ」

はい、と答えて脇坂は小倉に顔を向けた。

「殺害される少し前、月沢さんは仕事を早退しています。その時の映像があるんですが、見ていただけませんか。というのは、その時に月沢さんは指名手配犯を発見したのではないか、と我々は考えているからです。尾行して身元を確認するために早退したのではないか、と」

ほう、と小倉の目が光った。「それは興味深い話ですね。そのように考える根拠は？」

「申し訳ありません。それについては――」

そこまで脇坂がいったところで、小倉が制するように右手を上げた。

「捜査上の秘密ですね。それで結構です」

すみません、と頭を下げた。月沢克司が過去に二人の指名手配犯から金を受け取っていたことは、相手が警察官であっても今は話すわけにはいかない。

「映像を見ていただけますか」

是非、と小倉は頷いた。

脇坂がキーボードを操作すると液晶画面に動画が映し出された。斬新《ざんしん》なデザインのクルマ、派手な衣装を着たコンパニオン、行き交う老若男女――。

「おっとこれは」小倉が身を乗り出した。「モーターショーのようですね」

「先月、行われたイベントです。月沢克司さんは潜入監視員として来場者たちにカメラを向けていました」

脇坂はキーボードを操作した。画面が切り替わり、ポロシャツ姿の男性が映ったところで一《いっ》旦《たん》動画を停止させた。

月沢だ、と小倉が呟いた。

「月沢さんが警備会社に早退を申し出た直後の映像です。近くの防犯カメラに捉《とら》えられていました。ここから先、いくつかのカメラが捉えた月沢さんの姿を、会場を後にするまで繋ぎ合わせてあります。もし月沢さんが指名手配犯を尾行していたのなら、その人物が前方にいるはずです。それを小倉さんに見つけだしていただきたいんです」

「わかりました。やってみましょう」

脇坂は動画をスタートさせた。月沢はゆっくりと移動している。その前方には大勢の人々がいる。顔を確認できるよう、前から撮影している映像だけを選んでいる。それでも月沢が誰を尾行しているのか、見ただけではわからなかった。刑事は尾行相手をじっと凝視しながら歩いたりしないからだ。

最終映像は会場の出入口に設置された防犯カメラの映像だ。月沢が出ていったところで脇坂は動画を止めた。「いかがでしょうか？」

小倉は考え込む顔をした後、人差し指を立てた。「もう一度見せてもらえますか？」

もちろん、といって脇坂は最初から動画を再生させた。

二度目の再生が終わった後も、小倉の顔つきは変わらなかった。低く唸《うな》り、首を傾げている。

「どうでしょう？」茂上が訊いた。

残念ながら、と小倉は口を開いた。

「今の映像の中に私の記憶を刺激する顔はありませんでした。即ち、指名手配犯はいなかった、ということになります。あくまでも私の記憶の範囲内では、という但し書きがつくわけですが」控えめな言い方ではあるが、言葉からは自信が感じられた。

脇坂は落胆した。当てが外れたということか。

「見当たり捜査員は、指名手配犯の顔写真をまとめたリストを持っていて、毎日のように眺めていると聞きました。小倉さんは、今もそのようなことをしておられるのですか？」

脇坂の質問の意味を察したらしく、小倉は冷めた笑みを唇に浮かべた。

「絶滅危惧種だから今はもうそんなことはしていないのではないか、だから指名手配犯の記憶も曖昧《あいまい》になっているのではないか、といいたいようですね」

「お気を悪くされたのなら謝ります」

「その必要はありません。刑事は疑うのが仕事だとわかっています。質問に答えますと、以前と同様、今も暇さえあれば指名手配犯の顔を睨んでいます。顔写真のノートだって、肌身離さず持っていいます。さっきもいいましたが顔確認の仕事がありますから」小倉は傍らに置いていた鞄からノートを出し、机に置いた。「ほら、この通り」

厚さ三センチほどのノートだった。使い込まれているのが一目でわかった。

「拝見しても？」茂上が訊いた。

どうぞ、といって小倉は自ら差し出した。

脇坂は茂上の隣からノートを覗き込んだ。月沢のものと整理の仕方は少し違うが、顔写真が並んでいることに変わりはない。

「小倉さんは月沢さんのノートを見たことはありますか」脇坂は訊いた。

「ずいぶん前に見ましたが、それが何か？」

「ちょっと失礼します」脇坂は席を立った。

特捜本部に行き、証拠品の中から月沢のノートを取り上げ、会議室に戻った。

「これを見ていただけますか」脇坂はノートを小倉に手渡した。「何か気づいたことがあれば教えていただきたいのですが」

小倉は興味深そうな顔つきでノートを開いた。すぐに納得したように頷いた。

「見覚えがあります。月沢のノートに間違いない。顔の特徴をコメントしてありますが、その表現が独特でね。キュウリ顔とかピーマン顔とか」

小倉は途中一度だけ首を捻り、そのままページをめくっていった。最後まで目を通したところでノートを置いた。

「いかがですか」脇坂は訊いた。

「情報は警察を辞めたところで止まっているようですね。私のノートと比べていただければわかると思いますが、最近の指名手配犯の顔写真は貼られていません」

「ほかに気づいたことは？」

「一点だけ気になる写真がありました」小倉は途中のページを開き、一枚の写真を指差した。「これです」

その写真を見て、脇坂はどきりとした。『新島史郎』の写真だった。月沢克司が息子の陸真に、「人生を感じさせない顔」といった代物だ。

「この写真がどうかしましたか？」

「どうかしたというより、覚えがないんです。こんな写真、見たことがない」

「えっ」

小倉は自分のノートを手に取ってページを開き、月沢のものと並べた。

「事件発生順に並んでいるのは、どちらも同じです。ほらね、私のノートには、こんな顔写真は貼られていないでしょ」

小倉のいう通りだった。彼のノートに『新島史郎』の写真はない。

「どういうことかな……」茂上が呟いた。

「そもそもこの事件は」小倉は顔写真の下に記されている、『T町一家三人強盗殺人事件』という文字を指した。「私の記憶によれば、事件発生当時から手がかりが少なく、犯人の目星は付いていなかったはずです。だから指名手配などかかるわけがないんです」

たしかにそうだ、と同意したのは茂上だ。

「そこの所轄に俺の同期がいて、話を聞いたことがある。特捜本部が開設されたが、結局犯人を挙げられないまま解散したそうだ。長い間、未解決の案件とされていた。継続捜査に当たっていた専従班がいたはずだ。だが犯人が判明して指名手配がかかったなんて話は聞いたことがない」

「じゃあ、どうして顔写真がここに貼ってあるんでしょうか」脇坂は月沢のノートを指した。

「しかも横に『A』と記されています。これはＡＩの監視システムによって発見されたということなのだそうですが……」

「あり得ない」小倉が首を横に振った。「指名手配もされてないのに、何を目印に発見したというんですか」

「俺も小倉さんに同感だ。犯人が逮捕されたのは数年前だったと思うが、匿名の情報提供がきっかけで解決したと聞いている。指名手配されたなんて話は知らない」

脇坂は黙り込んだ。二人のベテラン刑事がいうのだから間違いないだろう。

「奇妙な話ですな」小倉が改めて新島史郎の写真を指した。「指名手配されていない犯人の写真なんかを何のためにノートに貼っていたのか……」

「いや、ちょっと待ってください」茂上が指先をこめかみに当てた。「その犯人、逮捕されてないんじゃなかったかな」

えっ、と脇坂は茂上の顔を見た。

「脇坂、事件を検索してみてくれ」

はい、と答えて脇坂はモバイルを手にした。検索モードにし、「T町一家三人強盗殺人事件」とマイクに向かっていった。

即座に液晶画面に詳細が表示された。それによれば――。

事件が起きたのは十七年前の三月だ。江東区《こうとう》T町にある一軒家で夫妻と一人娘が殺害され、金品を奪われていた。長らく迷宮入りしていたが、五年前、警視庁に匿名で情報提供があった。池袋《いけぶくろ》在住の新島史郎というバーテンダーがT町一家三人強盗殺人事件の犯人だ、という内容だった。たしかにその住所には当該人物がおり、身元などを詳しく調べてみると、T町一家三人強盗殺人事件に関与している可能性が高いことも判明した。ところが監視に気づいたのか、ある日新島は逃走をはかり、そのまま行方をくらました。だが警察庁の防犯警備システムにより千葉からフェリーに乗ろうとしていることが判明し、捜査員たちも急いで同じ船に乗り込んだ。身柄を拘束しようとしたところ、新島は船内を逃げ回った後、海に飛び込んだ――。

そうだ、といって茂上が指を鳴らした。

「海に飛び込んだんだ。その後、捜索したが見つからず、状況から考えて死亡したのだろうってことになった」

「そう書いてあります」脇坂は画面を見ていった。「住んでいた居室から殺害された妻の指輪などが見つかったこと、さらに検出されたＤＮＡが事件現場にあった遺留ＤＮＡ型と一致したことが決め手になり、一年後に送検されました。ただし被疑者死亡ということで当然不起訴。これが事件の顛末《てんまつ》です。送検まで一年もかかったのは、死亡したと裁判所が認める失踪宣告に時間を要したせいだと思われます」

「なるほど、いくつかの疑問は解けましたね」小倉が腕組みをした。「捜査陣が写真を手に入れたのは、タレコミがあった後でしょう。そして監視システムによって発見されたというのは、逃走後のことだったようです」

「問題は、その写真を月沢さんはどこから入手し、なぜ自分のノートに貼ったのか、ということですね」茂上がいった。「新島が逃走中、見当たり捜査員にも協力が要請されたと考えれば筋が通りますが」

「いや、そんな要請はありませんでした」小倉はきっぱりと否定した。

三人は無言で新島史郎の写真を見下ろした。

「この写真について、月沢さんは息子さんにこんなふうにいっておられたそうです」脇坂がいった。「『この顔写真からは何の人生も感じられない。どんな人間なのかさっぱりわからないから月日が経てばどう変わっていくかも想像がつかない。この写真を渡されただけじゃ、自分には見つけられないだろうって』

「月沢がそんなことを？　どういう意味かな」

小倉は、ちょっと失礼、といって内ポケットに手を入れた。そこから出してきたものを見て、脇坂は息を呑んだ。虫眼鏡だったからだ。

小倉は月沢のノートを引き寄せ、虫眼鏡越しに新島史郎の顔写真を睨み始めた。その顔つきは真剣そのもので、声を掛けるのが躊躇《ためら》われるほどだ。

やがて彼は顔を上げ、小さく頷いた。

どうですか、と脇坂は訊いた。

「月沢のいった意味が何となくわかります」小倉は虫眼鏡を内ポケットにしまった。「たしかにこの顔には色が少ない」

「色？」

「所謂第一印象というやつです。情報が少ない。こういう写真はあまり見たことがありません。ただ、月沢がそこまで断定した理由はわかりません。この程度に表情のない写真はたまにありますからね。それより、気になることがあります」

「何でしょうか」

「新島史郎ですが、死んだのは何歳の時でしたか」

脇坂は画面を確認した。「五十歳となっていますね」

「そうですか。でも私が見たところ、この写真の人物はとてもそんな歳じゃない。せいぜい四十歳、いやもっと若い可能性だってある」

「つまり……どういうことですか」

「この写真が撮られたのは、タレコミがあった後ではありません。もっと以前だということになります」

部屋に入るなり円華は、ふーん、と鼻を鳴らした。

「わりと片付いてるね。男の二人暮らしだったそうだから、もっと汚くて散らかってるんじゃないかと思った」スポーツサングラスを外し、室内を見回す。

「親父は案外几帳面《きちょうめん》だったんだ」陸真はリモコンでエアコンの電源を入れると部屋の中央に立ち、両手を軽く広げた。「二人とも、どこでも適当に座って」

「じゃあ、僕はここだ」純也がソファに寝転がった。「あー、疲れた。もうヘトヘトだ」

円華は立ったままだ。バックパックを背中から下ろし、思案顔を陸真に向けてきた。

「どうかした？」

「頼みがあるんだけど」

「何？」

「シャワーを貸してくれる？　自転車で走り回って、汗びっしょりになっちゃった」

「あっ、それはいいけど……」

「それからもう一つ、Tシャツも貸してもらえないかな」

「Tシャツって……俺の？」

「そう。こんなこともあろうかと思ってタオルとか下着の替えは持ってきたんだけど、Tシャツは持って来なかった。せっかくシャワーを浴びるんだから、汗だらけのシャツは着たくないじゃない。君のTシャツなら、たぶん余裕で着れると思うし」

「わかった……ちょっと待ってて」

陸真は隣の自室に入った。クロゼットを開け、棚の中を覗《のぞ》いた。洗ったTシャツを丸めて突っ込んである。上から五着を適当に摑《つか》み、リビングに戻った。

「好きなものを選んで」そういってダイニングテーブルに並べた。

円華は一着一着を広げて吟味し、これかな、といって赤地に『闘』という文字が大きく白抜きされたものを選んだ。何かの景品で当たったものだが、陸真自身は着たことがない。まさかそれを選ぶと思わなかったので、びっくりした。

「それでいいの？」

「いいよ。かっこいいじゃん。じゃあ、ちょっと浴びてくるねー。ええと、場所はこっちでいいのかな？」円華はバックパックとTシャツを手にバスルームに向かった。

陸真は残りのTシャツをまとめ、部屋のクロゼットにしまった。リビングに戻ると純也が電話をかけていた。

「……あっ、純也だけど。……陸真の部屋。……何って、陸真のお父さんの遺品整理の手伝い。……い、ひ、ん。……そう。……夕飯までには帰れると思う。……大丈夫だよ、何とかするよ。……うん。いっておく。じゃ、そういうことで」電話を切り、陸真を見上げた。「陸真、今夜もうちに来る？」

「どうしようかな。まだ決めてない」

「うちは来てくれても構わないってお母さんがいってた」

「そうか、ありがとう」陸真は床に座り込み、両足を投げだした。「それにしても、本当に疲れたな」

「あんなに走らされるとは思わなかった。でも円華さん、全然疲れてない感じだったもんな。あの人、どうかしてるよ。おまけにシャワーか。こっちは動くのさえ面倒なのに」

「だけどおかげで親父が殺された現場がわかった」

「うん、あれはすごかった」

円華が脇坂に電話をかけると、間もなく大勢の警察官がやってきた。鑑識が虫眼鏡をその場で調べ、すぐに克司のものだと判明したようだった。

脇坂は、なぜこの場所が殺害現場だと思ったのかをしつこく訊《き》いてきた。自分たちは円華さんの指示に従っただけだ、と陸真は答えた。辿《たど》り着いた経緯については黙っていた。余計なことはいうなと円華に釘《くぎ》を刺されていたからだ。

脇坂は納得できない様子だった。

ほかの警察官たちは、川縁《かわべり》の草むらを調べていた。彼等は容器を持っていて、拾ったものを片っ端からその中に放り込んでいた。何をしているのかと思って眺めていたら、「ディーシリョウを集めてるんだよ」と円華がいった。

彼女によれば「ディーシリョウ」とは「D資料」と書き、煙草の吸い殻やチューインガム、空き缶、ペットボトルなどらしい。

「それらには人間のDNAが付着している。それを分析して、警察が持っているデータベースの中に一致しているものがあれば、その人物はこの場所にいたということになるでしょ？　今や犯罪現場でＤＮＡを集めるのは警察捜査の常道なの」

「でも警察が持っているデータベースに登録されているのは、犯罪歴のある人間にかぎられるんじゃないの？」物知り博士の純也が訊いた。

すると円華は複雑な表情を浮かべて首を傾げた。

「そのはずなんだけど実際のところはわからない。そうじゃない人間のＤＮＡも集められて登録されてるっていう噂もある」

「えー、そうなの？」

「あくまでも噂だけどね」

二人のやりとりを聞き、陸真は不安になった。自分たちのＤＮＡも知らないうちに登録されているのだろうか。草むらを這《は》い回っている警察官たちの姿に不気味さを感じた。

その後、三人で周辺を自転車で走り回った。何のために克司がこんなところに来たのかを突き止めるためだ。円華は陸真に、「少しでもお父さんが関係していそうなものを見つけたら教えて」といった。

しかしどれだけ走り回っても、克司に結びつきそうなものは見当たらなかった。ごくふつうの住宅が並んでいるだけだ。

賑《にぎ》やかな繁華街に出たところでハンバーガーショップに入った。おなかがすいた、と純也がいったからだ。

ハンバーガーを食べ終えると、これから陸真の家に行こう、と円華がいいだした。克司の遺品を調べれば何かわかるのではないか、というのだ。それで三人で自転車を走らせ、帰ってきたのだった。

バスルームから物音が聞こえてきた。円華がシャワーを終えたらしい。彼女の裸体を想像しそうになるのを陸真は懸命に我慢した。

間もなく、首にタオルをかけた円華が現れた。だぶだぶの真っ赤なシャツに『闘』の一文字。ダサいと思って陸真は着なかったのだが、彼女が着ると案外サマになっている。

「ありがとう。おかげでさっぱりした」円華はダイニングチェアに腰掛けると、バックパックからスポーツドリンクのペットボトルを取り出した。「ダメ元で訊くんだけど、この家にジュウショロクはある？」

「ジュウショ……」

「アドレスブックのこと。知り合いの住所とか電話番号を書いたノート」

住所録、という漢字がようやく頭に浮かんだが、陸真は首を傾げた。

「そんなもの、見たことないな」

だろうね、といって円華は足を組んだ。ショートパンツから伸びた素足が眩《まぶ》しく、陸真は目をそらした。

「だったら手紙とかハガキは？　年賀状とか。そういうものは全部捨てちゃった？」

「あっ、それならあると思う」

陸真は立ち上がり、リビングボードの扉を開けた。中には克司が整理した様々なファイルが並んでいる。銀行の通帳を見つけたのも、この中からだ。思えば、あれからいろいろなことが始まった。克司に恋人や娘がいたことも判明した。

ファイルのほかには四角い箱がいくつか積まれていた。マジックで『書簡類』と記されている箱があったので、それを引っ張りだした。

あった、といって箱を床に置き、蓋《ふた》を開けた。中には封筒やハガキがぎっしりと詰まっていた。年賀状の束もある。

「差出人の住所を確認して」円華がいった。「殺害現場の近くかどうかを調べるの」

「近くって、どれぐらい？」

「そんなの自分で考えなさいよ。中学三年生なんでしょ」

「だって近いか遠いかなんて、人それぞれの感覚じゃないか。――なあ？」陸真は純也に同意を求めた。小太りの友人も、うんと頷《うなず》いた。

「だったら君たちの感覚を訊こうか。近い距離は徒歩で何分？」

陸真は純也と顔を見合わせた。五分かな、僕もそう思う、というやりとりがあった。

「オーケー五分ね。不動産業界では徒歩一分は八〇メートル。五分なら四〇〇メートル。殺害現場から半径四〇〇メートル以内としよう」

陸真はスマートフォンで殺害現場周辺の地図を表示させた。箱から封筒を出し、差出人の住所を確かめる。東京ではなかったので、地図と見比べることもなく除外した。

純也がすぐ隣にきて、作業を手伝い始めた。Tシャツが汗臭いが文句はいえない。自分だって似たようなものだろう。

円華はリビングボードに近づき、抽斗《ひきだし》の中を調べている。見られて困るようなものはないはずだが、陸真は少し落ち着かなかった。

「これは誰のもの？」そういって円華が抽斗から取り出したのはスマートフォンだった。

「親父が前に使ってたやつだけど」

「買い替えたのはいつ？」

「よく覚えてないけど、二年前じゃなかったかな」

「二年……か」

円華は抽斗から充電器も出してきた。コンセントを見つけると古いスマートフォンの充電を始めた。

「何をする気？」

「まだわからない。中を見てから考える」円華は再びダイニングチェアに戻った。

それからしばらく、陸真と純也は郵便物の仕分けに集中した。年賀ハガキも一枚一枚チェックした。しかし差出人の住所が殺害現場の半径四〇〇メートル以内のものは、一通もなかった。

「残念だな。空振りかあ」

純也が肩を落としたが、そんなことない、と円華が否定した。

「消去法という言葉を知らないの？　不正解と思われるものをひとつずつ消していけば、最後には正解だけが残る。陸真、お父さんは刑事さんだったんでしょ？　その頃に使ってた手帳とかはないの？」

「だからそれは例の指名手配犯ノートだよ。あれ以外に何か使ってたかな？　覚えがないんだけど」

「とりあえず捜してみようよ。そういうものがあったとして、お父さんはどこにしまいそうか、考えてみて」

「だったらやっぱり、そのリビングボード以外に考えられないんだけど……」そういった直後に閃《ひらめ》いた。「あっ、そうだ。バッグがあった」

「バッグって？」

「見当たり捜査員をしていた頃、よく使ってたバッグがいくつかあるんだ。指名手配犯のノートは分厚いし、ほかにも持ち歩かなきゃいけないものがあるから、そういうものを入れるためのバッグだ」

「それはいいね。どこにある？」

たぶん、といって陸真は立ち上がり、ソファの後ろに回った。壁に引き戸が付いていて、クロゼットになっているのだ。横にポールが通してあり、ハンガーを掛けられる。克司のスーツやコートなどが、ぎっしりと並んでいた。上と下に棚板が付けられていて、バッグ類は上の棚に入っていた。ボディポーチとショルダーバッグ、そして書類鞄《かばん》だ。

「よく使ってたのは、これかな」ボディポーチを引っ張り出した。

「思ったよりカジュアルなバッグを使ってたんだね」円華がいった。「刑事らしくない」

「見当たり捜査員は街中で立ってるだけだから、なるべく目立たないほうがいいんだ。スーツなんかじゃなく普段着で行動するから、書類鞄だと似合わないでしょ。何より指名手配犯を見つけたら逮捕しなきゃいけないから、両手を空けられる必要がある」

「そういうことか。中に何か入ってないか、調べてみて」

陸真はボディポーチを開けた。中は空ではないが、大したものは入っていない。使いかけのポケットティッシュ、ポストイット、ボールペン、カフェインの錠剤といったところだ。カフェインは仕事中に眠くなるのを防ぐためか。

「ショルダーバッグや書類鞄の中も調べてみて。それから純也はハンガーに掛けられている服のポケットの確認。何気なく入れたものが、ずっとそのままになってるってことがあるからね。ズボンや上着の内ポケットも忘れないように」

純也がクロゼットの前に立ち、ハンガーに掛けられた洋服のポケットを片っ端から調べ始めた。

陸真はショルダーバッグと書類鞄の中をチェックした。ショルダーバッグから出てきたのは名刺入れだった。中に入っていたのは、克司が警視庁にいた頃の名刺だ。使わなくなって久しいだろう。

書類鞄の中には、印刷物が何枚か入っていた。読んでみると、どうやら警察の昇進試験に関するものだった。日付は何年も前だ。

親父も、こんなことを考えていたんだな――。

克司が出世に意欲を示していたとは意外だった。だがいつだったか、警察内での立場について話していたのを陸真は思い出した。

「警察官といっても、どんな時も自分が正しいと思ったことだけをしていればいいというものじゃないんだ。それどころか、殆《ほとん》どの警察官は自分の好きなようには動けない。では何をするのかというと、ただ上からの命令に従うだけだ。それ以外のことをすれば、大抵注意される。時には上司から嫌われる。どうしても自分の意思を通したいなら、上の立場になるしかないんだ」

親父には何か不本意なことがあったのだろうか、と陸真は考えた。そういえば克司が警察を辞めたのは、そんなことを漏らした直後のような気がした。

どう、と円華が訊いてきた。「何か見つかった？」

陸真は首を振った。「だめだ。大したものは入ってない」

「こっちもそうだ」純也がさえない声を発した。「ズボンのポケットから、入れっぱなしのハンカチが見つかる程度だ。ほぼ全部のズボンにハンカチが一枚ずつ入ってる」

「ああ、それ、親父の癖。ハンカチを洗ったら、しまわずにズボンのポケットに戻すんだ。だから汚れたハンカチを入れっぱなしにしているわけじゃない」

「そうなのか。でもそれ、いいアイデアかもな。絶対にハンカチを忘れずにすむ」純也はスーツの上着を調べていたが、あれっ、と声を発した。「何か入ってる」そういって内ポケットに手を入れた。

純也が出してきたのは意外なものだった。平たくて丸い何かのコインのようだ。直径は四、五センチで縁に赤と白の模様が入っている。そして中央に『＄5』と記されていた。どこかで見たことがある、と思った。

「チップだね」円華がいった。「カジノで使うチップだ」

そういわれて陸真も思い出した。外国映画で見たことがある。ポーカーなどのゲームをする時、お金の代わりに賭《か》けるものだ。

「親父さん、カジノとかに行ってたわけ？」純也が訊いた。

「そんな話、聞いたことない。ていうか、カジノなんて違法じゃないか」

「じゃあこれは何だろう？　玩具《おもちゃ》のチップ？」

「ちょっと見せて」円華がピンクのハンカチを広げた。虫眼鏡を見つけた時と同様、指紋を付けないように、という配慮だろう。

チップをじっくりと眺めた後、円華は考え込む顔になった。

「わりときちんとした造りだね。ちゃちじゃない。市販の玩具には見えない」

「本物ってこと？」陸真は訊いた。「でも日本にカジノはないよ」

「合法的なものはね」円華はチップとクロゼットを見比べた。「そのスーツ、お父さんはいつ着たんだろう？」

陸真は立ち上がり、スーツを調べた。ズボンのポケットにハンカチは入っていない。

ちょっと待って、といってリビングルームを出た。バスルームの隣に洗濯機があり、その横に汚れた衣類を放り込む籠《かご》を置いてある。最近は全く洗濯をしていないので満杯だ。

ひっくり返して、中のものを床にぶちまけた。手でかきわけ、目的のものを見つけだした。

それを持ってリビングに戻った。

「そのスーツを着たのは、つい最近だと思う。これが洗濯籠にあった」陸真はグレーのハンカチをひらひらさせた。「そのスーツのズボンに入ってたんだと思う。帰ってきてから、洗濯籠に入れたんだ」

「つまりお父さんは、最近これを使う場所に行ったってことだね」円華がチップをテーブルに置いた。

「でも合法的なカジノはないんでしょ?」純也がいった。「違法なカジノに行ってたってこと? それ、ヤバいんじゃないの?」

陸真は黙り込んだ。克司が違法カジノに? 想像できないことだった。

「チップを持ってたからって、そこで遊んだとはかぎらないよ」円華はチップをハンカチで包み、陸真に差し出してきた。「大切に保管しておいて。指紋には気をつけるように」

「わかった」

「あっちは、そろそろいいかな」円華は充電中の古いスマートフォンに近づき、充電器から外した。電源を入れながら戻ってきて、陸真のほうに画面を向けた。「ロック番号、知ってる?」

「知らないけど、0914を試してみて」

「何それ?」

「俺の誕生日」

なるほどね、といって円華はスマートフォンを操作した。その番号を入力したようだが、浮かない顔で肩をすくめた。「だめだ」

「じゃあ、お手上げ」

ふうむ、と円華は思案顔をした後、指先を画面に近づけた。陸真は横から覗き込んだ。彼女が入力した数字は0518だった。実行してみると見事にロックが解除された。

「えっ、どうして? その数字は何?」

「五月十八日は照菜ちゃんの誕生日」

「あ……」陸真は口を固く結んだ。唇の両端が下がるのを堪《こら》えられない。

円華が横目を向けてきた。その視線は冷めている。「不満そうね」

「正直いって、あんまりいい気はしない」

「気持ちはわからなくないけど、冷静になりなさい。息子の誕生日なんかを暗証番号にしていたら、他人から簡単に見破られるおそれがあるでしょ？　その点、照菜ちゃんの存在はごく一部の人間しか知らないから、その心配がない。ただそれだけのこと」

「僕もそう思う」純也が陸真の肩をぽんと叩《たた》いた。「それより、早く中身を確認しようよ」

円華はスマートフォンの操作を始めた。その顔は少しずつ険しくなっていく。あまり芳しい結果は得られていないようだ。

「メールは全部消去されてるね。メッセージもそう。処分するつもりだったとしたら、当然のことではあるけどね。アドレス帳も空っぽだ。専門家に任せたら、データの復元は可能なんだろうけど」

「脇坂刑事に預けたほうがいいかな」陸真はいった。

「君がそうしたいなら止めないけど、あまりお勧めはできないな」

「どうして？」

「何が出てくるかわからないから。君のお父さんのプライバシーが丸裸にされるんだよ。メールやメッセージの内容、ネットで何を検索していたか、そんなことを全部警察に知られるわけだけど抵抗はない？」

円華の言葉に陸真の気持ちは途端に揺らいだ。自分ならどうか。死んだ後だからといって、プライバシーのすべてを警察という見ず知らずの者たちに見られたくはない。

「やっぱり少し考えてみる」

「それがいいと思う」円華は作業を再開したが、その指が止まった。

「どうかした？」

「画像データも殆ど消されているけど、一点だけ残っている。しかも動画だ」

陸真は円華の手元を覗き込んだ。純也も隣にやってきた。

映っているのは、どこかのショッピングモールのようだ。ひとりの男がカメラの前を通り過ぎたところで画面が切り替わり、エレベータ内が映った。先程と同じ男が乗っている。カメラの角度がよく、顔がはっきりと確認できた。男が降りたところでまた画面が切り替わった。今度はスーパーマーケットから出ていくところだった。服装から同一人物だとわかった。動画はそこまでだった。

「防犯カメラの映像みたいだね」純也がいった。

「そう、しかもずいぶん昔だと思う」円華が最初から動画を再生し、途中で止めた。ショッピングモール内を人々が行き交っているシーンだ。「ほらこの男の人、折り畳み式の携帯電話を使っている。こっちで記念撮影をしている女子たちが持っているのもそう。ファッションとかから考えて、十五年か、それ以上前だと思う」

「どうしてこんな動画を保存してあるんだろう」陸真が疑問を口にした。

「ほかの画像データは消去してあるのに、これだけは残してある。月沢さんにとって特別な動画だと考えて間違いないと思う。あたしが考えるにバックアップじゃないかな。新しいスマートフォンにも、この動画は入れてあったと思う」

陸真は画面を見つめた。奇妙な感覚が湧いてくる。映っている男の顔に見覚えがあるような気がするのだ。

「ちょっと貸して」陸真はスマートフォンを受け取り、動画を進めた。エレベータ内の画像に切り替わったところで停止させた。

男の顔を見て、はっとした。どこで見た顔かを思い出した。

この顔写真からは何の人生も感じられない——克司がそういった写真の男に酷似しているのだった。

11

茂上の言葉を聞き、脇坂は思わず眉根《まゆね》を寄せていた。

「報告しなくていい？　それ、どういう意味ですか？」

茂上はため息をついた。

「俺の言葉をちゃんと聞け。報告しなくていい、じゃなくて報告するな、だ。今日の捜査会議では新島史郎の写真にはひと言も触れてはいけない。わかったか」

脇坂は離れた席で資料を眺めている高倉をちらりと見た後、再び茂上に視線を戻した。

「それ、係長の指示ですか？」

「そうだ。モーターショーでの映像を捜査共助課の小倉警部補に確認してもらったが、残念ながら指名手配犯は見つからなかった——報告はそこまでにしておけってことだ」

「そんな……。どうしてですか?」

「それをおまえが考える必要はない。いわれた通りにしておけ」

脇坂はくるりと茂上に背を向けると、高倉のところに向かって大股《おおまた》で歩き始めた。わきさかっ、と後ろから呼ばれたが、止まらず突き進んでいく。

係長、と呼びかけた。高倉が黙ったまま、顔を上げた。

「どういうことでしょうか。新島史郎の写真について会議で話さなくていいというのは」

高倉の目が脇坂の顔ではなく、後方に向けられた。茂上が近づいてくるのが足音でわかった。

「こいつには何といって説明したんだ?」高倉が茂上に訊いた。

「理由は話していません。例の写真については報告するなと指示しただけです」

高倉が吐息を漏らし、ようやく脇坂に顔を向けた。

「まだ事件に関係していると決まったわけじゃないからだ。俺もあのノートを見たが、ものすごい数の顔写真が貼られていた。そのうちのたった一枚に拘《こだわ》る理由がない」

「あの写真は、ほかの写真と違います。捜査共助課の小倉警部補が覚えのない写真だといっているんです。被害者が意味ありげなことをいっていたと息子も証言しています。被害者は、あの事件について何か思うところがあったと考えるのが妥当ではないでしょうか」

脇坂の熱弁を聞いても高倉の冷めた表情は変わらない。

「おまえはどうか知らないが、警察に長くいたら、ずっと心に引っ掛かったままっていう案件がひとつやふたつあって当然だ。それが被害者が殺された要因に関わっていると、どうして断言できる?」

「断言はできませんが調べる価値はあると思います」

「それ以上に調べる価値や必要性のある作業が山のようにある。まずはその仕事を片付けることに集中しろ。それともほかにやることがないのか？　暇を持て余しているというのなら、いくらでも仕事を回してやるが」

「いえ、そういうわけじゃありませんが……」

「だったらもういいだろう。納得したなら作業に戻れ。捜査会議まで、あまり時間がない」高倉は蠅を追い払うように片手を動かし、視線を書類に戻した。

全く納得していなかったが、これ以上粘ったところで無駄だと諦《あきら》め、脇坂は係長に一礼してからその場を離れた。

「ちょっと来い」茂上に肩を摑《つか》まれた。

茂上は無言で先を歩く。脇坂は後を追った。茂上は廊下に出ると、そばの階段を上がっていった。踊り場に着いたところで立ち止まり、振り返った。

「どういうつもりだ。いきなり係長に食ってかかるやつがあるか。しかもでかい声を出しやがって。周りには、うちの係以外の刑事だっているんだぞ。おまえの喚《わめ》いた内容が、捜査員の間で噂になって広がったらどうするんだ？　何のために俺が調整役をやってると思ってる？　少しは考えて行動しろ」

「でもおかしいと思いませんか。事件に関係していると決まったわけじゃないって、そんなことをいったら何でもかんでもそうですよ。いつもは、どんな些細《ささい》なことでも関係ないと決めつけるなっていってるくせに」

茂上は肩を上下させながら、はあっと息を吐いた。

「ふつうのことならその姿勢でいい。だけどあの案件は特別だ。四年も前に片の付いた事件で、被疑者死亡のために不起訴っていう微妙な代物だ。しかもうちの係が扱ったわけじゃない。どこの係が担当したか、おまえ知ってるか？」

「どこって、継続捜査をしていた班じゃないんですか」

「そうだ。特命捜査係の未解決事件捜査班で警察庁も絡んでいる。そんな訳ありの案件を、おまえみたいなヒラ刑事が無闇にほじくり返していいわけないだろうが」

脇坂は顎《あご》を引き、上目遣いをした。「アンタッチャブルってことですか」

「そうじゃない。係長には係長の考えがあるはずだといってるんだ。着手する時には指示が出る。それまでおとなしく待ってろ」

「指示が出なかったら？」

「着手の必要はないと係長が本気で判断したってことだから、それに従うしかない。とにかく今は、あの写真のことはおまえのここにしまっておくんだ」茂上は脇坂の胸を指先で突くと身体の向きを変え、階段を下りていった。

間もなく開かれた捜査会議で、脇坂は高倉の命令に従い、モーターショーでの映像を捜査共助課の人間に見せたが成果はなかった、ということだけを報告した。冴《さ》えない内容に当然のことながら周りの反応は薄い。それでも高倉から、「映像から被害者の前方を歩いている客たちの身元を割り出せないか、ＳＳＢＣに相談してみてくれ」という指示が出された。ＳＳＢＣは捜査支援分析センターの略で、警視庁独自の顔認証システムを有している。最近では精度がさらに上がり、運転免許証との照合も可能だという話だった。

民間人からの情報提供によって殺害現場が特定できたことは鑑識から報告された。民間人とは、もちろん羽原円華たちだ。発見された虫眼鏡には、被害者である月沢克司以外の指紋は付いていなかったらしい。

ひな壇から手が挙がった。科警支援局の伊庭だ。

「殺害現場が特定できたとなれば、D資料の収集が一層重要になると思いますが、きちんと対応できているんでしょうか」

「その点は大丈夫です」高倉が応じた。「総動員をかけています」

「それなら結構」伊庭は満足そうに頷いた。

地取り捜査班からは、現場周辺の防犯カメラ映像の収集を始めていることが報告された。片っ端から顔認証システムや歩容認証システムにかけていくつもりらしい。

捜査会議が終わると例によって各班に分かれての打ち合わせだ。鑑取り班の仕切り役である茂上が各自に仕事を振り分けていく。月沢克司の人間関係を洗い直し、殺害現場周辺に関わりのある者がいないかどうかを調べる、というのが主な内容だった。

仕事を与えられた捜査員たちが全員立ち去った後、茂上は脇坂に身体を向けた。

「おまえはD資料リストに当たってくれ。すでにモバイルに送ってあるはずだ」

「D資料リスト？」脇坂は茂上の顔を見返した。「ちょっと待ってください。現在のリストに載っているのは、遺体が発見された場所の周辺で見つかったD資料から判明した人物たちですよね」

「そうだ。さっきの捜査会議でも話が出ていたが、殺害現場周辺から集められたD資料の解析はこれからだ」

「だったら、それが出てからでいいんじゃないですか。関係ない場所から見つかったD資料を追ったって意味がないでしょう？」

「どうして関係ないと決めつける？　殺害に適した場所を探して、犯人が多摩川の川縁を歩き回った可能性は大いにあるぞ」

「それはそうかもしれませんが……」

　茂上は周囲をさっと見回し、顔を寄せてきた。

「身元のわかっている人間のところへ行って、いつ多摩川に行ったかを確認すればいいだけのことだ。そんなに手間のかかることじゃないだろ？　余った時間は、おまえの好きなように使えばいい」声をひそめていった。

「好きなようにって……」脇坂は瞬《まばた》きした。「例の件、俺が勝手に動いてもいいんですか？　さっきは係長の指示が出るまで待てって……」

「表立ったことはするなという意味だ。いうまでもないと思うが、ほかの捜査員には他言無用だからな。それを守れるなら、少々のことには目をつぶってやる。ただし自己責任だ。何かあった時、守ってもらえると思うな」

　脇坂は察した。どうやら単独捜査を許されたらしい。

　わかりましたと答え、その場を離れようとした。すると、ちょっと待て、と茂上に呼び止められた。茂上は自分のスマートフォンを見ながら手帳に何やら書き込み、そのページを破って脇坂のほうに差し出してきた。「俺からの差し入れだ」

受け取って紙を見ると、『福永』とあり、電話番号が記されていた。

「誰ですか？」

「昨日、小倉警部補とT町一家三人強盗殺人事件の話をした時、所轄に俺の同期がいるといったただろ？　その男だ。今は生活安全課にいる」

「茂上さん……」

「特命捜査係には近づくな。だけど所轄から情報を引き出す分には問題ない。福永《ふくなが》には俺のほうから連絡を入れといてやる。うちの若いもんが少々面倒臭いことを問い合わせに行くかもしれんから、非公式で相手をしてやってくれってな」

脇坂は茂上の顔を見返した後、頭を下げた。「ありがとうございますっ」

「おまえのスタンドプレーには慣れっこだ。そのおかげでそれなりに成果を上げたこともあったしな。だけどな、脇坂」茂上はさらに声を落として続けた。「心してかかれよ。もしかするとおまえは、とんでもないパンドラの箱を開けようとしているのかもしれん。さっきもいったが、守ってもらえると思うな」

真剣味の籠《こ》もった言葉だった。脇坂は唾《つば》を呑《の》み込み、黙って頷いた。

12

ボウルで卵をといていたら、ソファで寝ていた純也が起きてきた。

「うわー、もうこんな時間だ。よく寝たなあ」自分のスマートフォンを見て、声を上げている。間もなく午前十一時だから、驚くのも無理はない。

おはよう、といって陸真は卵焼き器をコンロに載せた。「さすがに昨夜は、ちょっとやりすぎちゃったな」

「不思議だよなあ。どうして昔のゲームって、たまに始めるとつい夢中になっちゃうんだろう」純也は首を傾げている。

「たまにだからだ。何度かやってると、またすぐに飽きちゃうよ」

「ああ、そうかもな」純也は立ったまま両腕を上げ、うーん、と唸《うな》り声をあげながら身体を伸ばした。

昨夜、円華が帰った後、陸真は純也の家には行かないことにした。カジノのチップや古いスマートフォンに残された動画といった、克司の死に関係しているのではないかと思われるものが次々に見つかり、まだほかにも何かあるのではないかと思うと、部屋を離れるのが躊躇《ためら》われたのだ。

すると純也が、だったら今夜は自分がこっちに泊まるといいだした。自宅に電話をかけ、母親に話すと、あっさりと許可が下りたらしい。純也の母は中学三年生の男子を部屋で一人きりにするぐらいなら、息子と二人で過ごさせたほうがいいと判断したようだ。

夕食はコンビニ弁当で済ませた。友人と一緒なら、それでも十分に楽しいディナータイムとなった。

食後、克司の遺品を捜すつもりが、純也がクロゼットから古いゲーム機を見つけてきた。陸真が小学生の時に買ってもらったものだ。二人で懐かしがった後、やってみようという話になった。テレビに繫《つな》いで始めると、意外に楽しくて夢中になった。ソフトを次々に切り替え、何種類ものゲームでぶっ続けに遊んだ。気がついたら深夜の二時だ。それからあわててベッドにもぐりこんだが、陸真が目を覚ました時には午前十時を過ぎていた。

「何を作ってるの？　そういえば昨日コンビニで卵を買ってたみたいだけど、卵焼きにしては、ずいぶんと薄っぺらいな」

「ただの卵焼きじゃなくて、錦糸卵だ。作家志望のくせに知らないのか」

陸真は薄焼き卵をまな板の上に何枚か重ね、包丁で細く刻んだ。

「へえ、陸真ってそんなことができるんだ」

「こんなの大したことじゃないよ。コンビニ弁当ばっかりじゃ飽きると思ってさ。暑いから、素麵《そうめん》を食べたくなったし」

特売で買った素麵が、キッチンの抽斗に入っていたのを思い出したのだ。

「素麵か。いいねえ。僕も何か手伝おうか」

「だったら、その大きい鍋でお湯を沸かしてくれ。たっぷりとな」

「りょーかーい」

十数分後、二人の中学生は向き合って素麵を啜《すす》っていた。氷がなかったので麵を十分に冷やせないのは残念だったが、ひと束百グラムの素麵六束を平らげた。

食後に麦茶を飲んでいたら陸真のスマートフォンに着信があった。円華からだった。昨日の帰り際、明日の予定が決まり次第連絡する、と彼女はいっていた。

陸真が電話に出ると、「午後二時に数理学研究所に来れる？」といきなり訊いてきた。

「二時だね。大丈夫だと思う」

「例のカジノのチップを持ってきて」

「わかった」

「じゃあ、よろしく」ぷつんと電話は切られた。

スマートフォンを置きながら陸真は純也に内容を話した。

純也は腕組みをした。「円華さん、今日は何をする気かな」

さあ、と陸真は首を捻《ひね》るしかない。あの謎多き女性のすることは予測がつかない。結局、赤地に『闘』のTシャツを着たまま帰った。

着替えのために一旦《いったん》家に帰るという純也を見送った後、陸真は朝食の後片付けをした。二人分の食器を洗うのは久しぶりだ。

片付けを終えた後、ソファに腰を下ろした。ローテーブルの上には、克司の古いスマートフォンが載っている。ロック解除は０５１８——照菜の誕生日だ。

円華のいうことは尤《もっと》もで、セキュリティのことを考えたら、陸真の誕生日なんかは使わないほうがいい。それはわかりつつ、もっとほかの番号は思いつかなかったのかとぼやきたくなった。

画像ファイルに入っている、あの動画を再生してみた。

何度見ても、あのノートに貼られていた『新島史郎』にほかならなかった。この動画は一体何なのか。円華が指摘したように、ずいぶん前に撮影されたもののようだ。ほかのデータはすべて消去されているのに、これだけが残されているのは、やはり重要なものだからだろう。

いくら考えても答えは見つかりそうになかった。陸真はスマートフォンを戻し、立ち上がった。服を脱ぎ、バスルームに向かった。昨夜はゲームに没頭した後、シャワーも浴びないまま寝てしまったのだった。

午後一時になると部屋を出て、純也の家に行った。すると純也の母が、「しっかりがんばってね」といって見送ってくれた。純也によれば、図書館で受験勉強をすると説明したらしい。

「本当は、マジで勉強しなきゃいけないんだよな」駅に向かいながら陸真はいった。「俺はどうなるかわからないけど、純也は絶対に高校に行くわけだし」

「何いってるんだ。陸真だって行くんだぞ。調べてみたら、児童養護施設からだって、きちんと高校には通わせてもらえるってことだった。それだけじゃなく、大学だって目指せるらしいよ」

「大学ねえ……」

ぴんと来なかった。五年後の自分の姿を想像できない。

数理学研究所には午後二時より少し早めに着いた。受付で名乗るとゲートの通過を許可され、ホールAという部屋で待っているように係の女性からいわれた。

渡された配置図を参考にホールAに行ってみると、小さな子供たちがめいめいに違うことをして遊んでいた。図書館で見かけた車椅子の少年もいる。つまりここにいるのはエクスチェッドたちなのだ。

「うわっ、すごい」

純也が絵を描いている少女に駆け寄った。写真としか思えない超細密画には見覚えがあった。円華がいっていたイギリス人とのハーフの少女だろう。純也は後ろから眺め、何やらコメントしているようだが、少女は全く反応しない。言葉を理解できない、と円華がいっていたのを思い出した。

照菜の姿もあった。彼女は床に座り込み、ペンを持って大きな紙に向かっていた。何やらびっしりと細かい文字が印刷されている。後ろからそっと近づき、紙を見てぎょっとした。そこに印刷されているのは細かい数字だった。ランダムに並んでいるようにしか見えず、何なのかはさっぱりわからない。

「どうして訊かないの？」耳元で問われ、ぎょっとして振り返った。ジーンズ姿の円華が腰に手を当てて立っていた。

「円華さん……」

「その数字は何だって訊けばいいじゃない。気になったんでしょ？」

「まあ、そうだけど……」

照菜ちゃん、と円華は声をかけた。照菜が手を止め、振り向いた。

「それが何なのか、知りたいらしいよ。教えてあげて」

すると照菜は陸真のほうに身体を向けて正座し、細長い一本の棒を両手で持つしぐさをした。次にその棒を丸く曲げて円にしたことを示すと、その直径の長さと、最初の棒の長さとを比較した。その動きで陸真は気づいた。

「わかった、円周率だ」

正解らしく、照菜が嬉《うれ》しそうに手を叩いた。

「えっ、でも……」陸真は数字の先頭を見た。「3．14から始まってない……」

「そりゃあそうだよ」円華がいった。「ここに書かれているのは円周率の途中だもの」

「途中？　どうしてそんなものを……」

「これはあたしたちスタッフと照菜ちゃんが考え出したゲームなの。今もいったように、ここには円周率の途中の桁《けた》が書かれているわけだけど、間違いが何箇所かある。意図的に別の数字と入れ替えてあるわけ。それがどれかを照菜ちゃんが制限時間内に見破るというゲーム。3．14から始めるんじゃ、バリエーションに限りがあるでしょ？」

「えっ、すると彼女は円周率を完璧《かんぺき》に覚えているわけ？」

「厳密にいえば、円周率を何万桁も書き出したものを見て、画像として記憶している。ゲームをする時には、頭の中にあるその画像と比較して、違いを見つけているみたい」

「そんなことが――」

「できるのがエクスチェッド」そういって円華は、ねっ、と照菜に笑いかけた。

照菜も嬉しそうに頷き、陸真のほうに顔を向けてきた。

だが陸真は笑い返せなかった。あまりに想像を超えた能力に、不気味さを感じていた。この超能力者が自分の妹だという事実が、どうしても受け入れられない。

彼の拒絶を察知したか、照菜も笑みを消した。顔を伏せ、再び数字の並んだ紙に向き直った。

「行こうか」円華が陸真の肘《ひじ》を軽く叩いた。「じゅんやーっ、行くよ」

純也が小走りにやってきた。

「すごいよ、あの子。鏡に映っているものを、本当に映っているみたいに描くんだ。どうやったらあんなことができるんだろう？　頭の中、どうなってるのかな」興奮した口調でいった。

「それをこの研究所で調べてるんでしょ」

「そうなんだよね。で、どこまでわかってるの？」

「殆ど何もわかってない」円華は歩きながら肩をすくめ、お手上げのポーズを取った。「研究は始まったばかりで、彼等の頭の中は未《いま》だにブラックボックス。ただし、ふつうの子供たちよりもはるかに心が繊細で、壊れやすいってことはわかっている」不意に足を止め、陸真のほうに顔を向けてきた。「さっきのはだめだよ。笑顔を返すぐらいのことはしてやりなさい」

ごめん、と陸真は項垂《うなだ》れた。円華は再び歩きだす。純也は何のことかわからない様子で、きょろきょろしていた。

建物を出ると円華は駐車場に回り、止めてある一台のクルマに近づいた。ピンク色の小型クーペだ。

「えっ、今日はクルマ？」純也が訊いた。

「あちこち動き回らなきゃいけないかもしれないからね。昨日みたいに汗びっしょりになるのも嫌だし。ああ、そうだ」円華は立ち止まり、バックパックの中から真っ赤なTシャツを出してきた。洗濯したらしく、奇麗に畳まれている。「これ返しとく。ありがとう」

「返してくれなくてもよかったのに」

「どうして？　いらないの？」

「いらないなら僕が貰《もら》う」純也が手を伸ばしてきた。

「そんなことといってないだろ」陸真はTシャツを受け取った。

円華が運転席に乗り込んだ。陸真たちは助手席側に回った。純也がドアを開け、助手席を前にずらした。「どうぞ」

どうやら陸真に後部座席を譲ってくれるらしい。自分が助手席に座りたいからだろうが、素直に従うことにした。

「すごいっ。新型仕様の自動運転システムだ」純也は助手席に座るなり、はしゃいだ声を出した。「どんな馬鹿でも運転できるって、父さんがいってた」

「悪かったね、馬鹿で」円華がパワースイッチを入れた。

「いや、そういう意味じゃなくて」

「心配しなくてもAIに逆らったりしないよ」

クルマが静かに動きだした。後部座席から見ているかぎりでは、円華はハンドルに軽く右手を載せているだけだ。彼女がいうように、運転しているのはAIらしい。

「で、どこへ行くの？」ようやく純也が本質的な質問を発した。

「ある人に会いに行く」

「ある人って？」

「君たちの知らない人。昔、あたしと一緒に行動していた。御老体をこき使うのは気が引けるけど、この際だから仕方ないかなと思って。それに御老体といっても、君たちよりは頼りになるだろうし」

「何だよそれ、気になるなあ」純也が円華のほうを向き、唇を尖《とが》らせている。

「勿体《もったい》ぶってるわけじゃない。説明するより、本人に会わせたほうが手っ取り早いと思っただけ」

前方に首都《しゅと》高速道路の入り口が近づいてきた。クルマはそこを通過し、本線に合流していく。

「加速、すごいなあ」純也が感嘆の声をあげた。「これ、オール電気だよね？ 内燃機関なしだよね。それでこの加速を出せるのかあ。円華さん、目的地までの優先事項は何にしたの？ エネルギー効率？」

「到着時間」

「やっぱりなあ。ＡＩがエネルギー効率を無視したら、そりゃめいっぱい加速するはずだ。渋滞に引っ掛からない最短距離を計算し、ぶっ飛ばすんだから」

純也の言葉通り、クルマは的確に車線変更と加速減速を繰り返しながら、すいているとはいえない高速道路を軽快に駆け抜けていった。あっという間に出口だ。

クルマはオフィス街を抜け、下町情緒を感じられるエリアに入っていた。そこからさらに奥の道にそれたところで、突然ノロノロと徐行運転を始めた。

「何やってるんだ。ＡＩのやつ、道に迷ったのか」陸真はいった。

「そうじゃなくて駐車場を探してるんだ」純也が答えた。「目的地により近くて、しかも空いてるところを」

やがてコインパーキングが目の前に現れた。クルマはスムーズに空いたスペースに車体を収めていく。陸真が後ろから見るかぎり、円華は殆どハンドル操作をしていない。彼女がやったのは、クルマが完全に停止した後、パワースイッチを切ることだけだった。

「さあ、行くよ」

円華の掛け声と共に、純也も助手席のドアを開けた。

住宅や小さな店舗が建ち並ぶ中を円華は歩いていく。その足取りに迷いは感じられない。

やがて一軒の店の前で彼女は立ち止まった。看板に『鳥いろは』とあるから、焼き鳥の店だろう。二階建ての古い日本家屋の一階部分が店舗になっている。格子の入った木製の引き戸は閉まっていて、準備中と手書きされた札が掛けられていた。

円華が引き戸の把手《とって》に指をかけ、躊躇いなく横に力を込めた。引き戸に鍵《かぎ》はかかっておらず、抵抗なく開いた。

店内はL字型のカウンター席だけだった。スツールは十脚ほど並んでいる。カウンターの向こうに白い上っ張りを着た男性がいて、何やら作業中のようだった。さほど背は高くないが、体格は逞《たくま》しい。男性は準備中にも拘《かか》わらず引き戸を開けた闖入者《ちんにゅうしゃ》に注意しようと思ったようだが、険しくした表情をすぐに消し、代わりに驚きの色を浮かべた。

円華さん、と男性は呟《つぶや》いた。作業をしていた手を止め、カウンターから出てきた。

「ネットでの口コミによれば、つくねが絶品らしいね」円華がいった。「あと、せせりとぼんじりも人気で、すぐに売り切れちゃうとか」

「どうしてここがわかったんです？」

「そんなの、ちょっと調べればすぐにわかるよ」

円華は振り返り、引き戸を閉めるように陸真たちに促した。

「すっかり大人の女性になられましたね」男性がいった。

「中身は大して変わらない」

「だとすれば怖いな。あなたは何をしでかすかわからないから」

「でも人に迷惑をかけることは少なくなったかも。例の力を無闇に使ったりしないし」

「それは何より」男性は笑みを浮かべたまま、陸真たちに目を向けてきた。「ずいぶんと若い護衛をお連れですね」

「でしょう？　二人の年齢を合計しても、前任者の半分にもいかないかも」円華はおどけた調子でいい、陸真たちを見た。「紹介する。七年前まであたしのボディガードをしていたタケオさん。顔は怖いけど根は優しいから安心して」

「ボディガード……」陸真は純也と顔を見合わせた。

円華はタケオに、陸真と純也の名前を教えた。

「残念ながら二人は護衛じゃなくて探偵仲間なんだけどね」

「探偵？」タケオが怪訝《けげん》そうに首を傾げた。

「そう。陸真のお父さんが殺されたので、その犯人捜しをしている」

タケオは、やれやれという顔だ。「相変わらず、危なっかしいことを……」

「昔みたいなことはしてないから安心して。今日ここへ来たのは、タケオの知恵を借りるため。もしかしたら力も少々」

「こんな老兵にですか」

「そうは思ってないんじゃないの？　とにかく話だけでも聞いて」

「嫌だといっても無駄のようですね。とりあえず座りましょう」

カウンターの角を挟むようにして円華とタケオが席についた。陸真と純也は円華の隣に並んだ。

円華がこれまでの経緯を手短に説明した。タケオはメモ帳に何やら書き込みながら、話を聞いていた。陸真が驚いたのは、殺害現場を発見した状況について、「多摩川の流れを観察して見当をつけた」という円華の説明に、タケオが何の疑問も差し挟まないことだった。むしろ、そんなことは朝飯前だろうといわんばかりの表情をしている。

「それでタケオに知恵を貸してほしいのは――」円華が陸真のほうを向いた。「例のチップ、持ってきてるよね？」

陸真はバックパックからピンクのハンカチの包みを出した。円華がそれをタケオの前で広げた。「これについてなの。陸真のお父さんの服から出てきた」

「ははあ……」タケオはハンカチごとチップを摘まみ、しげしげと眺めた。「細工が凝っていますね。市販の汎用品ではなさそうです。オリジナルで作らせたんでしょう」

「闇カジノで使われてるもの？」

おそらく、といってタケオはチップを置いた。

「換金システムのない合法のカジノバーで使用されるものなら、必ず店舗名を入れるでしょうから」

「どこの闇カジノか、突き止める方法はないかな」

「その筋の人間ならばわかるかもしれませんね。彼等には横の繋がりがありますから」

「タケオは伝手《つて》を持ってないわけ？」

「私ですか……」

タケオが考え込む顔つきになった。それだけで円華は何かを察したらしく、「何だ、やっぱりあるんじゃん」といってタケオの太い腕を叩いた。「そうだろうと思った。元警察官で敏腕ボディガード、世の中の裏側は大抵見てきたはずだもんね」

陸真は驚き、タケオの顔を見た。そんなにすごい人物だったのか。

「たしかに警護対象者の中には、怪しげな場所に出入りする方もいらっしゃいました。通常、我々は店内には入れてもらえないのですが、警護の都合上、入らねばならない場合もあります。回数が重なれば、店の関係者とも親しくなります。こちらはゲームには参加しませんから、利害関係もありませんしね。お互い、最も恐れるのは摘発されることです。警察官時代のルートからガサ入れの情報を摑めないか、と打診されることも多かったです」

「実際にはどうだったの？　ガサ入れの情報を提供したこともあった？」

「御想像にお任せします」

「やるじゃん、タケオ」円華はまたタケオの腕を叩いた。「隅に置けないなあ」

「大昔の話です。どの店も、今は存在していないでしょう。――このチップのことを警察には話したんですか」

「まだ話してない」

「どうしてですか？」

「あたしたちなりに真相を突き止めたいと思ってるから。大事な証拠品を警察に取り上げられたくない」

タケオは顔をしかめ、かぶりを振った。「素人に真相を突き止めるのは無理です」

「そんなのはわからない。どうして決めつけるわけ?」

「決めつけてはいませんが……」

「ねえ、力を貸してよ。当時の知り合いに、今でも連絡を取れる人間が一人や二人はいるんじゃない?」

「さあ、どうでしょう。連絡がついたとしても、歓迎してもらえるかどうか……」

「やってみなきゃわかんないじゃん。お願い、連絡してみて」

タケオは弱ったように眉根を寄せている。その表情は娘に小遣いをねだられている父親のようだった。

13

その部屋は古い二階建てのアパートの二階にあった。

ドアホンを鳴らすとしばらくして、「どなた?」という野太い声が聞こえた。相手はドアスコープで覗いているはずだ。脇坂は表情を和ませたまま、上着の内側から警察手帳を出し、「こういう者です」と抑えた声でいった。

間もなくドアが開いたが、ドアチェーンが掛けられたままだ。ドアの隙間から男性の四角い顔が見えた。科警支援局から提供された画像と一致している。データによれば四十四歳だが、実物はもう少し老けて見えた。

「鈴木和夫《すずきかずお》さんですね」

「そうですけど」鈴木の目が泳いだ。表札を出していないにもかかわらず氏名を知られていることに不安を覚えたのかもしれない。

「ちょっとお尋ねしたいことがあるんです。中に入れていただけませんか。部屋には上がりません。ここで話していると近所の人に聞かれるかもしれませんから」

鈴木は迷った顔をしたが小さく頷き、一旦ドアを閉めた。再び開いた時にはチェーンが外されていた。失礼します、といって脇坂は足を踏み入れた。

入ってすぐ左手に狭いダイニングがあり、その奥に部屋があった。

脇坂の鼻孔が刺激された。煙草の臭いだ。たった今まで吸っていたのだろう。ダイニングテーブルの上にスマートフォンと灰皿が並んでいる。

「で、何の用ですか」鈴木が立ったままで訊いてきた。

「大したことじゃありません。最近、多摩川の川縁に行かれましたよね？　丸子橋《まるこばし》の近くで、少年野球場があるあたりです」

「多摩川？」鈴木は意外そうな目をした後、ああ、と口を半開きにした。

「行きましたけど、それがどうかしたんですか」

「いつ行ったか、覚えてませんか」

「いつって……ちょっと前です」

「正確な日にちを思い出していただけると助かるんですが」

鈴木は困惑した顔になった。眉のあたりを掻《か》き、いつだったかな、と呟きながらダイニングテーブルの上に置いてあったスマートフォンを手にした。

脇坂は室内の奥に目をやった。布団が敷きっぱなしで、そばにカップ食品の容器が転がっていた。

「ああ、そうだ。あの日だったな」鈴木がスマートフォンを見ながらいった。「多摩川に行ったのは今月の七日です」

「間違いありませんか」

「間違いないと思います。出かける用があって、その帰りにふらりと寄りました」

「用というのは?」

鈴木が露骨に不快感を示した。「そんなことまで答えなきゃいけないんですか?」

「答えられない事情でも?」

鈴木は口元を歪《ゆが》め、ふっと息を吐いた。「面接です」

「面接?」

「大田区にある機械工場です。こう見えても旋盤を使えましてね。だけど採用は断られました」鈴木は、その工場の名をいった。「その帰り、ぶらぶらと多摩川沿いを歩いたってわけです。散歩というより、これからどうするか、ぼんやりと考えてたって感じかな」

「今は就職活動中ということですか」

「そうですよ」鈴木はぶっきらぼうにいった。「先々月、勤めてた町工場がつぶれちゃいましてね。退職金もろくに出ないから、家賃を払うのがやっとという有様なんです。急いで次の仕事を見つけなきゃいけないんだけど、なかなかまとまらなくて……。年齢不問とか書いてるくせに、もう少し若いほうがいいとか、パソコンを扱えたらいいとか、なんだかんだ難癖をつけてくるんだよな」

「なかなか大変そうですね。ところで――」無職男の愚痴を聞き流し、脇坂は上着のポケットから写真を出した。月沢克司の顔写真だ。「多摩川に行った時、この男性を見かけませんでしたか？」

鈴木は目を細めて写真をじっと見つめた後、知らないな、と呟いた。「見なかったと思います」

そうですか、と脇坂は写真をポケットに戻した。元々形式的な質問だった。この人物が事件に関わっているとは露程も思っていない。

「ありがとうございました。捜査協力に感謝いたします」頭を下げ、出ていこうとした。

「ああ、刑事さん、ちょっと待って」鈴木に呼び止められた。

脇坂はドアノブに手をかけたまま振り返った。「何か？」

「どうして俺が多摩川に行ったことを知ってるんですか？」

またその質問か。これで何人目だろう。

「目撃証言があったんです。あのあたりで、あなたの姿を見たという人がいましてね」

「俺を？」鈴木は怪訝そうに眉間《みけん》に皺《しわ》を寄せた。「どこの誰です？」

脇坂は作り笑いをした。「それはお答えするわけにはいきません」

「誰だろう、全然心当たりがない。刑事さん、教えてくださいよ。気になるじゃないですか。せめてヒントだけでも」

「ヒントですか。その人は、こういってました。鈴木和夫さんは多摩川を見下ろしながら煙草を吸っていた、そして吸い殻を近くの草むらに捨てた、と。携帯用の灰皿ぐらいは持っておいたほうがいいんじゃないですか」

吸い殻を捨てたことには心当たりがあるらしく、鈴木はばつが悪そうに横を向いた。

失礼します、といって脇坂はドアを開け、外に出た。そのまま階段に向かって歩く。幸い、鈴木が追ってくることはなかった。

アパートから十分に離れたところで脇坂は足を止め、モバイルを取り出した。画面に並んだ名前のリストから『鈴木和夫』を選び、『対処済み』にチェックを入れた。捜査の進展には全く役に立たない作業だが、誰かがやらなければならないことだと割り切るしかなかった。

茂上の指示に従い、D資料で身元が判明した人間たちを当たっている。鈴木で七人目だった。予想通り、月沢克司と繋がりがありそうな人間はひとりもいなかった。全員、多摩川の川縁に行ったことは認めているが、話に不自然さは一切ない。ゴルフの練習をした後で川を眺めながら休憩した、息子が出場するサッカーの試合を見に行った、日課のジョギングをした、散歩をした——そんな話ばかりだ。

茂上がいったように、手間のかかる仕事ではなかった。ただし、一点だけ憂鬱《ゆううつ》なことがある。ほぼ全員が同じ質問をしてくる。なぜ自分が多摩川に行ったことを知っているのか、というものだ。

川縁に捨ててあった缶ビールの空き缶から検出されたＤＮＡ型を分析したところ、あなたのものだと判明したんですよ、などとは口が裂けてもいえない。これまでに会った七人には前科も逮捕歴もないのだ。なぜ自分のＤＮＡ型を警察が把握しているのか、とさらに踏み込んだ質問を誘発するだけだ。

　あなたらしき人物を見たという目撃情報があるんです、情報源は明かせません、何の捜査かもいえないきまりです――今のところはこれで押し通している。しかし、いつまでも通用するとは思えなかった。同様の経験をした者同士がＳＮＳで情報交換するようになれば、何かがおかしい、と疑う者も現れるだろう。やがて自分たちの共通点に気づくはずだ。同じ場所で吸い殻を捨てた、ガムを捨てた、洟《はな》をかんだティッシュを捨てた、空き缶を捨てた――。そこまで来れば彼等が正解に辿り着くのは時間の問題だ。もしかすると真実を求めるデモ隊ぐらいは現れるかもしれない。

　そうなったらなったで興味深い、と脇坂は考えていた。自分も真実を知りたいからだ。だがおそらく、何かが明らかにされる日は当分来ないだろう。それまでの間、庶民たちの怒りとフラストレーションは、末端で動いている警察官たちに向けられる。そのことを思うと今から気が重くなった。

　再び歩き始めた。日が沈み始めている。今日はこのあたりにしておくかと思った時、着信があった。歩きながらスマートフォンの画面を確認し、立ち止まった。『福永警部補』と表示されていたからだ。急いで繋いだ。

「はい、脇坂です」

「福永です。電話をもらったみたいですが、出られずに失礼しました」

「いえ、こちらこそ突然かけてしまい、申し訳ありませんでした」

昼間、茂上から教わった番号にかけたのだが、繋がらずに留守電に切り替わった。そこで名乗り、ある事件について知りたくて茂上から電話番号を教わったことや、改めて連絡する旨をメッセージに残したのだった。

「茂上と電話で話しました」福永がいった。「用件は大体理解しています。で、どうします？　とりあえず会いますか？」

「お願いします。場所と時間はお任せします」

「だったら、今日これからどうですか。明日以降だと予定を入れにくいので」

「結構です。場所はどこがいいですか。そちらに伺いましょうか」

「いや、うちの署に来てもらうのは、あまりよくないと思いますよ。茂上から聞きましたが、非公式なんでしょ？　位置情報を上の人に知られるとまずいんじゃないですか」

たしかにその通りだった。モバイルは便利だが、警察官の監視役でもあるのだ。

「そうですね。ではどこで？」

「東京駅の近くにしましょう。双方の中間地点ですから」

福永が指定したのは、駅の近くにあるホテルのラウンジだった。電話を切った後、脇坂は幹線道路を目指し、小走りになった。タクシーを拾うためだ。

無事に空車を見つけ、ホテルを目指した。車中で茂上に電話をかけ、福永と連絡がついたことをいった。

「ざっくりと事情は説明しておいた。福永も、あの事件に関しては気になっていることがあるそうだ。知っている範囲でよければ質問に答えるといっていた」

「ありがとうございます。茂上さんもリモートで話をお聞きになりますか」

「それは遠慮しておく。おまえがイヤホンマイクを付けてたら、福永も本音をしゃべろうって気にならないだろう。いい土産話を期待してるよ」

わかりました、といって電話を切った。

ホテルに着き、ラウンジで待っていたら、約束の時刻ぴったりにグレーのスーツを着た男性が入り口に立った。脇坂の胸元を見て、ゆっくりと近づいてきた。今日、脇坂は臙脂《えんじ》色のネクタイを締めている。それが目印だと伝えてあった。

脇坂は立ち上がり、男性を迎えた。

「福永さんですね。わざわざ時間を作ってくださり、ありがとうございます」

福永は苦笑し、「堅苦しい挨拶《あいさつ》は抜きにしよう」といって椅子に腰を下ろした。それで脇坂も座ることにした。

ウェイトレスがやってきた。福永がコーヒーを注文したので、脇坂も倣った。

「茂上とは久しぶりに話したよ。忙しいみたいだな」脇坂の年格好を確認したからか、電話とは打って変わってくだけた口調だ。

「我々と上のパイプ役を担っておられますから」

くっくっ、と福永は身体を揺すって笑った。

「上司の顔色を窺《うかが》いつつ、時には下の連中に好きにやらせるのも必要だ。忙しくて損な役どころだよな、主任ってのは。で、今回、特に匙《さじ》加減の難しい案件を扱うことになったみたいだな」

「そんなに厄介な話なんですか」

「それは受け止め方によるね。済んだことだと割り切れば、それまでだから」

コーヒーが運ばれてきた。ブラックで飲み始めた福永の顔に笑みは残っていない。

「十七年前、T町一家三人強盗殺人事件は一旦迷宮入りしたそうですね」脇坂は本題に切り込んだ。

福永は苦い顔つきで頷いた。

「言い訳にしか聞こえないだろうが、手がかりが少なすぎた。当時は防犯カメラが今ほど多くなかったし、事件が起きたのは夜中で目撃者も見つからなかった。唯一の物証といえたのは、殺された奥さんの爪から採取された血液だけだ。犯人の身体を引っ掻いた際に付着したとみられた。今なら科警支援局が、血液の主がどこの誰なのかを即座に突き止めてくれるかもしれないが、警察庁がDNA型のデータベース化を始めてから何年も経ってなくて、登録数は限られていた」

妻の爪に血液が付着していたことは警視庁の資料で脇坂も把握している。それを分析したDNA情報は遺留DNA型として登録されたはずだ。

だけど、と福永は続けた。

「一番の失敗は単なる強盗殺人と決めつけてしまったことだ。室内を物色した形跡があったし、流しの犯行だと誰もが思い込んだ。事件発生直後に被害者のことをもっと洗っておけば、事態は違っていたかもしれない」

「というと?」

「被害に遭った一家の主《あるじ》は一般企業の役員だったが、もう一つ別の顔を持っていた」福永は少し声をひそめて続けた。「ジャンケットだ」

「ジャン……」

「知らないか?」

「ジャンケットって、あのジャンケットですか? カジノの……」

「そう、カジノの客引きだ。といっても路上に立って、客に声を掛けたりはしない。ジャンケットの仕事は、自分の人脈から客を選んで、店に連れていくことだ。高級クラブの店長なんかに多いが、客の中に紛れ込んでいる場合もある。店で顔見知りになった常連客を誘い、闇カジノに連れていく。仕事はそこまでだ。あとは闇カジノの主催者が、あの手この手で新たな客の金を奪い取っていく。その金の何割かがジャンケットの懐に入るというわけだ」

「つまり山森達彦《やまもりたつひこ》は反社会的勢力の片棒を担いでいた可能性が高いわけですね」脇坂はいった。

山森達彦というのは、T町一家三人強盗殺人事件で殺害された主の名前だ。

「そのことがわかったのは事件から三年以上が経ってからだ。たまたま摘発された闇カジノの顧客リストに山森の名前があった。そこでそのセンで再捜査が行われたが、結局手がかりは得られなかった」

「ところが事件から十年以上が経ち、匿名の情報提供があった」

「問題はそこだ」福永は人差し指を立てた。「突然、本庁からうちの署に連絡があった。T町一家三人強盗殺人事件に関して新情報が得られたから、捜査チームを再結成するという内容だった。とはいえ捜査を主導するのは本庁特命捜査係の未解決事件捜査班で、こっちは雑用係にすぎず、新情報とは何なのかさえも教えてもらえなかった。ただ、本庁の刑事たちにしても、詳しい事情を知っているわけではなさそうだった。とにかく新島史郎という男について調べろといわれているだけのようだった。どうやら新情報とは匿名の密告らしいと刑事たちの間で噂が広がったが、正式に発表されたわけじゃない」

「で、新島を調べたところ、容疑が濃くなったと?」

「被害者との接点はいくつか見つかった。事件当時、新島は銀座《ぎんざ》のクラブで雇われマネージャーをしていて、その店を山森も使っていた。また新島もギャンブル好きで、闇カジノに出入りしているという噂があった。俺も何度か張り込みに付き合わされたが、バーテンダーとして勤務している新宿《しんじゅく》のバーには、連日怪しげな連中が来ていたな」

「決め手は何だったんですか」

だがこの問いに福永は首を横に振った。

「決め手を摑む前に逃げられた。それより少し前、刑事のひとりが新島に接触し、捜査協力の名目でDNAの採取を求めていた。ところが新島は拒否した。そこで別件逮捕を狙っていたところ、突然行方をくらまされたというわけだ。こういっては何だが、完全に本庁のミスだ」

その通りだな、と脇坂も思った。DNAの採取を求めた捜査員は、拒否されることを予想していなかったのだろうか。

「警察庁御自慢の防犯警備システムが新島の居場所を突き止めたのは、その翌日だ。千葉からフェリーに乗るようだという情報が入った。急いで向かった捜査員たちは出航ぎりぎりのところで乗り込んだ。だけど彼等は慎重に行動した。次の寄港地に着くまでには時間がたっぷりある。新島を見つけても、すぐには近づかず、しばらく様子を窺うことにした。この判断は間違っちゃいない。逮捕状もないのに身柄の確保なんてできないからな。ところがここで二つ目のミスをした。新島に気づかれたんだ。捜査員のひとりがＤＮＡの採取を求めた刑事で、顔を覚えられていた」

「それで新島は逃走を？」

福永はコーヒーカップを手に首を縦に振った。

「人間ってのは、パニックになると、とんでもない行動に出るもんなんだな。刑事たちも、まさか海に飛び込むとは夢にも思っていなかっただろう」

「それで結局見失ってしまったわけですね」

「すぐに海上保安庁が出動したらしいが、見つからなかった」

捜査責任者たちが怒りと焦りで顔を歪ませる様子が目に浮かぶようだった。

「その後、どのような捜査を？」

「家主の許可を取って、新島の部屋を家宅捜索した。それで見つかったのが、指輪とネックレスだ。いずれからも山森の妻のＤＮＡが検出された。また部屋に残されていた歯ブラシやカミソリから採取されたＤＮＡが、妻の爪から見つかった血液のものと一致した」

このあたりは警視庁の公式資料通りだ。

「そういうことなら物証は揃ったわけですね」

「おまけの成果もある。コカインを使用していた痕跡《こんせき》もあった」

「コカイン？」

「その後の捜査で新島がコカインの密売に関わっていた疑いも出てきた。海に飛び込んだのは、その発覚を恐れたからじゃないかともいわれた。しかし本人が死んじまっているから、それ以上のことは突き止められなかった。結局、強盗殺人だけで送検となった。知っての通り、被疑者死亡で不起訴ってことで片が付いた」福永はコーヒーを飲み、カップを置いてから吐息をついた。「以上がT町事件の顚末だ」

「茂上さんが、あの事件については福永さんにも引っ掛かっていることがあるようだ、といってましたけど」

「それは、まあね。密告者は何者か。なぜ事件から十年以上も経って、匿名での情報提供があったのか。はっきりいって不可解なことだらけだ。ところがそれについて、本庁の連中は最後まで詳しい情報を明かそうとしなかった。密告者の正体は自分たちも知らないの一点張りだったが、どこまで本当だったのか……。何しろ最初から所轄を無視していたしな」そういってから福永は脇坂の顔を見て、口元を曲げるように笑った。「本庁の刑事相手に吐く台詞《せりふ》じゃなかったな。聞かなかったことにしてくれ」

「福永さんから聞いたとは口が裂けてもいいません。それより一点、お尋ねしたいことがあるんですが」

「何だ？」

「新島の身辺調査が始まった際、捜査員に顔写真は配られましたか」

「もちろん配られた。どんな顔かわからないんじゃ、捜査ができないからな」

「それはいつの写真でしたか」

「いつのって、当時の免許証からコピーしたものだったと思うが」

脇坂はスマートフォンを出し、月沢克司のノートに貼ってあった『新島史郎』の写真を表示させた。

「それはこの写真だったでしょうか」

福永は画面を覗き込み、すぐにかぶりを振った。

「いや、違うと思う。そんな写真じゃなかった。もっと老けてて、がりがりに痩《や》せてた」

「この写真に見覚えは？　これも新島史郎のはずなんですが」

「たしかに似ているな。だけどこの写真は見たことがない。何だ、これは？」

「我々にもわからないんです。先日遺体が見つかった、元見当たり捜査員だった人物が所持していたんですが」

「見当たり……」そう呟いた後、何かを思い出そうとするかのように、福永は視線を彷徨《さまよ》わせた。

「どうかしましたか」

「それを聞いて思い出したことがある。さっき、新島が働いていたバーの張り込みを何度か手伝ったといったが、一度だけ、捜査共助課から応援が来ていた。本庁の人間が連れてきたようだったが、俺たちに目的は知らされなかった。新島の姿を確認した後、間もなく帰っていった。その捜査員が来たのは、俺の知るかぎり、その一度きりだ」

脇坂は再びスマートフォンを操作し、画面を福永のほうに向けた。

「この人ではなかったですか？」

福永が画面を見るなり、すっと息を吸う気配があった。

「この人物だ。間違いない」抑えた声で断言した。

やっぱり、と脇坂は改めて画面を見つめた。そこに映っているのは月沢克司の顔だった。

14

円華がいったように、つくねが抜群に美味《おい》しかった。タケオは六本も焼いてくれたのだが、陸真と純也で三本ずつ、あっという間に食べてしまった。つくねだけではない。軟骨や皮も絶品だ。

「よく食べるねえ。さすがは中学三年生だ」円華が呆《あき》れたようにいった。彼女は少し離れた席でジンジャーエールを飲んでいる。

「だって美味しいんだもん。食べなきゃ損だ」純也が手羽先にかじりついた。口の周りはタレだらけだ。

ははは、とカウンターの向こうでタケオが笑った。

「それだけうまそうに食べてくれると、焼いているほうも張り合いがある。どうだ、もう少し焼こうか?」

「いえ、もう十分です」陸真は手を挙げ、いいよな、と純也に同意を求めた。純也も、うん、と頷《うなず》いた。

「じゃあ、自分は出かける支度してきます」タケオは円華にいい、上っ張りを脱ぎながら奥に消えた。

陸真は水を飲み、カウンターの上を眺めた。空いた皿が何枚も重ねられ、コップには使用済みの竹串《たけぐし》が二十本以上立てられている。たった二人で、よく食べたものだ。

円華の説得に屈し、タケオが昔の知り合い数名に連絡を取り始めたのは、今から二時間ほど前だ。無事に連絡を取れたのは二人だけで、しかも一人はとうの昔に足を洗い、今は郷里に戻って漁師をしているという話だった。

だが残る一人は、タケオによれば、どうやら今でも闇カジノに関与していそうな口ぶりだったらしい。相談したいことがあるので会えないかと持ちかけたところ、店を開ける前に来てくれるなら会ってもいいといわれたそうだ。その人物は六本木《ろっぽんぎ》でプールバーを経営していて、開店時刻は午後六時だった。

だったら今日会いに行こう、と円華がいった。

「善は急げというものね。タケオ、相手の人の名前と店の場所を教えて」

タケオは少し考えた後、自分も一緒に行く、といいだした。

「相手は海千山千の曲者《くせもの》です。円華さんだけじゃ、舐《な》められます」

「僕たちもいるよ」

純也がいうとタケオは少年を真顔で見下ろした。「君たちが一緒だと余計に舐められる」

「でもタケオは店があるじゃない」円華がいった。

「今日は臨時休業にします。このままでは、店を開けても円華さんたちのことが気になって、商売どころじゃありません。お願いします。一緒に行かせてください」

円華は身体をのけぞらせた。困惑しているしぐさだが、不快そうではなかった。

「タケオはもう、あたしのボディガードじゃないんだよ。あたしを守る必要はない」

「そういう問題じゃありません。だめだというのなら、相手の名前は教えません」

「どうしても？」

「どうしても、です」

すると円華は動作を止めた後、吐息をついてにっこりと笑った。

「ありがとう。正直いうと、一緒に行ってくれると助かる」

「老兵ですが、少しはお役に立てるかと」

それからタケオは陸真たちに、腹は減ってないかと尋ねてきた。

「今夜、出すつもりで準備したものがいくつかある。捨てるのは勿体《もったい》ないから、食べてくれるのなら焼くけど」

「いいの？　お金は？」純也が食いついた。

「もちろんいらない」

「やった。食べる食べる」純也は小躍りした。

こうして思いがけず、焼き鳥を御馳走《ごちそう》になったのだった。

タケオが何者なのか、円華は詳しく教えてくれなかった。なぜ七年前まで彼女にボディガードが必要だったのかも説明してくれない。触れてはいけないことなのかもしれないと思い、陸真は尋ねていない。純也も気になっているに違いなかったが、質問しないのは陸真と同じものを感じているからだろう。

奥からタケオが現れた。「お待たせしました」

ダークブラウンのスーツ姿で、ネクタイも締めている。肩幅があり、胸板も厚いことがよくわかった。とても焼き鳥屋の店主には見えない。

「やっぱりサマになるね、そういう衣装が」円華も同意見のようだ。

「久しぶりに着ました。情けないことにベルトの穴がひとつずれました」

「ひとつで済んでよかったじゃない」

タケオがカウンターから出てきた。

「円華さん、提案があります。提案というより、お願いというべきかもしれませんが」

「何？」

「これから向かう先は、開店前とはいえプールバー、すなわち飲み屋です。未成年者を連れていくのはいかがなものでしょう？」

横で聞いていて、陸真はぎくりとした。未成年者とは自分たちのことにほかならない。

「二人を連れていかないというわけ？」円華が確認する。

できれば、とタケオは答えた。

「えっ、そんなのないよ」純也が口を尖《とが》らせた。「ここで帰れるわけないじゃん」

タケオは腰に手を当て、純也を見下ろした。

「自分と円華さんとで何らかの情報を得られたなら、必ず君たちに報告する。それでどうだろう？」

「いや、俺は行きます」陸真はいった。「当事者だから、行かないのはおかしいです」

「あたしも陸真に同感」円華が援護射撃をしてくれた。「月沢克司さんのことを一番よく知っているのは陸真だから、彼には一緒に来てもらわないと」

タケオは顎《あご》に指先を当てて少し考えた後、改めて陸真たちを見た。

「ではこうしましょう。陸真君は連れていく。その代わり、純也君には諦《あきら》めてもらう」

「なんでっ？」純也が不満の声をあげた。

「陸真君は背が高いから、十八歳ぐらいに見えなくもない。酒さえ飲まなければ、酒場にいても責められないだろう。だけど君は、かなり厳しい」

「そうかなあ。そんなに変わらないと思うけど」純也は不満そうだ。

「鏡を見たらいい。下手をしたら小学生に間違われるかもしれない」

「えーっ」

「これから行くところは子供が出入りする場所じゃない。目的を考えた場合、あまり目立たないほうが懸命だ」

タケオのいっていることが妥当だということは陸真にもわかった。

純也、と友人の肩に手を置いた。「今日のところは我慢してくれ」

小太りの親友は傷ついた顔になった。「陸真までそんなことというのかよ」

「陸真だって、いいたくていってるんじゃない」円華がぴしゃりといった。「それぐらいわからないの？　友達なら陸真の気持ちを理解しなさい。それに、遊びに行くわけでも楽しいところへ行くわけでもない。何の成果も得られない可能性のほうが高いと思う。だから純也は早く帰って、次の出動命令が出るまで待機。いいね？」

円華の言葉には逆らえないらしく、純也は小さくため息をつき、不承不承といった様子で首を縦に動かした。

電車で帰るという純也を店の前で見送った後、陸真たちはコインパーキングに向かった。

ピンクのクーペの助手席には、今度はタケオが座った。

「妙な感じですね、運転席に円華さんがいるというのは」

「あたしの指定席は後部シートだったものね」円華はパワースイッチを入れ、クルマを発進させた。

タケオが、これから会う人物について説明を始めた。名前は石黒《いしぐろ》といって、飲食店をいくつか経営している実業家だ。裏社会にも人脈を築いていて、ビジネスに生かしているらしい。タケオが知り合ったのは某タレントのボディガードをしていた頃で、タレントが通っていた闇カジノを仕切っていたのが石黒だったという。

「そのタレントって、誰ですか？」陸真が訊《き》いた。

助手席でタケオが細かく身体を揺すって笑った。「それはいえない」

「えー、気になるな」

「無理だよ」円華がいった。「この人、プロフェッショナルだから。依頼人のことは死んでもしゃべらない」

「へえ、かっこいいな」

「別にかっこよくない。当然のことだ」タケオは前を向いたままいった。

この様子だと、なぜ円華のボディガードをしていたのかも、訊いても絶対に教えてくれないだろうなと陸真は思った。

やがて六本木に着いた。例によってＡＩがコインパーキングを見つけ、バックしながら入っていった。

「こっちのはずです」クルマを降りた後、タケオがスマートフォンを見ながら歩きだした。辿《たど》り着いた先には古いビルが建っていた。飲み屋と思われる店の看板が並んでいる。タケオは地下への階段を下りていった。

地下には店が一軒だけあった。ドアに『準備中』の札が掛かっていたが、タケオは構わずに開けた。

店内は照明が絞られ、薄暗かった。中央にビリヤード台が置かれ、そこだけは明るい。赤いシャツに白いスラックスという出《い》で立ちの男が、ひとりで玉を撞《つ》いていた。

「すみません、開店は六時からなんですけど」すぐそばで掃除をしていた、スタッフと思われる若い男性がいった。

「石黒さんは？」タケオが訊いた。

ビリヤードをしていた男が振り返った。

「やあ、まさか本当に来るとは思わなかったな」男はキューを台に置き、ゆっくりと近づいてきた。「お久しぶり、タケオさん」

この男が石黒らしい。白髪をオールバックにしている。目つきは鋭く、頰《ほお》が窪《くぼ》んでいた。その目を円華と陸真に向け、唇の片端を上げた。

「あんたが女連れとは意外だ。しかもとびきりの美人ときてる。後ろに変なのがくっついてなきゃ、羨《うらや》ましがってたところだ」

「少々訳ありでね。話を聞いてもらえるかな?」

ふうん、と石黒は指先で頰を搔《か》いた後、男性スタッフにいった。「ちょっと休んでろ。開店前に戻ればいい」

はい、と答えて男性スタッフは出ていった。

石黒が顔を戻してきた。

「羽振りのよかった頃なら、再会を祝ってシャンパンでも振る舞わせてもらったところだが、うちもあまり楽じゃなくてね。どうしても飲み物を、ということなら有料になるが」

「いらない。話が終わったら出ていく」

「そうかい。で、用件は何だ?」

タケオが陸真のほうを向いた。「例のものを」

陸真はピンクのハンカチをポケットから出し、石黒の前で広げた。

石黒の目が一層鋭くなった。骨張った指でチップを摘まむと、しげしげと眺めた。

「どこで使われてるものか、教えてほしい」タケオがいった。「あんたならわかるだろ?」

石黒はチップをハンカチに戻した。「何のために調べてる?」

「この少年の父親が持っていたものだ」タケオが陸真を見た。「先日、多摩川で見つかった。遺体でね」

石黒は一瞬右の頰をぴくつかせた後、ほう、といってビリヤード台に近づいた。

「そういう厄介な話なら、続きは聞かないほうがよさそうだな。悪いけど帰ってくれ」

「あんたに迷惑はかけない。約束する」

石黒が肩を揺すらせて笑った。

「そんな約束に、どんな見返りがあるっていうんだ。俺が何か得することでもあるか？　ないだろ？　俺が会ってもいいといったのは、うまい儲《もう》け話でも持ってくるのかと思ったからだ。ヤバい話には付き合えない。わかったなら、さっさと帰ってくれ」

石黒はキューを構え、白い玉を撞いた。白い玉は赤い玉をポケットに落とした後、ゆっくりと別の玉に近づいていった。

「お金がほしいの？」突然、円華が訊いた。

次の玉を狙っていた石黒は身体を起こし、キューを手にしたまま彼女に近づいてきた。その顔には酷薄な笑みが浮かんでいる。

「そりゃあほしいね。金はいくらあっても困らない」

「希望金額をいってみて」

「希望金額ねえ」石黒は舐めるように円華の顔を眺めた。「金も悪くないが、もっといいものが欲しくなった」

「それは何？」

「あんただ。ひと晩、俺に付き合ってくれ。だったら教えてやってもいい」

「付き合うって？」

「大人だからわかるだろ？　心配するな。力尽くでどうにかしようとは思っちゃいない。本気で口説くだけだ。ひと晩かけて、じっくりとな。その戦法で失敗したことはない。ただの一度もな」石黒は粘着質な口調でいいながら、円華に顔を近づけていく。横で見ていて、陸真は冷や冷やした。

「悪くないわね」円華が発した言葉は、陸真が全く予想しないものだった。「だったら、それを賭《か》けて勝負するというのはどう？」

「勝負？　何で勝負するっていうんだ？」

「もちろん、それで」円華は石黒が持っているキューを指差した。

石黒の細い目が見開かれた。「俺とビリヤードで勝負しようっていうのか？」

「ナインボールで三セット先取したほうが勝ち。あなたが勝てば、今夜ひと晩付き合ってあげる。でももしあたしが勝ったら、チップがどこのカジノのものか教えて」

陸真はびっくりした。この女性は何をいいだすのか。

石黒が彼女の顔を見つめたまま後ずさりし、次ににやりと口元を曲げた。

「面白い。乗った。いっておくが、取り消しはきかないぜ」

「そちらもね」

陸真の胸の中で心臓が暴れ始めた。タケオを見ると、なぜかあまり表情を変えていない。

タケオさん、と耳元でいった。「止めなくていいの？」

「ここは円華さんに任せよう」タケオの声から動揺は感じ取れなかった。

円華は少し時間をかけてキューを選んだ後、さらにじっくりと時間をかけてビリヤード台や玉を観察している。さすがに焦《じ》れたらしく、「いつまで見てるんだ。もういいだろ」と石黒が苛立《いらだ》ちを露《あら》わにした。

「オーケー、始めましょ。先攻後攻はどうやって決める？」

「何でもいい。ジャンケンでもくじ引きでも」

「だったらバンキングで」

石黒は虚を突かれたような表情を見せたが、すぐに薄笑いに変わった。

「本格的にやろうってわけか。いいねえ」

二人はビリヤード台に向かって並び、それぞれが手にした玉を台に置いた。

陸真は再びタケオの耳に口を近づけた。「バンキングって何ですか？」

「見ていればわかる」タケオの答えは素っ気ない。

陸真、と円華がいった。「合図をちょうだい」

「合図って？」

「何でもいい。ワン・ツー・スリーでもヨーイドンでも」

「じゃあ、ワン、ツー……」

スリーといった直後に、二人は玉を撞いた。陸真から見て、手前が円華の玉だ。

二人の玉は殆《ほとん》ど同じような速度で転がり、反対側の枠に当たった。跳ね返り、真っ直ぐに二人のところへ戻っていく。

最初に止まったのは石黒の玉だった。円華の玉は、それより十センチほど進んだところで止まった。枠まで二センチほどしかない。

石黒が口笛を鳴らした。「なかなかやるじゃねえか。まぐれかもしれないが」

どうやら勝ったのは円華らしい。

「先攻を選ばせてもらうわね」

「どうぞ。お手並み拝見だ」

円華は菱形《ひしがた》のシートを使って九つの玉を並べた。陸真もナインボールの基本的なルールは知っている。九番の玉を落としたほうが、そのセットの勝者だ。

円華が白い玉をビリヤード台に置いた。真ん中からではなく、斜めから狙うようだ。キューを構えると、力強く押し出した。撞かれた玉は勢いよく先頭に配置された一番の玉に当たった。その衝撃が伝わり、ほかの玉が周囲に散らばっていく。玉のひとつがポケットに入った。これで続けて彼女がプレーできる。

「女にしちゃ、なかなか力強いショットを打つじゃないか」石黒がいった。その顔に、先程までの見下したような笑みはない。

そうか、と陸真は納得した。円華はビリヤードの腕前に自信があったのだ。そのことを知っているからタケオも落ち着いているのだ。

円華が一番の玉を難なくポケットに落とすのを見て、陸真はそのことを確信した。続けて二番の玉も落とし、三番の玉を狙う位置に円華は移動した。これまた狙いやすい位置に白の手玉が止まっている。おそらく、たまたまではない。単に的玉《まとだま》を落とすだけではなく、次に手玉《てだま》をどこに移動させるかも考えて撞いているのだ。

あの時のことを思い出した。図書館に向かうエレベータで円華たちに初めて会った時だ。けん玉の玉を転がし、ドアに挟まらせた。あれはやはり偶然でもまぐれでもない。この女性には、ああいう芸当をやってのける能力があるのだ。

陸真は石黒を見て、ぎくりとした。その目が異様に光っていたからだ。

円華は台上に残っている玉の殆どを落とした後、最後に九番の玉をポケットに入れた。白い手玉だけが残った。最後まで相手に攻撃権を渡さなかった。

「まずワンセットね」円華が人差し指を立てた。「お次、どうぞ」

だが石黒はキューをビリヤード台に置き、タケオを睨《にら》みつけながら近づいた。

「あんた、歳を食って、策士になったみたいだな」

「何のことだ？」

「とぼけるな。こうなることを予想して、プロを連れてきやがったな」石黒は円華のほうを振り返った。「俺が顔を知らないぐらいだから、でかい大会には出てないのかもしれんが、素人の撞き方じゃねえ。海外あたりで修業してきたのか？」

さあ、と円華は首を傾げ、キューを台に置いた。

「ビリヤードに自信があったのはたしか。だから勝負を持ちかけた。でも誤解しないで。あたしは頼まれてここへ来たんじゃない。あたしがタケオに頼んで、ここに連れてきてもらったの。あなたに用があるのはタケオじゃなくて、このあたし」

石黒が円華の前に立った。「あんた、何者だ？」

「そんなことどうでもいいでしょ。それより勝負はどうなったの？」

「遊びは終わりだ。帰ってくれ」

「棄権するわけ？　だったらあたしの勝ちね。取り消しはなしっていったのはそっちよ。あのチップがどこのカジノのものか、教えてちょうだい」

「お断りだといったら？」

「営業時間内にもう一度この店に来て、あなたに勝負を挑む。ほかの客がいる前なら逃げられないだろうから」

石黒は眉尻《まゆじり》を吊《つ》り上がらせ、円華の顔を睨んでいる。しかし彼女に怯《ひる》む気配はない。男の視線を真正面から受け止めている。

ふん、と石黒が鼻を鳴らし、頬を歪《ゆが》めるように笑った。

「気の強い女だな。わかったよ。その鼻っ柱に免じて教えてやろう。だがその前に訊きたいことがある。チップを持っていた男の名前だ。何というやつだ？」

「それを聞いてどうするの？」

「どういう筋の話か知っておきたいんだよ。カジノの利用客の個人情報を迂闊《うかつ》には教えられない。たとえ殺されていたとしてもな。いや、殺されたってことなら尚更《なおさら》だ」

石黒の言い分には一理あるような気がした。円華も同様らしく、陸真のほうを振り返って、「教えていい？」と訊いてきた。うん、と陸真は答えた。

「名前は月沢克司」円華が石黒にいった。「ムーンの月に、軽井沢《かるいざわ》の沢」

「ツキザワか。ちょっと待ってろ」

石黒はカウンターの向こう側に回り、しゃがみこんだ。どうやらノートパソコンの操作を始めたらしく、液晶の光が顔に当たっている。

やがて石黒が戻ってきた。

「その月沢ってやつは客じゃない。カジノには出入りしてない」

「どうしてわかるの?」

「簡単なことだ。顧客リストに名前がない」

「リスト?　そんなものがあるの?」

タケオさん、と石黒がいった。「あんたから説明してやってくれ」

円華がタケオに顔を向けた。「どういうこと?」

「闇カジノは誰でも利用できるわけではありません」タケオが話し始めた。「身元がはっきりしていることが絶対条件です。しっかりとした紹介者がいたとしても、初めて利用する際には本人確認ができる証明書の提出を求められます。万一、警察のスパイなどが紛れ込んだら大変ですから。私も免許証を見せました。それらの情報を当然主催者側は管理します。さらに同業者間でも共有します」

「つまり、その月沢ってやつが一度でもどこかの闇カジノを利用したのなら、必ずどこかの顧客リストに載ってるはずなんだ」自分たちが使ったキューを片付けながら石黒がいった。「載ってないってことは客じゃない。チップは別の場所で手に入れたんだろう」

「別の場所って?」

円華が訊いたが、さあね、と石黒は肩をすくめただけだ。

「肝心なことをまだ聞いてない。どこのカジノのチップなの?」

「それはもういいだろう。その月沢ってやつはカジノには行ってないんだから」

「でも知っておきたい。教えて」

石黒はため息をついて円華を見返した。

「赤坂《あかさか》にあったカジノだ。芸能人とか野球選手とか、かなりの大物が出入りしていた。最近の闇カジノはバカラばかりだが、そこは昔ながらの店で、ルーレットやスロットなんかも置いていた」

「どうして過去形で話すの？」

「過去の話だからだ。十年ほど前に移転した」

「今はどこに？」

「知らない。知ってたとしても、しゃべらねえけどな」

「場所を知らないのに顧客情報は共有しているわけ？　おかしいじゃない」

「全然おかしくない。闇カジノはしょっちゅう場所を移す。移転先を知らされるのは関係者と会員だけだ。だからこそ顧客情報が重要になる。同業者に場所は明かさなくても情報交換は欠かさない」

石黒の口調は流暢《りゅうちょう》だ。横で聞いているかぎりでは嘘をついているように思えないが、定番の口上を述べているだけの可能性もある。

入り口のドアが開き、男性スタッフが戻ってきた。石黒が腕時計に目を落とした。

「そろそろ店を開ける時間だ。ほかに話がないなら帰ってもらおうか」

円華が吐息を漏らし、振り向いた。「仕方がない。引き上げよう」

陸真は頷いた。打つ手がなくなったことは中学生にもわかった。

だがタケオが石黒に一歩近づいた。「ジャンケットはどこに？」

「何だと？」

「カジノの場所は知らなくても、紹介者がどこにいるかは知ってるだろ？　教えてくれ。あんたの名前は出さない」

「それを知ったところで、どうしようもないぜ。そいつに会ったところで、あんたらみたいな素性の怪しい人間に、カジノのことをしゃべるわけがない」

「どうするかはこれから考えます」円華がいった。「紹介者のことをジャンケットっていうのね。その人、どこにいる？」

　石黒はうんざりしたように横を向いた後、円華に顔を戻した。

「銀座の『ブルースター』というバーに行ってみな。誰がジャンケットかはいえない。だけど、もしあんたらをカジノに案内したいと思ったら、向こうから近づいてくる」

「『ブルースター』ね。ありがとう」

「今度は、あんたひとりで来てくれ。それまでに腕を磨き直しておく」石黒はビリヤード台を指していった。

「考えておく」そういって円華は踵《きびす》を返し、ドアに向かって歩きだした。

　ビルの外に出ると、お見事でした、とタケオが円華にいった。

「何とかうまくいったね」

「びっくりしたよ。円華さん、ビリヤードが趣味だったんだね」

「そんなんじゃない。物理学の訓練の一環として集中的にやったことがあるだけ」

「物理学？　訓練って？」

　円華が軽く睨んできた。「多摩川で約束したことを忘れた？　あたしの個人的なことは質問しないでといったはずだよね」

「あっ、ごめん……」

円華がスマートフォンを取り出した。「『ブルースター』か。あっと見つかった」

ＳＮＳで書き込んでいる人がいて、それによれば老舗《しにせ》のダイニング・バーで、高級クラブで飲んだ客がホステスを連れて流れてくることが多いらしい。

「どうしますか」タケオが円華に訊いた。「石黒のいっていることは当を得ています。いきなり我々が行ってもカジノのことを教えてはくれないでしょう」

「だとしても偵察する必要はあると思う。とはいえ、まだ時間が早いし、作戦会議といこうか。いや、その前に買い物かな」円華が陸真を見た。

「買い物って、何を買うの？」

「それは、いろいろよ」円華は意味ありげな笑みを浮かべた。

15

店内を見回しながらビールを飲み、茂上は満足そうにコップを置いた。

「ここはいいな。昔ながらの定食屋って感じだ。最近は、こういう店は少なくなった」

「そうでしょう？　茂上さん、絶対に気に入ると思いました」

「それ、どういう意味だ？　俺が時代遅れのおっさんだってことか？」

「そうはいいませんけど」

「まあいい。時代の先端にいる人間でないことは自分が一番よくわかっている」茂上は野菜の炊き合わせに箸《はし》を伸ばした。

所轄の刑事から教わった定食屋に来ている。脇坂が特捜本部に戻ると茂上が近づいてきて、「飯、まだだったら一緒にどうだ?」と誘ってきたので、この店にやってきたのだった。ビールを飲もうといいだしたのも茂上だ。

「で、どう思いますか?」近くに人がいないことを確かめてから脇坂は小声で訊いた。

うん、と茂上は箸を置き、コップに手を伸ばした。

「T町事件と月沢克司氏が繋《つな》がったというのは見逃せないな」

「新島史郎の監視に、見当たり捜査員を連れていったということは、顔写真か何かがあって、そこに写っている人間と同一人物かどうかを確認させた、としか思えないんですが」

「その顔写真が、月沢氏のノートにあった写真だというのか」

「違うでしょうか」

「しかし月沢氏は息子に、この写真じゃ自分には見つけられないといったんだろ?」

「でも小倉警部補は、この程度に表情の乏しい顔は珍しくないといってたじゃないですか。月沢さんが陸真君にいった言葉には、別の意味があったんじゃないでしょうか」

「別のって、どんな?」

「それはわかりませんけど、そのままの意味ではないように思うんです」

いいながらも脇坂はもどかしい。何かが見えそうで見えない、そういう感覚だ。

「月沢氏を新島の監視場所に連れていったのは誰なんだ?」

「それが、福永さんはよく覚えてないそうなんです。日頃はあまり現場に来ない、たぶん上層部の誰かだったということでした」

「上層部か。誰だろう……」

「調べればわかると思うんですけど」

茂上が眉間《みけん》に皺《しわ》を寄せた。

「わかったからといってどうなんだ。今朝、俺のいったことを忘れたのか。特命捜査係には近づくなといったはずだぞ」

「だったら仕方がない、あっちに当たるか……」

「何だ、あっちって?」

「福永さんによれば、T町事件について取材しに来た記者がいたそうなんです。かなり踏み込んだところまで取材していて、福永さんも把握してなかったことを知っていたとか。その記者の連絡先を教えてもらいました」

「どこかの新聞記者か」

「いえ、フリーランスだという話でした」

「ふうん、まあ、そういうことならいいだろう」

よかった、といって脇坂は箸を動かした。

茂上がビールを含んでから少し顔を寄せてきた。

「じつはおまえが帰ってくるより少し前に、小倉警部補から連絡があった。事件には関係ないかもしれないが、ひとつだけ気になっていることがあるってな」

「どんなことですか」

茂上は内ポケットからスマートフォンを出してきた。

「小倉警部補は捜査共助課だから、本庁以外のことにも詳しい。T町事件が解決するより少し前、他府県で立て続けに未解決事件の犯人が捕まっているそうだ。まずは大阪で起きた婦女暴行殺人事件の犯人。事件発生から三年が経ってから、京都で染め物職人をしていた男を大阪府警本部の継続捜査班が逮捕した。重要なのはここから先で、きっかけになったのは密告状だったらしい」

「密告状？」

「事件が起きた日に犯人らしき男を目撃したという内容で、男の身元も記されていた。大阪府警が調べてみると、たしかにその時期、事件現場近くに住んでいた。おそらくガセネタだろうと思いつつ、捜査員は職人にDNAの提供を求めた。その際、近くで起きた窃盗事件の捜査だと偽ったそうだ。分析の結果、三年前の被害者の体内から見つかったものと一致したというわけだ」

「密告状の差出人は？」

茂上は首を横に振った。「わからなかったらしい」

「それだとT町事件と――」

全く同じ、と脇坂がいいかけたが、茂上が制するように右手を出してきた。

「もう少し聞け。それから数か月後、今度は名古屋《なごや》で起きた強盗殺人事件の犯人が逮捕された。捕まった場所は、遠く離れた新潟県長岡《ながおか》市だ。これまた匿名の情報提供がきっかけになっている。そして決め手はDNA鑑定だ。事件現場に残されていた遺留DNA型が逮捕された男のものと一致した。事件発生から二年後のことだった。そして最後にもう一件、これは福岡だ。女児誘拐殺害事件の犯人が熊本市内で逮捕された。犯人は現役の教師だった。こちらは事件発生から四年が経っていた」

「そのことは覚えています。大きなニュースになっていましたね。あの時も密告があったんですか」

「それはわからない。福岡県警は、長年にわたる情報収集が功を奏して容疑者を特定できた、と発表しているだけだ。情報元は明らかにできないとしている。裁判で決定的な証拠となったのは、やはりDNAだった」

脇坂はコップを手に取り、半分ほど残っていたビールを飲み干した。するとすぐに茂上が瓶を摑《つか》み、注いでくれた。

「それらの事件には共通点が二つありますね」脇坂はいった。「ひとつは謎の情報提供者の存在、もうひとつはDNA鑑定で片が付いていること。T町事件にも当てはまります」

「その通りだ。しかし珍しい話ではないし、DNAを決め手とするのは最近では当たり前のことだから、たまたまかもしれないと小倉警部補はいっていた。少し気になったので参考までに、ということだった」

「たまたまでしょうか」

茂上は黙って首を傾げてから箸を取り、その先を焼き魚に伸ばした。

「あの小倉っていう人物、案外したたかかもしれないな」

「どういうことです?」

「考えてみろ。未解決事件が立て続けに解決したのが、たまたまではなかったとしたらどうだ? 偶然ではなく必然だったら? 事件解決のきっかけになったのは、いずれも匿名の情報提供だ」

先輩刑事のいいたいことが脇坂にもわかった。

「情報源は同一、ということですか。同じ人物が、それぞれの県警や警視庁に情報を流したと?」

「もしそうなら、たまたまではなかった、といえるんじゃないか」

「でも、そんなことがあり得るでしょうか。ひとつの事件ならともかく、複数の未解決事件に関する重要な情報を、特定の人物が持っていたなんてことが」

「神様でもないかぎり無理だろうな。だけど人物じゃなかったら?」

「人物じゃないというと……」

「組織だ。何らかの理由があり、刑事事件に関する膨大な情報を持つ集団だ」

「それって……」脇坂は唾《つば》を呑《の》み込んでから続けた。「警察庁?」

「そう考えるのが妥当じゃないか。さらにもう一つ、いずれの事件もDNA鑑定で片が付いている。つまりどの事件でも遺留DNA型が採取されていたことを意味する。しかも単なる遺留DNA型じゃない。犯人のものと断定できるものだ。だからこそ、それ一発で逮捕できたし、有罪判決も出た」

脇坂の頭に閃《ひらめ》くものがあった。

「警察庁は未解決事件の遺留DNA型から個人を特定し、その情報をそれぞれの捜査機関に流したとでも？」

突飛な発想だったが、茂上は否定しなかった。むしろ、「そう考えれば辻褄《つじつま》が合う」と冷静な口調で応じてきた。

「でもどうやって？」

「どうやって？　このところ、おまえがずっと疑問を持っている話と繋がるじゃないか。今日も昼間はD資料で特定された対象者を当たってたんだろ？」

いわれて、はっとした。その点に気づかなかったのが自分でも不思議だった。

「DNA型データベースは、その頃すでに一般人に対しても拡充されていて、その過程で未解決事件の遺留DNA型と一致する人間が見つかった、と？」

茂上は小さく頷いた。

「俺が思うに、それぞれの捜査責任者は知っていたんじゃないか。だけどそれを大義名分にはできないから、匿名の情報提供があったということにして、捜査陣を動かしたというわけだ」

「そういうことか……」

「つまりT町事件をほじくり返すってことは、そのからくりに手を出すってことになる。どうだ、その覚悟はあるか？」

脇坂は低く唸《うな》った。迂闊には答えを出せない質問だ。

「たぶん小倉警部補は何年も前から気づいてたんじゃないか。だけど下手に触って火傷《やけど》をしたら洒落《しゃれ》にならないから、これまで見て見ぬふりをしてきた。ところが捜査一課の若手が無茶をしてくれそうな感じだから情報を提供してきた——俺はそう睨んでる」

「だからさっき、したたかかもしれないといったんですね」

「科警支援局のデータベースに裏がありそうだと思ってるのは、おまえだけじゃない。日本中の警察官が疑っている。みんな、誰かがパンドラの箱を開けてくれるのを、じっと待っているんだよ」

自分もそのうちの一人だといいたそうな顔をし、茂上は瓶に残ったビールをコップに注いだ。

16

ゲームをする手を休めて時刻を確認すると、間もなく午後八時になろうとしていた。テーブルの上にはハンバーガーやホットドッグ、フライドポテトを包んであった紙や空のコップしかない。

あたしは買い物をしてくるから君たちは軽く夕食を済ませておいて、と円華にいわれ、このハンバーガーショップに入ったのだった。それからすでに一時間半が経つ。

テーブルを挟んだ向かい側では、タケオが自分のスマートフォンを見つめていた。先程から姿勢が変わっていない。

「何を見てるの?」陸真は訊いた。

「大したものじゃない。ニワトリの餌に関する記事だ」タケオがスマートフォンの画面を向けてきた。ニワトリの画像と細かい文字が並んでいる。「市販の餌の中には遺伝子組み換えされた原料が使われているものもあるらしい。うちが仕入れている養鶏場の餌も、一度チェックしておいたほうがいいかもしれない」

大真面目で話すのを聞き、タケオが焼き鳥屋だったことを思い出した。

「仕事熱心なんだね」

「お客さんから金を取るんだから当たり前のことだ」タケオはスマートフォンをポケットに戻した。

「タケオさん、どうして焼き鳥屋になったの？」

「大した理由じゃない。うまい焼き鳥をお客さんに食べさせたいと思った。それだけだ」

「でもおいしいものはほかにもあるよ。ラーメンとか」

「ラーメンには縁がない」

「縁って？」

「実家が養鶏場だ。ニワトリを見て育った」

「そうなんだ。じゃあ、鶏肉《とりにく》は実家から仕入れてるんだね」

タケオはかぶりを振った。「そんなことはしない」

「どうして？」

「お互いに甘えが出る。質の悪い鶏肉を安い価格で取り引きするようになるだけだ」

陸真はタケオの顔を見つめた。「プロなんだね」

「さっきもいったが当たり前のことだ」

「焼き鳥屋の前はボディガードだったんでしょ？　どうして円華さんを護衛してたわけ？」

タケオがじろりと目を向けてきた。「それを話すとでも？」

「話さないか、やっぱり。プロだものね」

タケオは黙ったまま、周囲に目を向けている。不審人物が近くにいないかどうかを確かめているように見えた。

「ひとつだけ教えて」陸真はいった。「円華さんは超能力者なの？」

タケオの鋭い視線が陸真のほうに戻ってきた。

「ボディガードに雇われた時、最初に円華さんにいわれた。あたしに関する質問は禁止、と。君も同じことを約束させられたんじゃないのか」

「そうだけど、タケオさんに訊くのはいいのかなって」

「訊かれても答えられない。自分だって殆ど何も知らない」タケオの目が陸真の背後に向けられた。「買い物が終わったらしい」

陸真が振り返ると両手に大小の紙袋をいくつも提げた円華が近づいてくるところだった。お待たせ、といって陸真の隣に座った。

「ずいぶん遅かったね」

「これでも急いだんだよ。何しろ二人分を用意しなきゃいけなかったから」

「二人分って？」

「説明は後。君たち、食事は済んだみたいね。じゃあ、行こうか」円華は立ち上がった。

「行くって、どこへ？」

「次の店。予約は済ませてある。これを持ってついてきて」

はい、といって円華は複数の紙袋を陸真に差し出してきた。

次の店というのはカラオケ店だった。しかも高級店で、部屋の床には絨毯《じゅうたん》が敷かれていた。広さもたっぷりあり、三人で使うには贅沢《ぜいたく》すぎるほどだ。

円華は飲み物のほかにサンドウィッチを注文した。それが彼女の夕食らしい。

「ここで何をするわけ？　まさか三人でカラオケ大会をやろうっていうんじゃないよね」

「カラオケの練習は時間があればやってもらうかもしれないけど、それは後回し」

「時間があればって……」

ドアが開き、女性店員が飲み物とサンドウィッチを置いていった。

「よし、じゃあ始めようか。陸真、ここに座って」円華はテーブルの角の席を指した。

陸真が座ると円華は紙袋の一つを提げ、角を挟んだ席に座った。さらに陸真の顔をしげしげと眺め、満足そうに頷いた。

「よかった。まだ髭《ひげ》は殆ど生えてない。これなら剃《そ》る必要はないね」

「何のこと？」

この問いに円華は答えず、紙袋の中から、いろいろなものを出してきてテーブルに並べ始めた。それを見て、陸真は目を剝《む》いた。いずれも化粧品だった。

円華がコットンに化粧水を含ませるのを見て、陸真は焦った。

「何をやろうっていうの？　まさか化粧……」

「そのまさか。少しじっとしてて」そういうと円華がいきなりコットンを陸真の顔に当てた。化粧水の冷たい感触に陸真が思わず身を引くと、「こら、動いちゃだめ」と叱りつけられた。

「ちょっと待ってよ。どうして俺が化粧をしなきゃいけないわけ？」

「そんなの決まってるでしょ。『ブルースター』に乗り込むのにTシャツ姿の中学生は連れていけない。だから女の子に変身してもらう」

「女の子？」

「しかも、そこそこ大人の女の子にね」

「だけどさっきタケオさんが、俺は背が高いから十八でも通用するって……」

円華が陸真の顔を見据えてきた。

「銀座のバーを六本木のプールバーと一緒にしないで。未成年の男子がうろちょろできる場所じゃない。それとも陸真は留守番してる？　それなら化けろとはいわない」

「えー、そんな……」

「どうする？　あたしはどっちでもいい。いずれにせよあたしはホステスに化ける気だし。さあ、早く決めて」

「俺もホステスになるの？」

「そうだよ。あたしとは高級クラブの先輩と後輩の関係。どう？　やる気になった？」

陸真は激しく動揺し、混乱した。まさかこんなことを命じられるとは予想していなかった。だが逃げだしたいと思いつつ、知らない世界を覗《のぞ》いてみたいという気持ちもある。ここまできて今さら引き返せない、とも思った。

「俺に、そんなことできるかな……」

「できる。あたしに任せて」円華は自信たっぷりにいう。

その自信がどこから来るのか陸真にはさっぱりわからなかったが、ここで逃げたら後悔するような気がした。

「わかった。やるよ」

「そうこなくっちゃ」円華は相好を崩し、再びコットンを陸真の顔に当ててきた。

「でも服はどうする？　このままじゃまずいんじゃないの？」

「大丈夫、買ってきた。サイズもぴったりのはず」そういってから円華は手を止め、陸真の顔を見た。「メイクをした後だと服が汚れちゃうかもね。先に着替えてもらおうか」

彼女は立ち上がり、もう一つの大きな紙袋から包みをいくつか出した。その中のものを見せられ、陸真は目眩《めまい》がしそうになった。黒いドレスにハイヒール、下着まである。

「えっ、俺、それを着るわけ？」

「そう。かわいいのを選んできたから安心して。陸真はそんなに喉仏《のどぼとけ》は目立たないけど、一応タートルネックにしておいた。さあ、着替えてちょうだい。あたしのことなら気にしないで。なるべく見ないようにするから」

今すぐにここで着替えろということらしい。

のろのろと立ち上がり、まずは下着を手に取った。縁にフリルが付いている。

「パンツは見えないと思うんだけど」

「万一の用心。スカートをめくる馬鹿はいないと思うけど、わりと短めだから、何かの拍子に見えちゃうかもしれない。そんな時にトランクスとかじゃおかしいでしょ」

どうやら免れることは不可能のようだ。腹を決めて穿《は》くことにした。

「あっち向いてて」

はいはい、と円華がくるりと背を向けた。タケオは我関せずという態度でスマートフォンを眺めている。

ジーンズとトランクスを脱ぎ、思いきって下着に足を通した。サイズが合っているせいか、意外に快適だ。そのままTシャツを脱いで、ワンピースタイプのドレスを頭から被《かぶ》った。円華がいったように、スカートの丈は短めだ。タートルネックだがノースリーブなので、露出度は低くない。

着たよ、というと円華が振り向き、目を輝かせた。

「ほら、やっぱりかわいいじゃん。似合ってる」

「自分じゃわからない」

「ちょっと待って」

円華がスマートフォンのカメラで陸真の姿を撮影し、見せてくれた。そこに映っている自分を見て、顔から火が出そうになった。気味の悪い女装にしか見えない。

陸真がそういうと、そんなことないよ、と円華は否定した。

「ここから立派な美女に仕上げていく。あたしに任せて。でもその前に――」彼女が紙袋から出してきたのはヌーブラだった。しかもやけにでかい。

「えっ、それをどうする気?」

「着けるに決まってるでしょ。ほら、あっち向いて」

陸真を後ろ向きに座らせると、ヌーブラを持った手を脇の下に突っ込んできた。

「うひゃ、くすぐったい」

「我慢しなさい。せっかく女性になるんだから、少しは胸があったほうがいいでしょ」

装着すると、少し余り気味だったドレスの胸元がすっきりした。上から触ってみるとふわふわしていて、本物の胸のようだ。

「悪くないって顔をしてるね」円華が流し目を向けてきた。

「これ使ってる女性って多いのかな」

「さあね。いっておくけど、あたしはノーコメントだから」円華はさっきまで座っていた椅子に移動した。「さて、メイクを再開しよう」

それから小一時間、陸真の顔は円華にいじられるがままだった。ファンデーションを塗った後、いくつもの化粧品を使い、様々なテクニックを駆使しているものと思われた。どんなふうになっているのか、陸真にはわからない。ただ無関心だったはずのタケオが途中から興味津々といった様子で眺め始めたのは気になった。

「よーし、こんなところでどうだろう」円華が陸真の顔を眺め、腕組みした。

「見せて」

「その前に肝心なものを登場させなきゃ」

円華は紙袋に残っていた最後の箱を開けた。出てきたのはウィッグだった。栗色の毛で、華やかにカールしている。それを陸真の頭に載せ、手で形を整えていく。

「動かないでね。うん、いい感じになってきた」

円華はスマートフォンで正面から撮影し、どう、といって画面を向けてきた。

画面を見て、陸真は啞然《あぜん》とした。映っているのが自分だとは到底思えなかった。まさしく女性だ。しかも大人だ。二十歳ぐらいには見えるだろう。よく似た女性タレントがいることに気づいた。しかもその女性は美形で有名だ。

「驚いたでしょ？」

うん、と素直に頷いた。「魔法みたいだ」

円華はタケオのほうを振り返り、「どう思う？」と意見を聞いた。

「完璧《かんぺき》です」タケオは大真面目な顔でいった。「どこからどう見ても、銀座の新人ホステスにしか見えません」

「タケオがそういってくれるんなら安心だ。よし、じゃあ最後の仕上げ」

「まだやるの？」陸真はうんざりした声を出した。

「マニキュアとペディキュアをしてないホステスなんかいないよ。さあ、手を出して」

さらにまた数十分、今度は陸真の手足の爪が円華のキャンバスになった。手の爪は短いのでネイルチップを貼られた。いずれも明るいピンク色だ。

「よし終わった。新人ホステスの出来上がり」そういうと円華はサンドウィッチに手を伸ばした。メイクをしている間、彼女は飲食物に殆ど手を付けていなかったのだ。

「あー、疲れた」陸真はソファで横になろうとした。

「何やってんの。まだ変装が終わっただけだよ。陸真の修業はこれから」

「修業？」

「そのハイヒールを履いて、ちょっと歩いてみて」

円華にいわれ、ハイヒールを手に取った。これまでの人生で、あまりじっくりと見たことのない代物だ。華奢《きゃしゃ》すぎて自分の足が入るのだろうかと思ったが、履いてみたらぴったりだった。

急に背が高くなり、視界がいつもと少し違う。不安定な気がして、ついつい足元を見てしまうが、「ちゃんと前を向いて。猫背にならないよう気をつけること」と円華からダメ出しが飛んできた。「背筋を伸ばして。もっと胸を張って。顎は引くこと。歩幅はもう少し狭く。兵隊じゃないんだから、腕はそんなに振らなくていい」

「そんなにいろいろいわれたら動けなくなっちゃうよ」つい泣き言が漏れた。

それでも何度か練習しているうちに、ハイヒールにも慣れてきた。すると案外快適なものだと気づいた。

「よし、歩き方はそんなところでいいね。次はいよいよ話し方と所作。いつもより少し高い声で、こんにちはっていってみて」

「こんにちは」

「もう少し高い声、出ない？」

「こんにちはー」

「張り上げちゃだめ。もっと抑え気味に」

「……こんにちは」

「おっ、かなりよくなってきた。その声で挨拶《あいさつ》しながらお辞儀をして、席についてみて」

こんな調子で声の出し方や身のこなし方などについて、延々と特訓が続いた。途中、陸真は二度トイレに立ったが、二度目には通りかかった従業員から、「女子用トイレはあっちです」

といわれた。

すべての特訓が終了し、円華から合格点が出た時には午後十一時を過ぎていた。この店に三時間以上いることになる。

「やっと合格かあ。あー、疲れた」陸真はソファの背もたれに身を預けた。

「股《また》を閉じて。パンツ、丸見え」

円華に指摘され、あわてて両足を揃えた。意識していないとすぐに忘れてしまう。

「じゃあ、あたしも準備してくるから」彼女は紙袋の一つを提げ、部屋を出ていった。

陸真は深いため息をついた。

「参ったよ。円華さんって強引だな。タケオさん、よくあんな人のボディガードが務まったね」

タケオが、ふふんと奇妙な笑い方をした。「この程度で驚いてたら務まらない」

「そうなの？　もっとすごいことを経験してるわけ？　すごいなあ。そういえばこの前、円華さんがいってたな。あたしのことで気になったなら、魔女だからだと思えばいいって」

「魔女？」タケオの顔が引き締まったように見えた。

「どういう意味なのかな」

さあ、とタケオは小さく首を傾げただけだった。

間もなくドアが開き、円華が入ってきた。その姿を見て、はっとした。白いブラウスに黒のタイトミニスカートという組み合わせだが、印象はがらりと変わっていた。髪型が変わっているのは彼女もウィッグを被ったからだろう。化粧も濃くなっている。

「別人みたいだ」陸真は思わずいった。

「悪くないでしょ」円華は、その場でくるりと回ってみせた。「大事なことを忘れてた。あたしは円華でいいけど、陸真は名前を考えなきゃいけない。どんなのがいいかな」

「陸真だから……リクコとか？」

「無骨だし、発音しにくい。却下。タケオ、何かない？」

不意に振られてタケオは当惑顔だが、「リマというのはどうですか」といった。

「リマっ」円華は指を鳴らした。「それ、いいね。決まり。わかった？　あなたは今からリマちゃん」彼女は改めてスマートフォンで陸真を撮影し、画面を向けてきた。

映っているのは、陸真の知らない女性だ。足を揃え、すまし顔で座っている。

リマちゃんか——まるで夢を見ているような気分だった。しかも正直なところ、悪い夢だとは思っていないのだった。

「さて、準備は整ったことだし、いよいよ乗り込むよ」円華が声をあげた。

カラオケ店を出た後、クルマで銀座に移動した。駐車場にクルマを止めると三人で『ブルースター』を目指した。

「わかってるよね、タケオ。あなたはお金持ちで高級クラブの常連なんだから、堂々と歩いてちょうだい。あたしと陸真……じゃなくてリマは、タケオを挟んで歩く」

「わかりましたが、何だか照れますね。円華さん、そんなにくっつかないでください」

「何いってるの。これぐらいやらなきゃ」円華はタケオの腕にしがみついた。

陸真も二人と並んで歩いた。スカートの下から入ってくる空気の感触がスカスカして、どうにも落ち着かない。女性たちはよくこれで平気でいられるものだと感心した。

それにしても——。

夜中の零時を過ぎているが、銀座の街は行き交う人々で賑《にぎ》わっていた。派手なドレスに身を包んだ女性の姿も見られる。彼女たちを連れている男性たちは皆裕福そうで、着ている服の生地からして違って見えた。靴だって、ぴかぴかだ。

世の中にはこういう世界があったんだ、と知った。不景気だ、経済低迷だといいながら、お金というのはあるところにはあるんだなと思った。ただ自分たちのところには回ってこないだけなのだ。

どういう人間が、この世界に来られるのだろうと陸真は考えた。勉強した人間だろうか。子供の頃から真面目にコツコツと努力すれば、必ず華やかな場所に辿り着けるのか。

いや、たぶんそんなことはない。それは幻想だ。この世には中学生の知らないカラクリがたくさんあって、それを巧みに操った者だけが勝ち残っていけるのだ。

「円華さん、あの店のようです」タケオが前方を指した。

クラシカルなビルが佇《たたず》むように立っていた。いくつか並んだ看板の中に、『BLUE-STAR』の文字が妖《あや》しく揺らめいているように見えた。

大人たちの世界への入り口だ、と陸真は気を引き締めつつ、未知の世界への期待感に胸を膨らませてもいた。

クラシカルなビルは、エレベータもクラシカルだった。単に古いだけでなく木目を模した壁には重厚感があり、歴史を感じさせた。

案内板によれば『ブルースター』は最上階の十階にあるようだ。タケオが円形の白い階数ボタンを押した。

陸真が深呼吸をするのを見て、円華が苦笑した。

「舞台に立つわけでもないのに、何をそんなに緊張してるわけ?」

「いや、俺にとっては、とんでもない舞台だから」

「ファミレスにでも行くつもりでいなさい。それから、俺、じゃないでしょ」

「あっ、ごめん……」

自分のことは、「私」や「あたし」ではなく、「リマ」と呼ぶようにいわれていた。

エレベータが十階に着いた。廊下を歩きながら陸真は、もう一度深呼吸をした。

派手な入り口を想像していたが、『BLUE-STAR』の表示がついた扉は、地味で目立たなかった。いかにも隠れ家という雰囲気で、陸真は一層胸が高鳴った。

その扉を円華が開けた。すぐ右手にカウンターがあり、その前に黒い服を着た男性が立っていた。

「いらっしゃいませ。何名様でしょうか」男性は円華に尋ねた。

三人、と彼女は答えた。

黒服の男性はタケオと陸真を一瞥《いちべつ》した後、御案内します、といって奥に進み始めた。

広々としたメインフロアに足を踏み入れた瞬間、陸真の高揚感は一段と増した。きらめくシャンデリアの下で、上品で高級そうな身なりをした人々が、それぞれの席で華やかに酒宴を楽しんでいた。その間を通り抜けていくだけで、自分の身が何かのオーラに包まれていくような気がした。

案内されたのは隅に近い席だった。黒服の男性に促され、壁を背にしたソファ席にタケオが座った。

「リマはタケオさんの隣に座って」

円華にいわれ、陸真はタケオの横に腰を下ろした。付け焼き刃のトレーニングを思い出し、背筋をぴんと伸ばした。もちろん足も開かないように気をつけた。

円華は向かいの席に腰掛け、メニューを、と黒服の男性にいった。かしこまりました、と男性は下がり、すぐにメニューを手に戻ってきた。

「タケオさんは何がいい？」円華がタケオにメニューを示した。「いきなりテキーラとかいっちゃう？」

陸真は驚いた。それが強い酒の代表格だということぐらいは知っている。

「それも悪くないが、喉が渇いているから、とりあえずギネスでももらおうかな」タケオは悠然とかわしている。なかなかの役者だ。

「じゃあ、あたしはモスコミュールを。リマはどうする？」

「あ……ええと」陸真は当惑する。カクテルの名前なんてひとつも知らない。

「あなた、今夜は飲み過ぎてるからノンアルコールにしなさい。モヒートでいいね？」

それがどんなものかさっぱりわからなかったが、はい、と頷いた。

「お食事はいかがでしょうか。オードブルなどは？」黒服の男性が訊いた。

「少し考えさせてくれ」タケオが答えた。

「ではメニューを一部置いておきます。いつでもお声がけください」そういい残し、黒服の男性は去っていった。言葉遣いも物腰も洗練されていて、陸真は別世界に来たことを認識した。

陸真を見て、円華はにっこりした。「なかなかいいよ。その調子」

「まだ何もやってないけど」

「それでいいの。いかにも水商売に慣れてない新人って感じがする」円華は余裕綽々《しゃくしゃく》だ。

「円華さんは、こういう場所に慣れてるの？」

「こういう場所って？」

「だから、その……」陸真は口籠《くちご》もった。うまく表現できない。

「見知らぬ者同士が集まって、虚飾や虚言を駆使して、自分の正体を明かさずに相手の本性を探ろうとする場所に身を置くということなら、多少経験を積んでるかな。タケオさんほどではないだろうけど」

タケオが手を左右に動かした。

「経験は多いかもしれませんが、洞察力は円華さんには到底かないません」

円華は笑みを浮かべながら小さく首を振り、小声でいった。「ここでは敬語は使わないで。誰が聞いているかわからない」

失礼、とタケオが緊張した声を発した。

シャツにベストという出で立ちのウェイターが、飲み物をトレイに載せてやってきた。タケオの前に冷えたグラスを置き、瓶の黒ビールを注いでいく。クリーミーな泡が縁のぎりぎりまで盛られた。

円華の前には銅製のマグカップが置かれた。薄い琥珀《こはく》色の液体にライムが浮かんでいる。そして陸真の前に置かれたグラスには、緑色の葉っぱが入っていた。

「乾杯しましょ」円華がカップを掲げた。うむ、とタケオが応《こた》えたので、あわてて陸真もグラスを手にした。

モヒートというものを飲むのは初めてだ。おそるおそる舐めてみると、適度な甘さと共にミントとライムの香りが口の中に広がった。

大人の味だ、と思った。

ひと息ついてから、陸真は改めて店内を見渡した。豪華なカウンターの向こうにはバーテンダーが三人いて、ひっきりなしにカクテルを作っている。カウンターにも客はいるが、華やかなのはやはりテーブル席だ。

だがうるさく騒いでいる客はいなかった。洒落たやりとりが上品に交わされる、いかにも上流市民たちの空間という雰囲気だ。どの顔にも笑みが浮かんでいる。

だがしばらく観察するうちに、彼等の笑みが一様でないことに陸真は気づいた。悪意のない能天気な笑いもあれば、狡猾《こうかつ》そうな笑みもあった。傲慢《ごうまん》な笑み、嘲笑《ちょうしょう》、冷笑、いろいろだ。愛想笑いも、もちろん多い。

虚飾や虚言を駆使して、自分の正体を明かさずに相手の本性を探ろうとする場所——まさしくそうだと思った。ここは単なる娯楽の場ではない。腹に一物を抱えた者たちが駆け引きをするところなのだ。

そんなふうに客たちを眺めていて、ふと一人の男性客と目が合った。その客が隣にいる女性に何やら話しかけると、今度はその女性が陸真のほうに視線を向けてきた。

陸真は顔をそらした。すると別の男性客と目が合った。興味深そうな表情を隠そうとしていない。

円華さん、と陸真は小声で呼びかけた。「もしかしたら、ヤバいかも」

「どうかした?」円華が真顔になった。

「俺……じゃなくてリマのことを見てる客がいる。それも一人や二人じゃない。変装してることがばれたのかも」

円華がタケオに顔を向けた。「そうなの?」

タケオはリラックスした姿勢で、ゆっくりと黒ビールを飲んだ。そうしながら店内の客たちを観察しているのだろう。

なるほど、といって彼はグラスを置いた。「たしかにリマは注目されているようだ」

「怪しまれてるわけ?」

「どこの誰か、気にしている者は多い。ただし、違う意味で」タケオが口元を緩めて陸真を見た。「リマの正体を知らない者たちの目には、若くて謎めいた、とんでもない美女が紛れ込んできたように見えるらしい。興味津々といった表情でリマを見て、何やら話している」

「そういうことか」円華が相好を崩し、マグカップを持ち上げた。「リマちゃん、晴れて夜の社交界にデビューだ」

まさか自分が、と陸真は当惑せずにいられない。これまでの人生で、見知らぬ人々から注目されたことなど一度もなかった。しかも今は、女性として見られているのだ。

グラスを取り、モヒートをがぶりと飲んだ。身体が熱く、頰が火照っている。

ひとりの中年男性が近づいてくるのが見えた。細身でバランスのいい体形だ。グレーというより、シルバーに近い色合いの上着に身を固めている。ふつうのスーツではない。名称はタキシードだったか。黒い蝶《ちょう》ネクタイを着けていた。

男性は陸真たちのテーブルに来ると、いらっしゃいませ、とタケオに挨拶した。うん、とタケオは頷く。

「お初にお目にかかります。当店のフロア・マネージャーを任されておりますサクライという者です。よろしくお願いいたします」商売用としか思えない笑顔を浮かべ、名刺をタケオに差し出した。

よろしく、といってタケオは名刺をテーブルに置いた。陸真は横から覗き込んだ。櫻井、という活字が目に入った。

「お客様のお名刺か何か、頂戴《ちょうだい》できますでしょうか」

「ああ、いいよ」

タケオは上着の内側から名刺入れを出し、そこから一枚を引き抜いて櫻井に渡した。彼がそんなものを用意していたとは知らなかったので陸真は少し驚いた。焼き鳥屋の名刺を渡したのだろうか。

櫻井は名刺を見て、意外そうに両方の眉を上げた。

「宮崎で養鶏場を経営されているんですか。すると今日は宮崎から?」

「いや、今はこっちにいる。鶏肉加工の東京本社を立ち上げたばかりで、まだ名刺ができてないんだ」

「そうでしたか。ええと、当店のことはどなたかからお聞きになったのでしょうか」

それは、とタケオが口を動かしたところで、「あたしがタケオさんに甘えたんです」と円華が横からいった。「連れていってほしい店があるって」

櫻井が視線を円華に移した。「どうして当店に御興味を?」

「ある人から教えてもらいました。面白い店があるから一度行ってみたらいいって」

「そうですか。その方のお名前を教えていただくわけにはいきませんか」

「月沢という人です」円華はあっさりと答えた。「月沢克司さん。御存じないですか」

つきざわ、という形に櫻井の唇が動いた。記憶を探っている顔だ。

「月沢さんから、これをいただいたんです」

円華が右手に掲げたものを見て、陸真は息を呑んだ。カジノのチップだ。

櫻井の顔つきも変わった。笑みが消えている。

「これを持っていけば楽しいことがあるかもしれないっていわれました」円華は朗らかに笑ってみせた。

「……そうですか。その言葉の意味は私には測りかねるのですが、どうかごゆっくりとお楽しみください。御歓談中、失礼いたしました」櫻井は作り笑いを復活させ、恭しく頭を下げてから去っていった。

タケオが、ため息をついた。「あなたは相変わらず無鉄砲だ」

「キャッチボールを始めたいなら、まずはこちらからボールを投げなきゃ」円華は平然としている。

「ボールの代わりにナイフが返ってこなきゃいいんですが……」

「返ってくるのならナイフだろうが弾丸だろうが望むところよ」マグカップを手に取り、カクテルを飲んだ。タケオは諦めたように肩を小さく上下させている。

この女性は何者なのだ、と陸真は改めて舌を巻かざるを得ない。石黒を相手にした時もそうだったが、未知なるものに対して、不安になったり、怖くなったりしないのか。

「タケオさん、養鶏場の名刺を渡したの？」陸真は訊いた。

「焼き鳥屋のおやじじゃ説得力がないと思ってね。一応、養鶏場の役員として名を連ねているから、その名刺を渡した」

「じゃあ、本名を教えたわけ？」

「そうだ」

「そのほうがいいとあたしがいったの」円華がいった。「小細工は無用」

「ふうん……」

彼女なりの考えがあるのだろうが、中学三年生には狙いがわからなかった。

緊張しているせいか、やけに喉が渇いた。がぶがぶ飲んでいたら、グラスは空になった。すると途端に尿意を催してきた。

「ごめん、ちょっとトイレに……」陸真は尻《しり》を浮かした。

お化粧室、と円華が小声で囁《ささや》いた。場所を尋ねる際の言い方を注意したらしい。

だがその心配は無用だった。陸真が席を離れるなり若いウェイターが近づいてきて、「化粧室でしょうか」と尋ねてきたからだ。はいと答えると、こちらです、と案内してくれた。

トイレは男女共用だった。扉を開けて中に入り、どきりとした。正面の鏡に見たことのない女性が映っていたからだ。

もちろん、それは今の陸真だった。少し照明を落とした個室の中で見ると、美しい、と客観的に思えた。こんな感覚は初めてだ。

下着を下ろし、高級そうな便器にまたがって用を足した。無意識のうちに内股になっていることに気づき、思わず笑ってしまった。

外に出ると先程案内してくれたウェイターが立っていて、どうぞ、といって陸真にオシボリを出してきた。

戸惑ったが、サービスなのだろうと気づいた。ありがとうございます、と細い声で礼をいって受け取った。

手を拭《ふ》いて返すと、「どちらのお店ですか」とウェイターが尋ねてきた。

「えっ？」

「お店の場所です。この近くですか？」

「いえ、あの……六本木の『ラプラス』という店です」

「ラプラス……」ウェイターは首を傾げた。聞いたことがないからだろう。

実在するかどうかは陸真も知らなかった。誰かに店はどこかと訊かれたら、六本木の『ラプラス』と答えるよう円華からいわれていたのだ。ラプラスの意味も知らない。

「名刺とか、貰えます？」

「名刺……ですか」

困った。そんなものは持っていない。

すると後ろから、「あたしのでよければ」と声がした。振り向くと円華が立っていた。

彼女はウェイターに近づきながらバッグから名刺を出し、はい、と差し出した。陸真は横から名刺を見て、はっとした。『club Laplace　円華』と印刷されたものだった。買い物のついでに作ってきたらしい。何という手際の良さか。

「先月オープンしたばかりだし、リマちゃんは新人だからまだ名刺を作ってもらってないの。もしお店に来ていただけるのなら、あたしを指名して。そうしたらリマちゃんを席につけるから」

「あ、はい。わかりました」ウェイターは名刺を手に、少しおどおどしていた。

行きましょ、と円華に促され、陸真は席に戻った。

「たかがウェイターの分際で客が連れてきた女の子の勤め先を尋ねるなんて御法度だけど、それぐらいリマちゃんは注目されてるってことかもね」座り直してから円華がいった。

「怪しまれたってことはないかな」

「大丈夫。すでにあたしが十分に怪しまれてるから」円華の余裕には揺らぎがない。

別のウェイターがやってきて、カクテルのお代わりを置いていった。トイレに行っている間に円華が注文してくれたようだ。そういえばタケオも違う飲み物を前に置いている。ウイスキーのようだ。少し泡立っているのは炭酸が入っているからか。

深紅のゆったりとしたドレスを着た女性がどこからか現れた。客たちに挨拶をして回っているから、店の関係者なのだろう。年齢は不詳だ。四十代に見えるが、老いた美魔女がうまく化けているのかもしれない。客が彼女のことを「マダム」と呼ぶのが聞こえた。

女性が陸真たちのところへやってきて、こんばんは、と挨拶した。

こんばんは、と陸真が答えた。

女性はタケオに名刺を出した。「アカギといいます。よろしくお願いいたします」

こちらこそ、といってタケオは名刺を受け取り、テーブルに置いた。そこには『赤木ダリア』と印刷されているが、本名だろうか。肩書きはオーナーだった。

タケオが懐に手を入れると、彼女は制するしぐさをした。「お気遣いなくタケオ様。櫻井から聞いております」

そうか、といってタケオは赤木の名刺を内ポケットにしまった。

「少し御一緒させていただいても構いませんか?」赤木が訊いてきた。

どうぞ、とタケオが答える。ありがとうございます、といって赤木は陸真の向かい側に腰を下ろした。近くで見ると、やはり化粧がかなり濃い。老美魔女だ、と陸真は思った。

赤木が円華と陸真の顔を交互に眺めてきた。

「タケオ様は、いつもこんなすごい美女を二人もお連れなんですか?」

「今夜は特別だ。この子は新人で、彼女が連れていきたいというものだから」タケオが二人のホステスについてさりげなく説明した。

「そうなんですか」赤木が隣の円華に顔を向けた。「櫻井から聞きましたけど、あなたがこの店に興味がおありだとか」

はい、と円華は頷いた。

「月沢さんから聞いたんです。とても面白い店があるから、是非一度行ったらいいって」

赤木は微笑みながら首を傾げた。

「どういう意味なんでしょうね。もちろん、面白い店といっていただけるのは大変光栄なんですけれど」

「月沢さんによれば、これを出せば、より楽しめるんじゃないかということでした」円華がバッグに手を入れ、何かを摑む気配があった。例のチップだ、と陸真は気づいた。

彼女がテーブルにチップを置くと、その手に赤木が素早く自分の右手を重ねた。

「そういうものは、あまり人前に晒《さら》さないのが賢明かと」

「へえ、そうなんですか」円華は狼狽《ろうばい》の欠片《かけら》さえも示さず受け答える。

「しまっていただけます？」

「見たくないということなら仕方ないですね」円華は赤木の手の下から自分の手を抜き、チップをバッグに戻した。

老美魔女と魔女の闘いだ、と陸真は思った。

「そのツキザワさんという方には私も心当たりがないのですけど、どなたかと御一緒にお越しになられたのでしょうか？」

「さあ、それは知りません。――そうだ、リマちゃん、月沢さんの写真を持ってたんじゃなかった？　お見せしたら？」

円華に急に振られ、陸真は少しうろたえつつ、小さなポーチからスマートフォンを出した。葬儀の準備をするために克司の画像を取り込んであった。

この人です、といって赤木の前にスマートフォンを差し出した。

画面を覗き込んだ赤木の表情に変化はない。

「ちょっと覚えがありませんね」そういって首を傾げた。

そうですか、と陸真はスマートフォンをポーチに戻した。

「変ね。月沢さん、どうしてあんなことをいったのかな」円華が肩をすくめた。

「どこか別のお店と勘違いなさったんじゃないですか」赤木は腰を上げた。「お邪魔いたしました。どうぞ、ごゆっくり」

深紅の後ろ姿が遠ざかっていくのを見送り、陸真は息をついた。「あー、緊張した」

円華がマグカップを手にした。「さて、次に相手はどう出てくるか」

「月沢さんを知らないといってたけど、どうなのかな」タケオが呟いた。

「あたしは嘘だと思う。月沢さんの写真を見ている時間が短すぎた。記憶を辿ったのなら、もう少し時間をかけるはず。きっと一目見ただけで思い当たったんだ」

「どうして嘘をついたんだろう」陸真が疑問を述べた。

「さあね。だけどいずれ答えは得られるような気がする」円華は意味深長な笑みを浮かべてカクテルを飲み、マグカップを置いた。「さて、じゃあそろそろ行こうか」

「もう、いいの？」

「そう、ここでの目的は果たせたから」

「目的って?」

「それはいずれわかる」

タケオが手を上げてウェイターを呼び、会計してくれ、といってクレジットカードを渡した。

「ごめん、後で返す」ウェイターが去ってから円華が小声で詫《わ》びた。

「いえ、今夜は俺に奢《おご》らせてください。再会のお祝いです」

ありがとう、と円華が微笑んだ。

櫻井たちに見送られ、三人で店を出た。エレベータに乗った途端、どっと疲れが出て、陸真はしゃがみこみたくなった。

だがそれは叶《かな》わなかった。すぐにエレベータが止まったからだ。扉が開くと、スーツを着た二人の男が乗り込んできた。

やがて扉が閉まり、エレベータが降下を始めた。今度は途中では止まらず、一階に着いてから扉が開いた。

目の前に背の高い男が立っていた。だが陸真たちを見ても動こうとせず、「一緒に来てもらおうか」と低い声でいった。

陸真が息を止めるのと、隣にいる男に右腕を摑まれるのが同時だった。強い力だった。男はもう一方の手で円華の左腕を摑んでいた。

タケオが抵抗しようとしたようだが、次の瞬間には低く呻《うめ》いて腰砕けのようになっていた。陸真には何が起きたのかわからなかった。

「逆らわず、この人たちのいう通りにして」円華が短くいい、長身の男を見た。「どこへ行けばいいの？」

「ついてくればわかる」

男に腕を摑まれたまま、陸真は歩いた。

ビルを出ると黒いワゴンが止まっていた。陸真たちは後部シートに座らされた。

「三人ともスマホの電源を切るんだ。それから少しの間だけ我慢してもらおうか」長身の男がいった。

スマートフォンの電源を切った後、陸真たちは目隠しをされ、両手を結束バンドで縛られた。

「タケオ、大丈夫？」円華が訊いた。

「平気です」

「ずいぶん簡単にやられちゃったね」

「スタンガンには勝てません」

「おい、しゃべるな」男の一人がいった。

エンジンのかかる音がして、間もなくワゴンが動きだした。どこへ連れていかれるのかわからず陸真は不安で息苦しくなった。心臓はずっとドキドキしている。

正体不明の男たちは無言だった。重い空気の中、時間の感覚がわからなくなった。ずいぶんと長く走っているように思えるが、気のせいかもしれない。

ワゴンが止まり、エンジン音もストップした。ようやく目的地に着いたようだ。

スライドドアの開く音が聞こえ、陸真は腕を摑まれた。「降りろ」

引っ張られるままに腰を上げ、足元を探るようにしてクルマから出た。男の手が背中を押す。さほど扱いが手荒くないのは、陸真のことを若い女だと思っているからか。

どんなところを歩かされているのか、さっぱりわからない。しかしどうやら屋内のようだ。風を感じない。

エレベータに乗せられた感覚があり、さらに少し歩いた。ドアの開閉する音。どこかの部屋に通されたらしい。

背後に人の立つ気配があり、目隠しが解かれた。

いきなり視界に飛び込んできたのは、ずらりと並んだ液晶モニターだ。大型が四台あり、二人の男がそれらに向かっていた。その手前にテーブルと一人がけのソファがあり、やや小柄な男が座っている。その手にはロックグラスがあった。ソファは回転式で、男は陸真たちのほうに身体を向けていた。

「不自由な思いをさせて申し訳なかった」小柄な男がいった。「この場所を知られるわけにはいかないんでね。わかってもらえるとありがたい」

やっぱり、と口を開いたのは円華だった。「こういうところって二重扉なんですか?」

男の眉間に皺が入った。「何だって?」

「二重扉。違うんですか?　ガサ入れに備えて二重になってるところが多いって聞いたことがあるんだけど」

ああ、と男が頬を緩ませた。

「それは賭場《とば》のほうだ」後ろのモニターを親指で示した。「ここは管理室で警察に踏み込まれる心配はない」

陸真はモニターに目を向けた。映し出されているのはテーブルで、カードが配られている。いくつかの角度から撮影しているようだ。ほかのモニターには別のテーブルの様子や、ルーレットが映っていた。

「カジノは別の場所にあるってことですね」

「そんなところだ」小柄な男が頷いた。「ネット時代はありがたい」

「いいんですか？　あたしたちにそんなことを明かしても」

「おたくらみたいな変なのに下手に嗅《か》ぎ回られるぐらいなら、こっちに引き込んだほうがいい。調べさせてもらったが、同じ穴の貉《むじな》らしいしな」男は懐からメモを出し、タケオのほうを向いた。「タケオトオル、元N県警本部警備部所属。おたくからの情報でガサ入れを免れた店もあったようだな。タレントのボディガードは辞めたのか」

「ずいぶん古い話だけど、まだ記録が残ってたのか」

「顧客情報は大切な商売道具だからね。おたくもそれを承知で『ブルースター』では本名を名乗った。違うのか？」

「いや、その通りだ」

「やっぱりな」

そういうことか、と陸真は合点した。円華は、タケオの名前が顧客リストに残っている可能性に賭けたのだ。タレントに付き添ってカジノに出入りしていた頃、免許証を提示させられたとタケオがいっていた。

後ろでノックの音がした。ドアが開き、誰かが入ってきた。陸真は振り向いた。老美魔女の赤木ダリアだった。彼女は男の耳元で何やら囁いた。

男の視線が円華と陸真に注がれた。

「六本木に『ラプラス』なんていう店は存在しないそうだ。おたくらの目的を聞かせてもらおうか」

「目的はひとつ」円華がいった。「月沢克司さんを殺した犯人を突き止めること」

男と赤木の顔つきが険しくなった。

「物騒な話だな。月沢ってのは何者だ?」

「この子のお父さん」円華が陸真のほうに首を捻った。

赤木が片方の眉を上げた。「この坊やの?」

「坊や?」男が目を見張った。「男なのか?」

「たぶんね。そうよねえ?」

赤木に尋ねられ、陸真は小さく顎を引いた。ごまかしても無駄だと思った。

「高校生なの?」

「中学三年です」

へええ、と男が声を上げた。「驚いたな。全然気づかなかった。いい女だなと思ったぐらいだ。おまえたち、気づいたか?」

いいえ、と後ろで誰かが答えた。

「さすがはマダムだ。よく気づいたな」

「もう少しで騙《だま》されるところだった」赤木がいった。「うまく化けてるわよね。感心しちゃった。でもあなた、長い爪の扱いに慣れてないでしょ？　女の子は、あんなふうにはスマホを操作しない」

指摘され、陸真は思い出した。たしかにスマートフォンで克司の画像を出す時、少し手間取った。

「教えてください」円華が赤木に向かっていった。「月沢さんは『ブルースター』に現れたんですよね？」

「覚えがないといったはずよ」

「でもそれなら、あたしたちがここへ連れて来られることはなかったはずです。月沢さんについて、あなた方のほうにも知りたいことがあった。そしてそれはたぶんカジノに関係している。違いますか？」

赤木が小さく吐息をついた。

「あなた、さっきのチップはどうしたの？」

「月沢さんの洋服のポケットに入っていました。月沢さんはカジノのメンバーではないので、誰かから手に入れたということになります。で、その持ち主について調べていたんじゃないかと思うんです。どのようにして『ブルースター』と結びつけたのかはわかりませんけど、だから店に行き、持ち主についてあなた方に尋ねた。あたしはそんなふうに推理しています」

隣で話を聞き、陸真は内心驚いていた。一体いつの間に、円華はこれだけのことを推理したのか。

「推理するのは勝手よ」赤木がいった。「好きなように推理すればいいわ」

「月沢さんが調べていた人の名前を教えてください」

「おかしなことをいうのね。その推理が当たっているかどうかさえ、こちらには答える義理がないのに。それにもし当たっていたとしても教えられない。当然のことよね」

「個人情報だからな」男が、にやりと笑った。「じゃあ、そろそろお引き取り願おうか」

後ろに控えていた男たちが動きだした。また目隠しをする気だろう。

「二十五」不意に円華がいった。

ソファの男が怪訝《けげん》そうな顔をした。「何だって？」

あれ、といって円華がモニターの一台に向かって顎を突き出した。そのモニターに映っているのはルーレットだった。回転している最中だ。

「ルーレットがどうかしたのか？」

「見ていればわかる」

やがてルーレットの速度が落ち、完全に止まった。ボールはしばらく動き回った後、ひとつの溝に収まった。『25』と記された溝だった。

男が驚いた顔を円華に向けた。「どうしてわかった？」

「知りたいですか」

「知りたいね」

「月沢さんが調べていた人のことを教えてくれるなら答えます」

「何だと？」

まぐれよ、と赤木がいった。「まぐれに決まってる」

「さあ、どうでしょう」円華は不敵な笑みを浮かべた。この状況を楽しんでいるようにさえ見える。

小柄な男は黙ってモニターを見つめている。映像は係の女性がルーレットを回し、ボールを投げ入れたところだった。

「十三」即座に円華がいった。

男は鋭い目で彼女を見た後、モニターのほうに向き直った。

陸真も回転しているルーレットを凝視した。まさか、そんなことまでできるのか――。

ルーレットが止まり、ボールが溝に落ちた。『13』の溝だった。

今度は赤木も、まぐれだとはいわなかった。黙ったまま、瞬《まばた》きを繰り返している。

男が立ち上がり、モニターの前にいる若い男に何やら話しかけた。ハッキング、という言葉が陸真の耳に入った。若い男は首を捻りながら、モニターの隅に表示されている時刻を指している。

円華が、ふふっと笑った。

「あたしの仲間が信号をハッキングして、ボールが止まってから、時間差でこの部屋に映像を送っているとでも？　そんなことができたとしても、どうやってあたしに数字を教えるんですか？　それに時計の数字はごまかせない」

男が振り返った。悔しそうに下唇を噛んでいる。彼女のいう通りだからだろう。

回転するルーレットにボールが投じられた。その直後、「三十一」と円華がいった。

疑いようがなかった。彼女はボールが投じられた瞬間に、どこの溝に入るかを予想しているのだ。いや、おそらくもっと厳密なものだろうから予測と表現するべきか。

そして彼女がいった通り、ボールは『31』の溝に落ち着いた。

男が大股で円華に近づいた。「教えろ。どうやったんだ?」

「教える条件は、さっき提示したはずですけど」

「それは無理よ」赤木が横からいった。「あなたの推理は間違っている。月沢とかいう人が来たのは事実。あのチップを見せて、これを使っているカジノに案内してくれといったの。嘘じゃない。だからあの人が誰のことを調べていたのかはわからない」

「カジノに案内したんですか」

「するわけないでしょ。あんな得体の知れない男を」

「何といって断ったんですか」

「カジノなんて知らない、うちはまっとうな店なんだから、おかしないいがかりをつけないでくれといったわ」

「すると月沢さんは?」

「また出直すといって帰った。でもうちとしても気になっていたのよ。あの男は何者だったんだろうって。すると今夜、あなたたちが来たでしょ? どう見ても怪しいから、話を聞かせてもらおうと思ったわけ」

赤木の話は嘘には聞こえなかった。少なくとも筋は通っている。陸真は円華を見た。この後、どう攻める気なのか。

「今の説明で納得できたのなら、お引き取り願おうか」小柄な男は後ろに下がり、再びソファに腰掛けた。「ルーレットについては諦めよう。どこかのマジシャンにでも頼んで答えを教えてもらうよ。どうせ種や仕掛けがあるんだろうからな」

「ルーレットで出る数を次々に当てる手品？　そんなの見たことないけどなあ」円華は頭をゆらゆらと振ってから男を見つめた。「ちょっとお尋ねしますけど、ルーレットって主催者側は儲《もう》かるんですか？」

「胴元が儲からないギャンブルはない」

「損をする時だってあるでしょ。でもあたしにディーラーをやらせてくれれば、絶対に損はさせません」

男が顔を歪めた。「何だって？」

「取り引きしませんか。あたしをディーラーとして雇ってください。月沢さんが調べようとしていた人物は、あたしたちが自分の手で捜しだします。それなら、あなた方による情報漏洩《ろうえい》にはならないでしょ？」

小柄な男は赤木と顔を見合わせた。この提案に裏はないか、罠《わな》ではないかと確認し合っているようだ。

「数字を当てられるだけでなく、狙ったところにボールを落とせると？」小柄な男が慎重な口ぶりで訊いた。

「信用できないというのなら、お見せします」円華は自信ありげに鼻を上げた。「でもそのためには、あたしたちをカジノに案内してもらわないと」

午前三時――。

タケオと円華に送られ、陸真は自宅のマンションに戻った。部屋に入るなり、ベッドに倒れ込んだ。極度の緊張と慣れない女装でくたくただ。自転車で多摩川周辺を走り回った時でさえ、ここまでは疲れなかった。

何という一日だ。

しかし明日の夜は、もっとすごいことになるかもしれない。何しろ、円華と二人で闇カジノに潜入するのだから。

小柄な男――自分のことは社長と呼べと指示してきた男は、円華との奇妙な取り引きに応じたのだった。

一体どうなるんだろう。

だがそれ以上のことは考えられないほど、今は疲れ果てていた。

18

約束の相手と思われる人物は午後一時を五分ほど過ぎてから現れた。目印は黒縁の大きな眼鏡といっていたから間違いないだろう。入り口に立ち、喫茶店内を見回している。脇坂は立ち上がり、ネクタイを直した。今日はモスグリーンだ。それが脇坂側の目印だった。

黒縁の眼鏡をかけた人物は、すぐに気づいたらしく近づいてきた。眼鏡の向こうの目が、真っ直ぐに脇坂の顔を見つめてくる。歩きながら、すでに値踏みを始めているのかもしれない。

「脇坂さん?」相手が尋ねてきた。

「そうです。突然、申し訳ありません」脇坂は名刺を出した。

それを受け取る前に相手も懐から名刺を出してきた。立ったままで交換してから、ほぼ同時に腰を下ろした。

相手の名刺には、『記者　津野知子』とあった。女性であることは福永から聞いていたし、今朝、アポイントメントを取るために電話で本人と話したのだが、直《じか》に会ってみると想像した人物とは少し違っていた。フリーのライターで刑事事件を追っているぐらいだから、女性とはいえ活動的でジェンダーレスな人物ではないかと思っていた。

しかし目の前にいるのは、長い髪を後ろで束ね、上品にメイクを整えた、ごくふつうの女性だった。物静か、という印象さえある。年齢は四十歳前後だろうか。派手な顔立ちではないが、美人の部類に入れてもおかしくはない。

ウェイトレスがやってきた。二人ともコーヒーを注文した。

「今朝、お話ししたように、あなたのことは福永さんから教わりました」脇坂は切りだした。

「大変熱心に取材をしておられたそうですね」

「福永さんには、いろいろとお世話になりました。——これ、置かせていただきますね」

津野《つの》知子《ともこ》がテーブルの中央に置いたのはボイスレコーダーだった。会話を録音することは電話で話した時に了承した。

「早速ですが、あなたはなぜT町一家三人強盗殺人事件を調べようと思ったのですか」

脇坂の質問に、津野知子は少し考える気配を示してから口を開いた。

「理由は単純です。個人的に関心があったからです」

「個人的に、とは?」

「学生時代、山森さんのお宅に通っていました。娘さんの家庭教師をしていたんです」

山森とは被害に遭った家の名字だ。脇坂は相手の顔を改めて見返した。「そうだったんですか。娘さんの……」

「小学四年生と五年生の時に教えました。私によくなついてくれて、お母様の山森夫人にも親切にしていただきました。六年生で教えなくなったのは、私が就職したからです。でもその後も、手紙のやりとりなどはしていました。事件が起きた時、私は会社員四年目だったと記憶しています」

「だったら、かなりショックを受けたでしょうね」

津野知子は太いため息をつき、肩を落とした。

「いうまでもありません。信じられませんでした。御夫妻だけでなく娘さんまで殺すなんて、何という残酷なことをするのだと身体が震えました。しばらくは仕事が手につかなかったほどです」

「失礼ですが、当時はどんな仕事を?」

「小さな広告代理店にいて、下手な広告文などを書いていました」

「その時からT町事件のことを調べているのですか」

津野知子は薄い笑みを浮かべ、首を横に振った。

「あの頃の私に、そんな積極性は――」彼女が会話を突然切ったのは、ウェイトレスがコーヒーを運んできたからだった。

二人の前にカップが置かれ、ウェイトレスが去ると、津野知子は改めて口を開いた。

「事件のことは気になっていましたけれど、自分でどうこうしようという考えはありませんでした。犯人はすぐに捕まるだろうと思っていましたし」

「ところがそうはいかず迷宮入りしましたね」

「手がかりが少なくて、捜査は難航するんじゃないかという報道は目にしていましたけど、犯人が捕まらないなんてことは考えていなかったので、ひどく失望しました。とはいえ無力な自分に何かができるとも思えず、そのままになっていたんです」

「すると改めてT町事件に興味を持ったきっかけは……」

「今から四年前、事件が解決したと聞いたからです。ところが報道された内容に戸惑いました。犯人の新島史郎は一年以上も前に海に落ちて行方不明になっていて、T町事件の犯人として書類送検されたけれど被疑者死亡で不起訴。一体どういうことかと思いました」

なるほど、と脇坂は合点した。新島が海に飛び込んだ時点では、T町事件絡みでは報道されていなかったのだ。

「それで調べてみようと思ったわけですか」

「そうです。自分にとって、いい機会でもあると思いましたし」

「というと？」

「三十歳前に広告代理店を辞め、出版社に再就職したんですけど、その後、フリーの記者として活動するようになっていました。社会問題に関する仕事が主でしたが、いずれ事件ものも手がけたいと思っていました。警察関係や法曹界にも多少の人脈を築けましたから。T町事件は自分にも縁があるし、何があったのかを徹底的に調べてみたら、ライターとしてのスキルアップに繋《つな》がるかもしれないと考えたわけです。早い話、一石二鳥を狙ったんです」

淡々とした口調だが言葉には熱が籠《こ》もっている。案外貪欲《どんよく》な精神の持ち主らしい、と脇坂は思った。

「で、その結果はどうでしたか」

津野知子はコーヒーをブラックのままで飲み、首を振った。

「結論からいいますと形にはなりませんでした。頓挫《とんざ》したんです。真相解明には程遠い状態でした。自分でいうのも変ですが、素人探偵なりに、かなり粘れたと思うんですけど」

脇坂もブラックコーヒーを口に含んでからカップを置いた。

「その粘りの内容を話していただけるとありがたいんですが」

「結構ですけど、電話での約束は守っていただけるんでしょうね」

「もちろんです」

約束というのは、もし脇坂が真相を突き止められた際には、その情報を包み隠さず津野知子に提供する、というものだ。それを彼女が執筆し、出版することも認めるといった。

「まず新島史郎について調べてみることにしました」彼女はショルダーバッグから一冊のノートを出してきた。「新島は山形県の小さな製材所の長男として生まれました。きょうだいはいません。高校卒業後に父親が死に、製材所は廃業しました。二十歳の時、新島は役者を目指して上京しました」

「よくそんなことまで調べられましたね」脇坂は心底驚いていった。「新島の生家を当たったんですか？」

「生家には誰もいません。十年ほど前に新島の母親が亡くなり、空き家となっていました。今の話は母親と親しかったという近所の女性から聞いたんです。家の扱いについて役所は何度も新島に問い合わせたそうですが、返事はなかったとか」

まあそうだろうな、と脇坂は思った。空き家問題は、今や日本中に存在する。

津野知子がノートに視線を落とした。

「上京後、新島は芸能事務所に所属し、バイトをしながら食いつないでいたようですが、結局夢を断念し、夜の世界に身を置くようになりました。新宿でホストをしていたこともあったようです。今から十七年前、T町一家三人強盗殺人事件が発生した頃は、銀座の高級クラブ『ナイトランド』でマネージャーをしていました。この『ナイトランド』には、T町事件の被害者である山森達彦氏も通っていたことが判明しています」

「その話は福永さんから聞きました。新島と被害者を結びつける数少ない接点だとか」

津野知子がノートから顔を上げた。

「でもおかしいんです。脇坂さんは山森氏が闇カジノに関わっていたことは御存じですか」

「それも福永さんから聞きました」

「でも私が調べたかぎり、『ナイトランド』の客が闇カジノに誘導されたという話は聞けませんでした。そもそも事件当時、山森氏は『ナイトランド』には足を運ばなくなっていたんです。

その頃に山森氏が頻繁に出入りしていたのは、『ブルースター』という銀座のバーでした。そして『ブルースター』の客には賭け麻雀《マージャン》や闇賭博《とばく》で逮捕された者が何人かいて、警察関係者の間では、店が勧誘や斡旋《あっせん》をしているのではないかとの疑いが、ずっと持たれています。だから未解決事件捜査班の捜査員たちも、新島と『ブルースター』の繋がりを捜していたようです。でも結局、見つかりませんでした。勤務していた事実はないし、客として通っていたという記録もなかったんです」

「繋がりが見つからなかったからといって、無関係とは決めつけられないのでは?」

「おっしゃる通りですが、このあたりから私の頭には別の疑問が浮かぶようになったんです。それは、なぜT町事件から十年以上も経って、犯人として新島の名前が挙がってきたのか、という根本的なことです」

　話が核心に迫ってきたようだ。「それで?」脇坂は身を乗り出した。

「そこで担当した捜査員たちに尋ねたのですが、この肝心な点がどうにもはっきりしません。誰に訊《き》いても答えは同じ。自分は上からの命令に従っただけ、新島の身辺を洗えといわれたから洗った、見張れといわれたから見張った、追跡しろといわれたから追跡した、判で押したように同じことしかいいません」

「しかしそれは事実だったからでは?　つまり実際に彼等には何も知らされていなかった」

「そうだと思います」津野知子の回答は早かった。「そのうちに、どうやら匿名の情報提供があったらしいという情報を摑《つか》みましたが、その出所も信憑《しんぴょう》性も曖昧《あいまい》なままでした。業を煮やして、未解決事件捜査の責任者である理事官に、自宅付近で待ち伏せして当たったりもしました」

「理事官に？　それはまた勇敢だな」

「素人探偵の強みです」津野知子はにっこりし、すぐに真顔に戻った。「案の定、機密事項だと一蹴《いっしゅう》されました。でも素人探偵の勇気に免じてか、理事官はひとつだけヒントをくださいました」

「ヒント？　どんなヒントですか」

「情報というのは、あるところにはある。ただしそれを表に出せないこともある。Nシステムと同じ――というものでした」

「Nシステムか」脇坂は首を縦に揺らした。「なるほどね」

「心当たりがある顔つきですね」津野知子が窺《うかが》う目を向けてきた。

「御存じかもしれませんが、現在のNシステム――正式名称自動車ナンバー自動読取装置では、クルマのナンバーだけではなく運転手や助手席に座っている人物の顔も撮影されています。犯罪には無関係と判明した時点で消去されることになっていますが、細かい規定はありません。データが蓄積されている可能性があり、プライバシーの侵害ではないかとの指摘もありますが、システムの全容は極秘で、それを明かすぐらいなら裁判資料としては使用しない、というのが警察庁の方針です」

　津野知子の表情が険しくなった。

「それと同様の何らかの捜査手法が秘密裏に行われた可能性がある……と」

「確証は何もないので、これ以上の言及は避けますが」脇坂は言葉を濁した。

「脇坂さんの狙いは、そのあたりにあるんですね？　つまり警察の上層部が隠している捜査システムを明らかにしようとしている」

脇坂はコーヒーカップを手にし、笑みを浮かべた。「御想像にお任せします」

「もしあなたの推測が当たっていたとして、なぜ上層部は隠すのでしょうか。Nシステムと同様、存在を公表しつつも詳細は極秘扱いにする、という手もあると思うのですが」

脇坂はコーヒーを飲んでからカップを置いた。ここから先は言葉を選ぶ必要がある。

「自動車のナンバー読み取りは合法ですが、新しいシステムの構築には違法な手段が使われているとすれば？」

「違法……たとえば？」

「個人情報の扱いです」脇坂は周りに視線を走らせ、声を落として続けた。「たとえばＤＮＡとか。あくまでも、たとえば、ですが」

津野知子の頰《ほお》が、ぴくりと動いた。さらに目に真剣な光を宿らせ、考えを巡らせるように黙り込んだ後、ゆっくりと顔を寄せてきた。

「脇坂さん、約束は本当に守っていただけますよね。真相が判明したら、真っ先に私に知らせること。決してお忘れにならないよう、お願いいたします。お約束いただけるのなら、もう一つ情報を提供いたします。とっておきの、福永さんにも話していない情報です」

「もちろん約束します。どういう情報ですか」

すると津野知子はノートを閉じて背筋を伸ばし、呼吸を整えるように胸を上下させた。

「私はＴ町事件の顚末《てんまつ》には疑念を抱いています。果たして、犯人は本当に新島史郎だったのでしょうか？　海に飛び込んだことは裏付けにはなりません。新島はコカインの密売に関わっていました。刑事に気づき、逃走する理由はあったんです。彼はT町事件とは無関係だったのではないでしょうか」

あまりにストレートな疑問に、脇坂はぎくりとした。

「なぜそう思うんですか？」

「警察が新島を犯人と断定した根拠は主に二つです。ひとつは新島の部屋から採取されたDNAが、殺された山森夫人の爪に付着していた血液のものと一致したこと。もう一つは、同じく新島の部屋から夫人のものと思われるアクセサリーが見つかったことです。それらの表面についていたわずかな皮脂が、夫人のDNAと一致したという話でした」

「そうらしいですね。それらの点に何か疑問でも？」

「私が問題にしたいのはアクセサリーです。たしかに夫人は高価なアクセサリーをたくさん持っておられました。それらの多くが犯人によって持ち去られたことも知っています。ところが新島の部屋から見つかったのは、ルビーの指輪と真珠のネックレスだけでした」

脇坂は眉根《まゆね》を寄せ、顔を傾けた。

「それの何がおかしいんですか。ほかのアクセサリーは処分したんじゃないですか」

「ではなぜルビーの指輪と真珠のネックレスは手元に残しておいたんでしょうか。十年以上も」

「たまたまではないですか。いずれ処分しようと思っていたけれど機会がなく、そのままになっていた、とか。男が一度にたくさんの貴金属品を売ろうとしたら買い取り業者に怪しまれますから、何度かに分けて処分していたというのは大いに考えられます」

だが津野知子は険しい目をして首を横に振った。「私は違うと思います」

「どう違うんですか」

「私は問題の指輪とネックレスをこの目で見ているんです。二十年以上も前ですが、はっきりと覚えています」

「あなたが？」思いがけない話だった。

「山森夫人に見せてもらったことがあるんです、その二つのアクセサリーは、夫人が山森氏と結婚する前に交際していた男性からプレゼントされたものでした。主人に見られたくないけれど、捨てるのも勿体《もったい》ないから、もしよければもらってくれないか、といわれたんです。でも失礼ながら好みの品ではなかったので丁重にお断りしました。夫人は残念そうに指輪とネックレスを元の場所に戻されましたが、その場所というのがポイントです。ドレッサーの抽斗《ひきだし》でした。今は家にドレッサーを置いている女性は少数派ですが、山森家には立派なドレッサーがありました。しかもその抽斗は二重底になっていて、貴重品を隠せるようになっていたのです。教えられなければ、その仕掛けにはまず気づかないでしょう。強盗殺人犯が見つけられたとは思えません」

「指輪とネックレスは盗まれてはいなかったのではないか、と？」

「そう考えたほうが妥当です。私はＴ町事件について公表されている資料をすべて当たりましたが、ドレッサーが荒らされていたという記録は見つけられませんでした。それはつまり、荒らされていなかったということではないでしょうか」

「しかし……指輪とネックレスは新島の部屋から見つかった」

「その二つだけが見つかったのです。ほかのアクセサリーはひとつも残っていなかった。これは果たして単なる偶然でしょうか」

津野知子のいわんとしていることが脇坂にも読めてきた。

「新島が行方不明になった後、何者かが山森夫人のドレッサーから指輪とネックレスを持ち出し、新島の部屋に隠した……」

「私は、そう確信しています」

「もしそうだとしたら、そんなことのできる人間はかぎられている」脇坂は曖昧に濁した。

「そうですね」

「それが誰なのか、目星はついているんですか」

津野知子は力なく首を左右に揺らした。

「事件後、山森氏の邸宅は警察によって保存されていました。見張りの警官がつき、部外者の出入りは原則禁止でした。しかし捜査関係者なら怪しまれることはなかったでしょう。正式な手続きを踏まなければ記録にも残りません」

捜査関係者——脇坂が濁している部分を津野知子は明言した。

「でも、その人物はどうしてドレッサーの仕掛けに気づいたんでしょうか。教えられなければ、まず気づかないとあなたはおっしゃった」

「簡単なことです。教えられたからです」

「誰から？」

「山森夫人の母親からです。事件発生直後、捜査員は山森夫人の実家を訪ねています。その際、夫人のお母さんはドレッサーの仕掛けについて話し、そこに貴重品が入っているかもしれないと打ち明けたそうです。四年前、お母さんから直接聞きました。お母さんは御健在で、頭もはっきりしておられました」

「その捜査員の名前は？」

「残念ながら、そこまでは覚えておられませんでした。男性の刑事だったというだけで。でも捜査員同士で情報を共有するでしょうから、その人物を特定することに意味はないと思います」

それはその通りだった。

「もう一つの証拠についてはどう考えますか。新島のＤＮＡが山森夫人の爪から見つかった血液と一致していた点は？」

津野知子はテーブルの上で両手の指を組んだ。

「最初に私が頓挫したと申し上げたのは、まさにその点があったからです。証拠の捏造《ねつぞう》はできてもＤＮＡ鑑定をごまかすことは不可能だと決めつけていました。不自然な点はあるけれども、新島が真犯人だったという事実を受け入れるしかないのかと諦《あきら》めていたのです。でも先程の脇坂さんの話を聞き、別の可能性があると気づきました」

「警察がＤＮＡデータを用いた新たな捜査手法を開発しているのであれば、ＤＮＡ鑑定の結果を操作することもできるのでは、と？　新島がＴ町事件の犯人だというのは、警察による捏造というわけだ」

津野知子は黙って頷《うなず》いた。

脇坂は吐息を漏らした。「大胆な推理ですね」

「素人探偵ですから推理は自由です。でもここから先には進めません。それができるのは警察内部にいる人間だけです。そうは思いませんか？」津野知子は目に冷徹な光を宿らせ、脇坂の顔をじっと見つめてきた。

19

チャイムの音で目が覚めた。このマンションにオートロックはない。部屋のインターホンを鳴らしているらしい。面倒なので無視しようかと思ったが、来客はしつこく鳴らし続けている。

陸真は、のろのろとベッドから這《は》い出し、キッチンの壁に付いている受話器を上げた。はい、とわざと無愛想な声を出す。

「純也？」

（なんだ、いるんじゃん）相手がいった。誰の声なのか、すぐにわかった。

（そう。一体どうしたんだよ？）

「ちょっと待って」

陸真は玄関に向かった。頭がぼんやりして、考えがうまくまとまらない。

鍵《かぎ》を外し、ドアを開けた。

「大体、どうしてスマホの電源を切って――」しゃべりながら純也が入ってきたが、陸真を見るなり固まった。「あ……ええと」大きく目を剝《む》いている。「……誰？」

「はあ？」

陸真は視線を落とした。最初に目に入ったのは、胸の膨らみだった。その瞬間、ああっと声を出していた。

「あーっ」純也も叫び、陸真を指差してきた。

わあわあと二人で跳びはねながら喚《わめ》き、やがて笑い転げた。


「何だよ、それ。そんなすごいことになってたのか」ソファに座り、純也は持参してきたペットボトルのコーラを飲んだ。その手には『BLUE-STAR』と印刷されたコースターがある。陸真が昨夜、こんなところにはもう一生来られないだろうと思い、席を立つ前にこっそりとポーチに忍ばせたものだ。

「全く予想外の夜だった。今でも夢を見ていたような気がする」

「ちぇっ、いいな。やっぱり僕も行けばよかった」純也はコースターをテーブルに置き、その上にコーラのペットボトルを載せた。さらに今度はウィッグをいじり始めた。

「円華さんたちから止められたんだから仕方ないだろ。——おい、ちょっと、かつらで遊ぶなよ。それ、今夜も使わなきゃいけないんだからな」

「だけど、まるでギャング映画みたいな展開じゃん。聞いてるだけでわくわくする」

「そんな呑気《のんき》なもんじゃないよ。こっちは女装をさせられてるだけで緊張でいっぱいいっぱいだっていうのに、次から次へと怪しそうな大人たちがやってくるし、円華さんは危なっかしいことばっかりするし、マジで口から心臓が飛び出そうになった」陸真は床に座り、鏡に向かって化粧を落としながらいった。クレンジングという手順だ。化粧品セットは円華から渡されているが、使い方がわからないので、横にスマートフォンを置き、『メイクの落とし方　初心者向け』という動画を流している。

「で、今夜はいよいよその闇カジノに行くわけ？」

「行きがかり上、そういうことになった」

へええ、と純也は声を上げる。

「それ、ヤバいんじゃないの？　警察の家宅捜索が入ったら、その場にいるだけで逮捕されるって聞いたことがある」

「そうらしいけど、今さら後戻りはできないって円華さんが」

純也はウィッグを被《かぶ》り、のけぞった。「すごいなあ、あの人は」

「かつらで遊ぶなといってるだろ。――すごいんだよ、ほんと。ビリヤードもすごかったけど、もっと驚いたのはルーレットだ。ばんばん数字を当てちゃうんだもんな」

「それ、やっぱり信じられないんだけど。そんなことできるのかなあ？」純也は首を捻《ひね》りながらウィッグをテーブルに置き、今度はヌーブラを手にした。

「できるのかなあじゃなくて、できたんだ。この目で見たんだから確かだ。だから今夜、闇カジノに行くことになったんじゃないか。――おい、汚い手でヌーブラを触るなよ。くっつかなくなるだろ」

クレンジングを終え、陸真は洗面所に向かった。次は洗顔をしなければならない。女性たちは毎日、疲れて帰宅してからこんなことをしているのか。サボると肌に悪いらしい。ネットに、そう書いてある。

洗面台の脇に置いてある時計は、間もなく午後二時を指そうとしていた。夜中に帰ってきたとはいえ、ずいぶんと眠ったものだ。頭がぼんやりするのも無理はない。

純也は、昨日あれからどうなったのか気になり、今日になって何度も陸真に電話やメッセージをくれたらしい。しかし電話は繋がらないし、メッセージは既読にならない。それでも午前中は我慢していたが、昼過ぎになり、とうとうマンションを訪ねる決心をしたということだった。

「悪いやつに捕まったんじゃないかとか、殺されてるんじゃないかとか、変なことをいっぱい考えちゃったよ」純也は冗談めかした口調でいったが、本気で心配してくれたに違いない。申し訳ないと心の底から思った。

顔を洗うとさっぱりした。だが夜には、また化粧をしなければならないのだ。そのことを考えると憂鬱《ゆううつ》になった。昨日は円華にやってもらったが、自分でうまくやれるだろうか。

リビングルームに戻ると純也はスマートフォンで何やら調べている。横から覗《のぞ》き込むと画面にはルーレットが映っていた。

「何をやってるんだ？」

「ルーレットのテクニックについて調べてみた。昔は、狙った数字にボールを入れられる名人級のディーラーもいたらしい」

「そうなのか。だったら、円華さんにできても不思議じゃないわけだ」

純也が、ちっちっち、と人差し指を振った。

「昔は、といったたろ。今の機械は数字の溝が浅くて、そんなことはほぼ不可能だと書いてある。いろいろと調べたけど、それが一般論だ」

「そんなことといったって、円華さんができるといってるんだから、信じるしかない。そもそもあの人には一般論が通用しない。俺はもう割り切ることにした。あの人は、やっぱり魔女なんだ」

「魔女ねえ……」純也はソファで横になった。「で、その闇カジノに本当に現れるのかな。ええと、何というか……陸真の親父さんを殺したやつが」

「わからないけど、円華さんはそう考えてるみたいだ。とにかく親父がカジノに行こうとしたのは確実なんだから、その目的を突き止める必要がある」

「そこまでわかってるんなら警察に話したほうがいいんじゃないの？　そうすれば危ない目に遭う心配もないし」

「それはできないって円華さんが」

「どうして？」

「闇カジノを警察に売ることになるからだといってた。たとえ相手が法を犯していようと、犯人捜しに協力してもらう以上、そんな卑怯《ひきょう》なことはできないって」

やれやれ、と純也は寝転んだままで手を広げた。

「そんな侠気《きょうき》まで持ち合わせてるのか。手が付けられない気の強さだな」

「警察が期待通りに動いてくれるとはかぎらないともいってた。むしろ素人が集めた情報なんかに頼れるかってことで無視される可能性もあるとか」

「うーん、それはあり得るかもね。連中にだってプライドってものがあるだろうし。だけど円華さんと二人だけで突き止められるのか？　何を手がかりにする気なんだ？」

「それはやっぱりこれかな」

陸真は自分のスマートフォンを操作し、画面を純也のほうに向けた。映っているのは克司の指名手配犯ノートだ。

「多摩川の殺害現場には親父の虫眼鏡が落ちていただろ。あれを持っていたということは、指名手配犯を追ってたってことだと思う。そいつがチップの持ち主なんだ」

「ちょっと待って。すると闇カジノに来る客と指名手配犯の写真を照らし合わせて見つけようっていうわけ？　それ、ちょっと無理じゃない？　スマホを手にして客の顔をじろじろ見てたら、絶対に怪しまれるよ。親父さんみたいに顔写真を全部覚えているというのなら話は別だけど」

「それはわかってる。だから秘密兵器を使うことになった」

「秘密兵器って？」

陸真は立ち上がり、リビングボードの抽斗を開けた。中から取りだしたのは眼鏡ケースだ。蓋《ふた》を開けると黒縁の大きめの眼鏡が収められている。それをかけて純也のほうを向いた。「どう？」

純也はソファから身体を起こし、不思議そうに顔を傾けた。

「わりと似合ってるけど、それのどこが秘密兵器なんだ？」

「これ、じつはカメラなんだ」

「えっ、そうなの？」

「親父が仕事で使ってたウェアラブルカメラのひとつだ。真ん中にレンズが付いているけど、全然わからないだろ？　バッテリーで三時間ぐらいは動くし、撮影したものはメモリカードに保存される。今夜は、これを使う予定なんだ」

「もしかして、闇カジノの客たちを撮影しようってわけ？」

「その通り。市販の品じゃなくて会社で独自に開発したものだから、デザインだけでカメラだと見抜かれる心配はない。画質だって高解像度だ。これで客たちの顔を撮影しておけば、指名手配犯がいなかったかどうか、後でゆっくりと調べられる」

「なるほどね。それならうまくいくかもしれない。いい手を思いついたな」

「元々は円華さんのアイデアだ。秋葉原《あきはばら》で隠しカメラを買うっていうから、それならいいものがうちにあるといったんだ」

陸真は眼鏡を外し、右耳にかける部分——テンプルと呼ばれる部分を中央から引っ張った。するとキャップのように外れ、中から端子が現れた。抽斗から取り出した専用の充電器を端子に繋ぎ、近くのコンセントにプラグを差し込んだ。

「ところで、あの動画はどうなった？」純也が訊いてきた。「親父さんの古いスマートフォンに残されてた動画だけど」

「あれか」陸真はスマートフォンに手を伸ばし、問題の動画を表示させた。こちらにも転送したのだ。

どこかのショッピングモールやスーパーマーケットで撮影されたと思われる防犯カメラ映像

だ。克司のノートに貼られていた『新島史郎』の写真と酷似した男が映っている。

「親父さんが追ってたのはその男っていうことは考えられないのかな」

「でもネットで調べたところ、T町一家三人強盗殺人事件っていうのは、やっぱり解決してるんだよ。犯人の新島史郎は死んじゃってた。今さら親父が追いかけるわけがない」

「そうなのか。じゃあ関係ないのかな」

「古いスマートフォンに、この動画だけを残してたっていうのは気になるんだけどさ」

陸真がスマートフォンを置こうとした時、着信があった。『脇坂刑事』と表示されている。すぐに繋ぎ、はい、と応じた。

「月沢陸真君だね？　警視庁の脇坂だけど、ちょっといいかな」

「大丈夫です」

「今、どこにいる？　自宅？」

「そうですけど」

「それならよかった。今、近くまで来ているんだ。少し訊きたいことがあるので、これから行ってもいいかな？」

「あ……別にいいですけど、友達が来ています。宮前純也君です」

「こちらは構わない。じゃあ、五分ほどで行くから」そういうと陸真の返事を待つこともなく電話を切った。

脇坂が来ることを純也に話すと、彼は目を丸くした。

「まずいよ。だったら、化粧品とか隠さなきゃ」

「あっ、そうだな」

こんなものを脇坂に見られたら、説明に困ってしまう。

化粧品やドレス、ウィッグ、そしてヌーブラを急いで寝室に移動させたところでインターホンのチャイムが鳴った。

部屋にやってきた脇坂は、ワイシャツの袖《そで》をまくり、モスグリーンのネクタイを少し緩めていた。この暑さだから当然だろう。それでも上着を持っているのを見て、大人は大変だなと陸真は思った。

陸真は脇坂にダイニングチェアを勧めた。前に来た時、相手がそれを望んだからだ。陸真は対面して座った。純也は刑事に挨拶《あいさつ》した後、ソファに腰を下ろした。

「急に悪かったね」脇坂が詫《わ》びた。「その後、何か変わったことはないかな？」

「特にないです」

「困ってることとかは？」

「今のところ大丈夫です。純也の家の人に助けてもらったりしてるし」

「そうか。それならよかった」

「この前、父の虫眼鏡を拾った時に連絡しましたけど、その後捜査は進んでるんですか」

「もちろんだ。あの情報は役に立ったよ。付近の防犯カメラを徹底的に調べたりしてね。俺も今日は朝から聞き込みだった」

「そうですか……」

あの、と純也が口を挟んできた。「陸真は捜査の成果を聞きたいんだと思うんですけど」

よくぞいってくれた、その通りだと思い、陸真は刑事の顔を見返した。

「今は情報を集めている段階だ」脇坂はいった。「成果が出るのは、これからだよ」

役人の答弁みたいだなと思いながら陸真は頷いた。考えてみれば警察官も役人か。

「こちらから質問してもいいかな？」

「はい、何ですか」

「君から借りているお父さんのノートだが、気になる写真があったね。『新島史郎』という人物の写真だった。お父さんが拘《こだわ》っていたと君が教えてくれた。覚えてるかな？」

「もちろん覚えています。あれがどうかしたんですか？」

「もしかすると今回の事件に関わっているかもしれない。いや、これは警察内でも一部の者しか知らないから、口外しないでもらいたいんだけどね」

「関係してるって、どんなふうに？」

「申し訳ないが、それはまだ話せる段階じゃない。新島が起こした事件というのは、十七年も前に起きたT町一家三人強盗殺人事件――通称T町事件というんだけど、知ってるかな？」

どきりとした。ついさっきまで、その話をしていた。

「あのノートに書いてあったことは知っています」

「警察が新島の身辺を調べ始めたのは今から五年前だ。そしてその捜査に月沢警部補、つまり君のお父さんが加わっていたことがわかっている。当時、そんな話を聞いたことはなかったかな？」

「父が……。そうだったんですか。いえ、全然知らないです」

嘘ではなかった。克司が話してくれたのは見当たり捜査全般についてだけだ。個々の事件について聞いた覚えはなかった。

「じゃあ、今の話を聞いて何か思いつかないか？　どんなことでもいい」

陸真は迷った。克司の古いスマートフォンのことを考えていた。プライバシーを守りたいなら警察には渡さないほうがいいと円華はいった。だが事件解決に役立つのなら、隠すのはよくないのではないか。

「じつは親父が前に使ってたスマートフォンを見つけたんです。その中を見たら、気になる動画が入っていて……」

純也が驚いた顔をしているのが視界に入った。あのことを打ち明けるのか、という表情だ。だが非難する目ではない。どうすべきか、彼にしても答えを出せないのだ。

「見せてもらえるかな？」

脇坂の言葉に、はい、といって陸真は腰を上げた。

リビングボードの抽斗から古いスマートフォンを出し、これなんです、といって脇坂に渡した。刑事はいつの間にか白い手袋を嵌《は》めていた。

「バッテリーは充電してあるのかな？」

「大丈夫のはずです」陸真はスマートフォンを受け取り、ロックを解除してから動画を表示させた。「この動画です」

再生の始まった動画を見つめる脇坂の目が鋭くなった。やはり不穏な気配を感じ取ったのかもしれない。

「その動画の人物、あの『新島史郎』の写真に似ていると思いませんか」

脇坂は眉間《みけん》に皺《しわ》を刻んだまま顔を上下させた。

「似ている。俺は見当たり捜査員じゃないが同一人物に思える」

「そう思ったから、脇坂さんに見せたほうがいいと思ったんです」

なあ、と陸真は純也に同意を求めようとして、どきりとした。純也はペットボトルを手にしていて、『BLUE-STAR』のコースターが丸見えだったからだ。さっき、しまい忘れたらしい。だが陸真の視線で純也も即座に気づいたらしく、ペットボトルを戻す時、こっそりとコースターを裏返していた。

「このスマホに残されていたデータはこれだけ?」脇坂が尋ねてきた。

「そうだと思います。それ以外は見つけられませんでした」

「このスマホ、預からせてもらっていいね?」

やはりそう来たか。覚悟はしていたが、素直には承諾できなかった。

「データの復元をするんですよね?」

「プライバシーには極力配慮する」陸真の内心を察知したらしく脇坂がいった。「外には絶対に出さないし、捜査資料として会議に上げる際には必ず知らせる。約束する」

ここまでいわれれば拒否できなかった。陸真だって犯人を逮捕してほしいのだ。わかりました、と答えた。「ロック解除は0518です」

「責任を持って預かるよ」脇坂は鞄《かばん》にスマートフォンをしまった。「ほかに何かないかな。俺に知らせておきたいこととか、相談したいこととか。どんな些細《ささい》なことでも構わない。事件には明らかに関係がなさそうなことでも」

「ほかにはありません」陸真は答えた。今夜、女装して闇カジノに乗り込むことなど口が裂けてもいえない。もっとも、いったところで信じないかもしれないが。

「あの女性とは、その後も会ってるのかな」脇坂が訊いた。「羽原円華さんとは」

突然の急所をついた質問に、陸真は顔が熱くなるのがわかった。しかし懸命に平静を装い、小さく首を振った。

「一昨日《おととい》、一緒に多摩川に行ったのが最後です」

「会う予定は？」

「特にないです」

「彼女は事件について、どんなふうに話していた？」

「どんなふうにって……早く犯人が捕まればいいなと」

「それだけ？」

「それだけです」

ふうん、と頷いた後、脇坂は陸真と純也を交互に眺めた。

「友達との時間を邪魔して悪かった。これで失礼するよ。今日は二人でどこかに遊びにでも行くのかな？」

「いえ、そういうわけではなくて……」陸真は口籠もった。

「暇だったから様子を見に来ただけです」純也がいった。「僕も、もうすぐ帰ります。受験勉強もあるし」

「中学三年生だものな」脇坂は上着と鞄を抱え、椅子から腰を上げた。「夏休みだからといって、のんびりしていられないか」

陸真は刑事が出ていくのを見送り、玄関の戸締まりをしてからリビングに戻った。

「あのスマホ、渡してよかったの？」純也が訊いてきた。

「迷ったけど、渡すしかないと思った。もしかしたら事件解決の手がかりになるかもしれないし」

「そうだよね」純也はソファから立ち上がった。「じゃあ、僕も行くよ。今日は塾がある。さすがにサボれない」

「悪かったな。忙しいのに」

「気にするなよ。それより闇カジノ、がんばって。本当は僕も行きたいんだけどさ」

「純也に女装は無理だ。大人の女には見えない」

「そんなことわかってるよ」純也は口を尖《とが》らせた。

純也を見送った後、キッチンで湯を沸かした。カップ味噌汁《みそしる》を作るためだ。陸真の食事を心配した純也がコンビニでおにぎりと一緒に買ってきてくれたのだ。

カップに湯を注ぎながら、今夜のことを考えた。一体どうなるのだろう——。

20

パソコンの画面を覗き込み、茂上は低く唸《うな》った。映っているのは月沢陸真から預かったスマートフォンに残されていた動画だ。ショッピングモールやスーパーマーケット内で撮影されたもので、ひとりの男の行動を追跡していることは確実だった。

スマートフォンはすでに鑑識に回しているが、その前にこの動画データだけをコピーしておいたのだった。

なるほどな、と茂上は呟《つぶや》いた。

「いわれてみれば、そうだな。こっちの写真と似ている」画面の端には、別の静止画が並んでいる。月沢克司のノートに貼られていた『新島史郎』の写真を取り込んだものだ。

「ほかのデータは殆《ほとん》ど消してあるのに、この動画だけを残してあるのは、バックアップとして保存しておきたかったからではないかと考えられます」

「つまりそれぐらい大事な動画ってことか」茂上は小さな声で呟いた。捜査本部の隅で話しているが、たまに通りかかる者もいる。

「謎ですよね。新島史郎は死んでいる。それなのになぜ月沢克司は、そんな人間の写真や動画を後生大事に持っていたのか。そこには思いがけない裏がありそうな気がします」

茂上は脇坂の顔を覗き込んできた。

「何だ、その思わせぶりな言い方は？　考えていることがあるなら、さっさといえ」

「可能性は二つあります。ひとつは新島史郎は死んでいない」

「何だと？」茂上は目を剝いた。「生きているというのか？」

「実際には死んでいたとしても、まだ生きていると月沢克司が信じていたのなら、写真や動画を保存していたことにも筋が通ります」

「そりゃそうかもしれんが、あの状況で海に飛び込んで助かるなんて、ふつうは考えないだろう」

「俺もそう思います。月沢克司にしても、そうでしょう」

「だったら、もう一つの可能性というのは？」

「この動画や写真の人物は新島史郎ではない。月沢克司は、全く別の人間を捜していたということです」

「別の人間？　だが顔写真には『新島史郎』と記してあるじゃないか」

「そこなんです。もしかすると、それが間違ってるんじゃないかと……」

「間違っている？　どういう意味だ」

「だから――」脇坂は答える前に、もう一度周囲を見回した。この先は絶対に誰にも聞かれてはならない。「この顔写真の人物がT町事件の犯人であることは間違いないが、新島史郎ではない、ということです」

「はあ？」茂上は口を開けた。「何をいってるんだ」

「この写真の人物が新島史郎とは別人なら、月沢克司が捜し続けていたとしても不思議ではありません」

「海に飛び込んで死んだ新島史郎は、T町事件の犯人じゃなかったとでもいいたいのか？」

「その可能性があるんじゃないかなと……」

「言葉に気をつけろ。T町事件が決着したのは物証が揃っていたからだ」

「それはわかっていますが……」

「何だ？　その物証にケチをつけようっていうのか？」

脇坂は黙り込んだ。津野知子から聞いたことを話すべきかどうか迷っていた。

脇坂、と茂上が低い声を出した。「おまえ、何か摑んだのか？」

「いえ、そういうわけではありません。想像を働かせただけです」

「本当か？　俺や係長に隠し事は禁物だぞ。いざという時に守ってやれない」

「十分に承知しています」

「多少のスタンドプレーは認めてやるが勝手なことはするな。動く時には、必ず事前に相談しろ。わかったな」

「わかりました」

よし、と茂上は頷いた。

「今日もD資料の対象者を当たってきたんだろ？　月沢克司の古いスマートフォンを入手したことも合わせて報告書にまとめてくれ」

了解です、と答え、脇坂は茂上の前から離れた。

自分の席でノートパソコンを広げ、報告書を作り始めた。手帳を見ながら機械的に作業を進めるが、なかなか集中できないのは別のことが頭にあるからだ。

津野知子から聞いた、T町事件において証拠が捏造されたかもしれないということを、茂上には報告するつもりだった。そうしなかったのは、月沢陸真と会っている時に思いがけない情報を得たからだ。それは月沢克司のスマートフォンではない。

陸真の友人である宮前純也が使っていたコースターに、『BLUE-STAR』の文字が印刷されていた。はっとした。津野知子から全く同じ名称を聞いていたからだ。

「事件当時、山森氏は『ナイトランド』には足を運ばなくなっていたんです。その頃に山森氏が頻繁に出入りしていたのは、『ブルースター』という銀座のバーでした。そして『ブルースター』の客には賭け麻雀や闇賭博で逮捕された者が何人かいて、警察関係者の間では、店が勧誘や斡旋をしているのではないかとの疑いが、ずっと持たれています」彼女はそういっていた。

偶然とは思えなかった。しかも途中で宮前純也はコースターを裏返した。明らかに脇坂に見つかるのを警戒していた。

だが中学生の彼等が銀座のバーに入れるわけがない。すると誰が行ったのか。考えられるのは一人しかいない。羽原円華だ。しかし彼女について陸真に尋ねてみたが、一昨日以降会っていないというし、特に変わったこともなかったと少年は答えた。そして最後まで『ブルースター』の名称を口にしなかった。明らかに隠しているのだ。

その場で問い詰めることも考えたが、陸真と純也、どちらか一方を攻めたほうが有効だと判断した。そこで早々に辞去し、マンションの外で待ち伏せした。期待した通り、間もなく純也が出てきた。声をかけ、少し話がしたいといって、近くの喫茶店に連れ込んだ。

コースターについて尋ねたが、予想通り、少年は知らないと答えた。目が泳いでいて、狼狽《ろうばい》しているのは明白だった。

「でもあのコースターがあそこにあったということは、最近、誰かが『ブルースター』というバーに行ったわけだ。誰だろう?」

純也は小さく首を傾げるだけで口を開こうとしない。中学生らしい純真さを発揮し、友人を裏切れないと思っているのだ。

「仕方がない。君が教えてくれないというのなら、我々としては別の手を考えるしかない。陸真君の行動を見張るとか」

えっ、というように純也は顔を上げた。頬に赤みがさしている。

当たりだという手応《てごた》えを摑んだ。陸真たちは何かを企《たくら》んでいるのだ。

「彼は何をやろうとしているんだ？　彼と、おそらく羽原円華さんは？」

純也の顔がますます赤くなった。瞬《まばた》きも増えた。

「正直に話してほしい。悪いようにはしない。君がしゃべったことは陸真君たちには黙っているよう」

純也は苦しげに表情を歪《ゆが》め、強く目を閉じたり、視線を宙に彷徨《さまよ》わせたりした。強く迷っているのがわかった。

「話したくないというのなら仕方がない。たった今から陸真君の行動を監視する。すでに捜査員たちを待機させてあるんだ。それでもいいかな？」脇坂は警察用のモバイルを取り出した。ふつうのスマートフォンと見かけが微妙に違うので威圧感を与えられるはずだ。

純也は手の甲で口元を拭《ぬぐ》ってから脇坂のほうを見た。

「ひとつお願いがあります。それを聞いてもらえるなら話します」

「どんなことかな？」

「陸真たちの邪魔をしないでほしいんです。見張るだけにして、絶対に出ていかないって約束してもらえますか？」

「邪魔？　彼等は何をする気なんだ？」

「約束してくれますか？」純也は真剣な目を向けてくる。決して譲れない、という決意に満ちた顔つきだ。

話の内容による、といいたいところだったが、それではしゃべらないだろう。

「わかった。約束しよう。監視はしても、出てはいかない」

「本当ですね。嘘だったら許さないですよ」純也が睨《にら》んできた。迫力はないが奇妙な威圧感があった。

「嘘じゃない。話してくれ」

純也は目を閉じて深呼吸をし、改めて脇坂の顔を見つめてきた。

「陸真たちは今夜、闇カジノに行きます」

「えっ……」脇坂は、ぎょっとした。少年の口から飛び出したのは、まるで予期していない言葉だった。「闇カジノって、どこの？」

「わかりません。行くのは今夜が初めてだし、目隠しもされるだろうから」

「目隠し？　一体何の話をしているんだ。最初から詳しく話してくれ」

純也の身体から、ふっと力が抜けるのがわかった。諦め、すべてを打ち明ける覚悟をしたように見えた。実際、それからの口調は落ち着いた穏やかなものになった。だが語られた内容は、脇坂が肝を潰《つぶ》すほど過激なものだった。

発端は月沢克司の服からカジノのチップが見つかったことらしい。羽原円華は昔の知り合いの伝手《つて》を生かし、『ブルースター』にカジノの紹介者がいることを突き止めた。そこで乗り込むことにしたが、あろうことか中学生の陸真に女装をさせた。さらに店ではわざと目立つ行為を繰り返し、闇カジノの主催者からの接触を待った。羽原円華や陸真たちは拉致《らち》され、主催者の隠れ家に連れていかれたが、そこで驚くべき展開となった。ルーレットの数字を予測できることを証明した羽原円華が、次はディーラーとして雇ってほしいと交渉したというのだ。

「円華さんは、陸真の親父さんが追っていた相手はカジノに現れると考えています。だから陸真と二人で潜り込んで、そいつを見つけようとしているんです」純也の口調は話すうちに熱を帯びていった。

「ちょっと待ってくれ」脇坂は手を出した。「その話、どこまで本当なんだ?」

「どこまでって?」少年が、きょとんとした。

「全部が本当なのか? そんなことはないよな」

「嘘なんかついてないです」純也はむきになった。「全部、本当のことです」

「ルーレットの仕掛けは? 彼女はどうやったんだ?」

純也は苛立《いらだ》ったように首を振った。

「だからそれはわからないといってるじゃないですか。どうやったのかはわからないけど、円華さんは次々に数字を的中させたんです。それで相手も興味を持ち、取り引きに応じたってことでした」

「どういう仕掛けか、陸真君も知らないのか」

「知りません。ていうか、仕掛けなんかはないんです。そんなものなしで、円華さんはそういうことをやれちゃうみたいです」

「超能力者だとでも？　信じられない」

「そんなことをいわれても、僕にはどうしようもないです。陸真から聞いたままを話しているだけですから」

純也が嘘をついているようには見えなかった。すると陸真が何か隠しているのか。円華はもっと別の方法で相手との取り引きを成立させたが、わけあって純也には話せないので、超能力を使ったということにしたのか。

「今夜、彼等はどこへ行くんだ？」

「午後十一時に『ブルースター』が入っているビルの裏で待ち合わせているそうです」

「陸真君は、また女装を？」

「そのはずです」

何という無謀なことを、と呆《あき》れた。羽原円華は、どんな神経をしているのか。

「約束、守ってもらえますよね？」純也が上目遣いに見つめてきた。「陸真たちの邪魔、しないでもらえますよね？」

脇坂が即答せずに黙っていると、お願いします、と少年は頭を下げた。

「僕は陸真のために何もしてやれないから、せめて足を引っ張りたくないんです。せっかく円華さんと二人で犯人を突き止めようとしているんだから、邪魔しないでやってください。お願いしますっ」

やや掠《かす》れ気味の声で懇願する純也の姿からは、友人に対する思いがひしひしと伝わってきた。まさに青春だな、と脇坂は場違いなことを考えた。

「条件がある」脇坂はいった。「今こうして君が俺に打ち明けたことを、陸真君たちには内緒にしておいてほしい。警察に見張られているかもしれないと知れば、計画を変更するかもしれないからね」

純也は少し考える顔になってから頷いた。「わかりました。いいません」

「よろしく頼むよ。もし彼等が警察の監視に気づいている素振りを示したなら、場合によっては行動を阻止することもあり得るからね。それから、何があったのか、後で必ず教えてくれること。いいかな？」

はい、と答える純也の目は少し血走っていた。

少年の顔を思い出しながら、どうしたものか、と脇坂は考えた。

本来ならば羽原円華や陸真から話を聞き、捜査は警察に任せ、危ないことは慎んでほしいと説得するところだ。そもそも闇カジノに出入りするのは違法だし、中学生を連れていくなど言語道断だ。

だが彼等がこれまでにやってきたことを引き継いだとして、自分たち警察に何ができるだろうか、とも思うのだった。闇カジノを摘発することに意味があるとは思えない。うまく陸真たちが追っている人間を見つけだせたならいいが、万一それができなければ、大きなチャンスを逃すことになる。

成り行きを見守ったほうがいいかもしれない――純也の話を聞いている途中から、脇坂はそう考え始めていた。闇カジノに潜入した陸真たちが、どんな情報を手に入れるか、それを見届けてから次の方針を決めればいい。

そこで問題になるのが、茂上にどう報告するかだった。陸真たちの企みを話すわけにはいかない。そしてスタンドプレーをするからには、津野知子から聞いたことも、今は黙っておいたほうがいいと判断した。月沢克司の死をT町事件と結びつけているのは、現時点では脇坂だけだからだ。

それにしてもあの話は本当なのだろうか。

ルーレットの数字を羽原円華が次々に予測したという話のことだ。信じがたいが、単なる作り話とも思えなかった。

今夜、彼女は何をするつもりなのか。あの不思議な女性ならば、常識では考えられない何事かを成し遂げそうな気もする。

その場に立ち会えないもどかしさを脇坂は感じていた。

21

間もなく午後九時になろうかという頃、インターホンのチャイムが鳴った。部屋にやってきたのは円華だった。昨夜のミニスカート姿ではなく、ノースリーブのカットソーにパンツという服装だ。化粧も、あまり派手ではない。

彼女は陸真の顔を見て、なるほどね、といってため息をついた。

「これでもがんばったつもりなんだけど……」陸真はテーブルの上に置いた鏡を見た。目元ばかりに色を塗りたくったせいで、タヌキのようになった顔が映っている。

化粧を始めたのは午後八時過ぎだ。例によってネットの動画を参考にしたが、どうしても同じようにはできなかった。簡単そうに見えても、やってみると仕上がりがまるで違うのだ。何度かやり直したが、失敗続きだ。焦ると余計にうまくいかなくなる。このままでは間に合わなくなると思い、円華にSOSを出したというわけだ。

「とりあえず、全部落としちゃって。化粧の落とし方はわかってるね?」

「それは大丈夫。何度もやったから」

クレンジングで落とし、洗面所で顔を洗ってから円華のところに戻った。結局、昨日と同じように彼女に化粧してもらうことになった。

「ところで今日、脇坂刑事が来た」

陸真の言葉に円華は手を止めた。「どんな用だった?」

「親父がT町事件の捜査に加わっていたことを知っているかって……」

陸真は脇坂とのやりとりを話し、その流れで克司の古いスマートフォンを渡したことも打ち明けた。

「プライバシーを探られるのは抵抗あるけど、捜査に協力するのが一番かなと思って……」陸真は語尾を濁した。

「いいんじゃないの、それは君の自由だから。それより、まさかカジノのことは話してないよね」

「当たり前だよ。それをしゃべってたら、今頃は警察に連れていかれてた」

そうだよね、と頷きながら円華は慣れた手つきで化粧を進めていく。その真剣な表情に、陸真は思わず見とれてしまう。

よし完成、といって円華は鏡を陸真のほうに向けた。そこに映っているのは、昨夜のリマにほかならなかった。自分の顔が土台になっているとは、とても思えなかった。

寝室に行き、服を着替えてウィッグも付けた。円華に見せると、いいね、と指でＯＫサインを作ってくれた。

「それから、例のものも準備しておいた」陸真は隠しカメラを内蔵した眼鏡を出した。すでに充電は終えてある。「どう？ カメラだとは絶対に気づかれないよね？」

「ちょっと見せてくれる？」円華は眼鏡を受け取ると自分でかけ、鏡を覗き込んだ。「うん、なかなかいいね」

「女の人がかけてても変じゃないと思う」

「そうだね。でもこれは陸真……じゃなくてリマちゃんが使ってちょうだい。あたしはルーレットの台からは離れられない。カジノに来る客全員の顔を撮影するには、自由に動ける人間が身に着けていたほうがいい」

できるよね、と問われ、うん、と陸真は力強く答えた。責任重大だが、やらなくてはならない。逃げ道はないのだ。

円華の運転するピンクのクーペで銀座に向かった。昨夜、このクルマで送ってもらったことを陸真は思い出した。考えてみれば円華はカクテルを飲んでいたから飲酒運転だったわけだが、誰も指摘しなかった。あまりにもいろいろなことがあり、それどころではなかったのだ。

しかし今夜は、さらに過激な状況に身を置かねばならないかもしれない。緊張でドレスからむき出しの肌に汗が滲《にじ》んだ。

銀座に着くと駐車場にクルマを止め、『ブルースター』に向かった。今夜、タケオはいない。円華と陸真の二人だけで来るように、とカジノの社長からいわれたからだ。体力のあるタケオが一緒だと何かと面倒だからだろう。心細いが指示に従うしかなかった。

今夜の約束の場所は『ブルースター』ではなく、ビルの裏だった。行ってみると昨夜と同じ黒いワゴンが路上に止まっていて、そばにスーツ姿の男が立っていた。陸真たちを拉致した男の一人だった。

男はワゴンのスライドドアを開け、乗るようにいった。後部シートには別の男がいて、スマートフォンを電源を切った上で没収された。外部との連絡を絶つだけでなく、位置情報が残るのも防ぐためだろう。さらに昨夜と同じように陸真たちは目隠しをされた。しかし両腕を縛られることはなかった。

そのままワゴンは動きだした。

どこをどう走っているのかわからぬまま、陸真はクルマに揺られた。やがて止まり、スライドドアの開く音が聞こえた。降りろ、と男の声がいったので、手探りでワゴンから出た。腕を摑まれ、前に進むように促されたので、逆らわずに歩きだす。昨夜とそっくりのシチュエーションだが、場所は違っていると感じた。

エレベータに乗ったのがわかった。上がっていって止まる感覚があり、降ろされた。そこでようやく目隠しが外された。

正面にドアがあり、その前にも男が立っていた。男はインカムを付けていて、マイクに向かって何かいった後、ドアを開けた。「入れ」

ドアの向こうは薄暗くて狭い廊下だった。正規の入り口ではなく従業員用の裏口だと思われた。

廊下の奥に、またドアがあった。前を歩いていた男が、そのドアを開けた。

男と円華に続いて中に足を踏み入れ、陸真は息を呑《の》んだ。広いホールにカジノ用のテーブルと椅子が並んでいた。いずれも磨き上げられていて、シャンデリアの光に照らされてぴかぴかに光っている。飾り付けも高級そうで、まるで映画の世界だった。

ひとりの男が近づいてきた。顔に笑みを浮かべている。

櫻井だった。『ブルースター』のフロア・マネージャーをしている男だ。彼がここの現場責任者だということは、社長から聞かされていた。

「こんばんは。昨夜はどうも。話は聞いているよ。今夜はよろしく」

「櫻井さん、大変ですね」円華がいった。「あっちの店もこっちの店も」

「フットワークのいいところだけが取り柄でね。さてお二人には、まず着替えてもらおうか。——おーい、誰かいないか」

ショートカットの女性がやってきて、陸真たちを小さな別室に案内してくれた。そこにはフィッティングルームが並んでいて、ディーラーの制服が用意してあった。白のブラウスと黒のスカート、黒のベスト、そして蝶《ちょう》ネクタイだ。貸してくれるのかと思ったら買い取りで、一式一万円だった。円華が払ってくれた。

フィッティングルームから出てきた円華は、首に黒いベルトのようなものを巻いていた。チョーカーというらしい。

ちょっとしたお守り、といって彼女は片目を閉じた。

着替えを済ませてホールに戻ると、櫻井がルーレットのそばに立っていた。

「ディーラーの経験は？」櫻井が円華に訊いた。

「ありませんけど、勉強してきました」

「結構。ではお手並み拝見といこうか。ここでは最大五人の客が賭けるから五色のチップを使う。私が一人五役を務めるとしよう」櫻井がテーブルについた。彼の前には赤、青、黒、黄、緑のチップが色ごとに重ねて並べられている。

「始めていいですか」円華が訊く。

「もちろん」

「では……プレイスユアベット。お好きなところに賭けてください」円華がルーレットを回した。

櫻井は手早くチップを置いていく。単独の数字に置いたり、エリアを指定したり、境界上に置いたりしている。途端にテーブル上がカラフルになった。

「スピニングアップ」円華がボールを投入した。

櫻井はボールの動きを少し見た後、さらにチップを置き始めた。間もなく、「ノーモアベット」と円華が声をかけた。締め切りの合図だ。

ルーレットの速度が緩やかになり、転がっていたボールの動きも小さくなった。やがてボールは『13』に落ちた。

円華がガラス製の小さな円柱を『13』の枠に置いた。そこに的中したという印だ。

さらに彼女はテーブル上に置かれた、外れのチップを次々に片付けていった。残ったのは、『13』を含むエリアに賭けられた青のチップだった。彼女は手元にある青のチップを何枚か出し、賭けられたチップの横に置いてからガラス製の円柱を取り除いた。

「悪くない」櫻井がいった。「初めてのわりには動きがスムーズで無駄がない。ところで一応訊くんだけど、今は意図的に『13』を狙ったのかな」

「もちろんそうです」

櫻井の眉がぴくりと動いた。「どうやった?」

「方向と力加減です」

「まさか」

「それ以外に何があるんですか?」

櫻井は顔をしかめ、親指で鼻先を弾《はじ》いた。

「もう一回やろう。次は『21』を狙ってくれ」

「わかりました。では、プレイスユアベット」

櫻井が再び色とりどりのチップを賭けていった。しばらくして円華がボールを投入、見事に『21』で止まった。それに応じて円華は外れたチップを排除し、的中させたチップには配当を置いていく。櫻井の頬が強張《こわば》っているのがわかった。

陸真は驚きつつ、その衝撃が少しずつ薄れているのを感じていた。円華と一緒にいると、何が不思議で何がそうでないのか、境界が曖昧になっていく気がする。

同様のリハーサルを数回繰り返した。陸真の見たかぎり円華はミスをしなかった。実際、櫻井から注意されることはなかった。だが彼の目つきが少しずつ鋭くなっていっているような気がした。平静を装っているが、頭の中は混乱しているはずだ。

いいだろう、と櫻井はいった。

「落ち着いたディーラーぶりだ。その様子なら客から苦情が出ることもないだろう」彼は上着の内側から何かを取り出し、円華のほうに差し出した。「これを付けてくれ」

イヤホンだった。彼女が耳に装着するのを見て、櫻井は左手の腕時計を口元に近づけ、「聞こえるか?」と小声で訊いた。

聞こえます、と円華は答えた。

よし、と櫻井は頷いた。

「こちらから特に指示を出さないかぎり、ふつうにボールを回してくれたらいい。もし指示が出たら、それに従ってくれ。何か質問は?」

「リマにもイヤホンを」円華が陸真を見た。

「彼女はディーラーはしないんだろ?」

「いざとなれば手伝ってもらうこともあるかもしれません」

「申し訳ないが、予備はない」

「だったら、これを」円華は自分の左耳に入っていたイヤホンを外し、陸真のほうに差し出してきた。「あたしは片方だけで十分だから」

いいんだろうか、と思いながら櫻井を見た。彼は、好きにしろとばかりに肩をすくめて腕時計を見ると、「間もなく開店時刻だ」といった。

陸真は円華の補助をしつつ、客たちの飲み物の世話をするように命じられた。ウェイターの真似事など、文化祭の模擬店でやって以来だ。いや、女性だからウェイトレスか。

カジノの開店時刻は午前一時だった。その時刻を過ぎた頃から、陸真たちが通ったのとは別の入り口から次々と客が入ってきた。客層は様々で、若い世代の姿もあった。ホステスと思われる女性を連れた男性客が多いが、暴力団関係者には見えなかった。

バカラやブラックジャックのテーブルは瞬く間に埋まり、ディーラーたちが精錬されたカードさばきをふるい始めた。

陸真は隙を見て、彼等の姿を眼鏡に仕込んだカメラで撮影した。隠し持ったリモコンでシャッターを操作するのだ。

ルーレットのテーブルに最初にやってきたのは、若い女性と中年男性のカップルだ。女性のほうは水色の露出度の高いワンピース姿だ。「ルーレット、やってみたーい」といいながら席についた。カジノに来るのは初めてなのかもしれない。

「難しいの?」女性が男性に訊いている。

「そんなことはない。テクニックなんかは殆ど関係なく、運次第だから簡単だ。好きなように賭ければいいんだ」男性が説明した。

そのカップルに誘発されたように、ほかに二組の男女もテーブルを囲んだ。

「皆様、こんばんは。では始めさせていただきます」円華がルーレットを回した。「プレイスユアベット、どうぞお好きなところにチップを置いてください」

客たちがチップを置き始めた。それを見ながら円華がボールを投入する。ボールの動きに客たちの視線が集中する。

やがてボールが止まった。先程のリハーサルと同様に円華はチップを処理していく。配当を得られた客もいたが、水色ワンピースの女性客のチップはすべて奪われたようだ。

「えー、なに？　全部外れちゃったわけ？　つまんなーい」

「運次第だといっただろ。そのうちにいいこともあるさ」

プレイスユアベット、といって円華がルーレットを回した。再び客たちがチップを置いていく。水色ワンピースの女性は、真剣な顔つきでいくつかの場所にチップを置いた。

その直後だった。

(円華さん、『15』に入れて）イヤホンから櫻井の声が聞こえてきた。

陸真は周りを見た。少し離れたところに櫻井が立っていて、こちらに顔を向けている。

『15』は、水色ワンピースの女性が単独で賭けた数字だった。的中すれば、配当倍率は三十六倍だ。

円華は表情を変えることなく、ボールを投入した。

客たちが見守る中、ボールは見事に『15』の枠に収まった。

きゃあ、と声を上げたのは、もちろん水色ワンピースの女性だ。驚きと歓《よろこ》びを顔に溢《あふ》れさせ、手を叩きながら跳ねた。

「すごーい、当たっちゃったあ。誕生日が一月五日だから『15』を選んだだけなのに」

「だから運次第だといっただろ。よかったじゃないか」彼女が上機嫌になったので、男性も安《あん》堵《ど》した顔をしている。

陸真は櫻井を見た。彼はスマートフォンを耳に当て、真剣な表情で何やら話していた。電話の相手は、あの社長ではないか。そんな気がした。

その後も櫻井から、時折円華に指示が出された。具体的に数字を指定されることもあれば、(単独で賭けられている数字には絶対に入れないように)と命じられることもあった。それらの指示を円華は間違いなく実行していった。

櫻井の指示が、客たちが時に大損しつつも、小さな配当が着実に得られることで気を取り直し、結果的にゲームを続けてしまうように誘導しているのは明らかだった。その証拠に客たちのチップは確実に減っているのだが、不機嫌になる者はいなかった。皆が気分よくルーレットを楽しんでいた。

華やかな雰囲気に陸真の心も浮き立った。客たちに飲み物を配る動きも軽やかになる。

「あら、その眼鏡、かわいい」女性客から声をかけられ、嬉《うれ》しくなった。

カクテルグラスをテーブルに置こうとしていたら、男性客から尻《しり》を触られることもあった。背筋がむずむずし、全身に鳥肌が立った。だが、ここは異世界なのだ、と割り切ることにした。

時間が経つにつれ、ゲームをする客たちの顔ぶれは次々に入れ替わる。中には主催者側が歓迎しないような客もいた。

午前二時過ぎに席についたインテリ風の男性客は、配当倍率が三倍の枠にしか賭けようとしなかった。しかもその賭け方には明らかに規則性があった。勝った時には次も同じ数だけチップを賭ける。負けるとチップの数を増やす。連敗した場合、前回と前々回を足した数だけ賭けている。当然のことながら勝ったり負けたりを繰り返しているのだが、そのやり方で確実にチップを増やしていた。

主催者側としては忌々しい存在といえた。地味な賭け方ではあるが、時間をかければ男の儲《もう》けは無視できない金額になる。

ひとりの女性客が新たに席についた。その顔を見て、陸真は息を呑んだ。赤木ダリアだった。今夜も体形のわかりにくい、ひらひらとした真っ黒のワンピース姿だった。主催者側の人間だと思っていたが、ゲームに参加することもあるらしい。

「相変わらず、いつもの手を使ってるわねえ」赤木がインテリにいった。どうやら顔見知りのようだ。

「いけませんか、マダム」インテリが返す。「ルーレットは確率のゲームです。勝てる確率の高い方法があるのなら、使わない手はないでしょう?」

必勝法というやつを駆使しているらしい。

「そんなんで楽しいのかしらね」赤木は首を振っている。ちらりと陸真の顔を見たような気がした。円華や陸真たちの仕事ぶりを確認するという目的もあるのだろう。

ボールが止まった。インテリのチップは外れだった。赤木がくすくす笑った。

「あら、また外れたわね。さっきからずっと外れてるけど大丈夫なの? 四連敗?」

「五連敗です。でも、この賭け方は、連敗が長いほど取り返した時の儲けも大きくてね」

インテリが腕時計に目をやった。引き際を考え始めたのかもしれない。彼の必勝法に従うなら、必ず勝って終わりにしなければならないが、負けが続いていた。ここでやめるわけにはいかないわけで、次に勝った時点で撤退しようと考えているに違いなかった。

プレイスユアベット、と円華の声が掛かった。インテリは『1st 12』という枠に多額のチップを置いた。『1』から『12』のどれかにボールが入れば勝ちだ。連敗が続いているので、これまでに負けた分を一気に取り返すにはそれだけのものが必要なのだ。彼の目は真剣だった。

(円華さん)櫻井の声が聞こえた。(『20』に入れて)

円華は顔色ひとつ変えずにボールを投入する。その動きから不自然さは微塵《みじん》も感じられない。彼女が意図的にボールを操っているとは、インテリは無論のこと、客の誰ひとりとして想像もしていないだろう。いや、赤木ダリアだけはわかっているか。

客たちが注視する中、ボールは次第に速度を緩めていく。それが『20』の枠に収まると、インテリの頬が明らかに引きつった。

「あらあ、六連敗……」赤木が口元に手をやった。「大丈夫?」

「さっきもいいましたが、どんなに連敗しようが一度勝てば取り返せます」

次の勝負で、インテリは手元にあったチップのすべてを『1st 12』に置いた。約三分の一の確率で勝つはずなのに、七回も続けて負けるはずがないと信じているのだろう。

(今度は『33』)櫻井の声がいった。

円華の投入したボールが『33』で止まると、インテリは青ざめた。まさかというように目を見開き、ルーレットを睨んでいる。

インテリは意を決したように両替を申し出た。カジノのチップをルーレット用のチップに交換するのだが、その金額は五十万円だった。これまでの負けを取り戻すには、それぐらいが必要だった。すでに百万円以上負けているのだ。

プレイスユアベットといって円華がルーレットを回すと、案の定、インテリは次の勝負に全額を賭けた。やはり『1st 12』だ。

櫻井はどうする気だろうか。陸真が見ると、櫻井がマイクを内蔵した腕時計に向かって指示を出すところだった。

円華がボールを投入した。インテリの目は血走っている。

だが間もなくその目にちらついていた炎は消えた。ボールが落ちたところは『0』だった。

もちろん櫻井の指示通りで、『1st 12』には当てはまらない。

インテリの負けは百五十万円を超えた。それを取り返そうと思ったら、次は八十万円ほどを賭ける必要がある。どうするのかと見ていたら、彼はかぶりを振りながらテーブルから離れた。どうやら今夜は諦めたようだ。

「必勝法破れたり、ね」赤木が意味ありげな視線を円華と陸真に送ってきた。

特殊な賭け方をする客は、その後も現れた。午前三時過ぎに席についたアロハ姿の男性は、インテリとは全く違う賭け方をする人物だった。ルーレットには三十七個の数字が並んでいるが、そのうちの二つを除き、残りすべてに賭けるというやり方だ。三十五個の数字にチップを一枚ずつ置けば、的中すれば三十六倍の配当があるのでトータルでチップ一枚分の勝ちだ。そして勝つ確率は三十七分の三十五だから九十五パーセント近い。

殆どすべての枠にチップを置かねばならないので、プレイスユアベットの声がかかると同時にアロハ男は動きだす。戦略を練ることなどナンセンスだといわんばかりに、円華がボールを投げ入れるところを見ようともせず、黙々とチップを置いていくのだ。

そのやり方を続け、九回連続でアロハ男は勝ちを収めていた。アロハ男のチップは一枚が一万円というレートだから、次に勝てば十万円の儲けが確定することになる。一区切りといえるから、そこまで達すれば抜ける可能性は大いにある。

円華がボールを手にした。すでにアロハ男はチップを置いている。空いているのは『0』と『1』だった。

（円華さん、『0』に）櫻井がいった。彼も、このあたりで負けさせたほうがいいと判断したようだ。

円華がボールを投げ入れた。

アロハ男は冷めた目でボールの動きを追っている。これまでに何連勝していようとも、ボールが彼が賭けた数字に入る確率は三十七分の三十五で変わらない。必ず勝つはずだという確信があるのだろう。

ボールが止まり始めた。別の枠に入りそうになり陸真は息を呑んだが、低い枠を乗り越え、その二つ隣の『0』に落ち着いた。

アロハ男が固まった。信じられないという目でボールを見つめている。

円華がチップの処理を終えるとアロハ男は両替を要求した。その額は、手持ちの十倍以上だった。

プレイスユアベットの声と共にアロハ男は動きだした。彼の賭け方に、ほかの客からどよめきが起きた。殆どの数字にチップを置くのはこれまで通りだが、何と十枚ずつだった。稼ぐ効率を一気に十倍に上げようということらしい。

彼がチップを置かなかったのは、先程と同じで『0』と『1』だった。作業を終え、今はじっと円華の手元を見つめている。

円華さん、と櫻井の声が聞こえた。(ダメ押しだ。『1』に入れて)

陸真は思わず吐息を漏らした。櫻井はアロハ男の息の根を止める気らしい。ここで負けたらどれぐらいの損失になるのか。計算するのが怖くなる。

「スピニングアップ」円華がボールを投入した。

その直後だった。アロハ男の右腕が伸び、『2』に置いてあったチップを『0』に、さらに『4』にあったチップを『1』にスライドさせた。ノーモアベットの声が掛かるまでなら変更は可能なのだ。

アロハ男は腕組みをし、円華を睨んでいる。その目が一瞬、自分のほうにも向けられたように陸真は感じた。

円華からノーモアベットの声が掛かった。客たちの目がボールの行方を追っている。

やられたな、と陸真はアロハ男を見つめながら思った。おそらく、この女性ディーラーは狙ったところにボールを落とせるのかもしれない、と気づいたのだ。だから円華がボールを投げてから、チップを移動させたわけだ。

櫻井を見ると意外にも口元を緩めていて、悔しがっているようには見えなかった。苦笑なのだと気づいた。アロハ男のほうが一枚上だったことを認めたのかもしれない。

ボールが止まりかけていた。ここまで円華は櫻井の指示を完璧にこなしてきた。今回も指示された通り、ボールは『1』の溝に入るだろう。今、『1』の枠にはアロハ男のチップが十枚も積まれている。当たれば三十六倍だ。

ボールは速度を緩めつつ、『0』の前を通りすぎた。そのまま『1』に入るのだろうと思われた。ところが勢いは止まらず、『1』の前も過ぎていった。さらに半周近く転がり、最終的に落ちたのは『2』のところだった。

円華がガラス製のマーカーを『2』のスペースに置いた。そこにチップは一枚もない。ノーモアベットの直前にアロハ男が『0』に移動させたからだ。

そのアロハ男が顔を上げた。「インチキだ」

チップを片付けていた円華が、「はあ？」といった。「何がですか？」

「いかさまだといってるんだ。仕掛けがあるだろ」

「仕掛け？　どんな？」

「台に仕掛けがある。――おい、君」アロハ男が陸真のほうを指差してきた。「さっきからそこで何をしている？　手に持っているものを見せてみろ」

「えっ……」

「さっきからずっと気になってたんだ。キーホルダーみたいなものを持っていて、しょっちゅういじってただろ？　台の仕掛けを操作するリモコンじゃないのか？」

驚いた。たしかに客たちを撮影するためにリモコンを操作していたが、そんなふうに疑われているとは夢にも思わなかった。

「そんなことしてません」陸真は細い声で答えた。

「だったら見せてみろ」

「おやめなさい」赤木がいった。「私は何年も通ってるけど、この店でいかさまが行われたことなんて一度もないわ」

「俺だって常連だ。だからわかる。今日は何だかおかしい。ここ一番って勝負をかけた連中が、ことごとく負けている」

「そういう夜だってあるわよ。勝ったり負けたりするのがギャンブル」

「俺は納得がいかない。とにかくそれを見せろ」

赤木はため息をつき、陸真のほうを向いた。

「仕方ないわね。じゃあ、見せてあげたら?」

陸真は当惑し、円華を見た。彼女が小さく頷いたので、持っていたリモコンをアロハ男に渡した。

「これは何のリモコンだ」アロハ男が訊いた。

「警備装置です」円華が答えた。「不審者を見つけたら、それを使って別室にいるスタッフに連絡するんです」

「信用できないな」

「だったら、何のリモコンだと?」

「それを今から確かめる」

アロハ男はルーレットのほうを向くとリモコンのボタンを押した。当然、何も変化はない。何度かボタンを押した後、アロハ男は舌打ちをした。

ふふん、と鼻で笑ったのは赤木だ。

「聞いたことがあるわ。ルーレットに磁石を仕込んであって、ボールを意中の数字に引き寄せる仕掛けがあるそうね？　ほかにはボールの中に振動する機械を埋め込んでおいて、主催者に都合が悪いところに入りそうになったら振動させて弾かせる、という仕掛けもあるとか。でも、どれもこれも動きが不自然だから、すぐにばれるという話だけど」

「どうかなさいましたか」ようやく櫻井がやってきた。

「何でもない」アロハ男は口元を歪め、リモコンを置いた。「今夜は引き上げる」

「さようでございますか。ありがとうございました」櫻井がアロハ男の後ろ姿に向かってお辞儀をした。その隙に陸真はリモコンを取り戻した。

それから後は、特段奇抜な賭け方をする客は現れず、櫻井から指示が出されることもなかった。

夜明け前の午前五時、すべての客を送り出した。

陸真たちが着替えを終えると櫻井が待ち受けていた。

「驚いた。あそこまで自在に狙ったところにボールを落とすなんてこと、まさか本当にできるとは思わなかった」

「雇って正解だったでしょ？」円華が鼻先をつんと上げた。

「せこい賭け方をする連中には、いいクスリになったんじゃないかな。どう賭けようと自由だが、あんな奴らに儲けさせていたら真似をする人間が増える。少し儲けたら引き上げる、なんてことを全員にやられたら、こっちは商売上がったりだ」

「お役に立てたのなら何よりです。社長さんによろしく」

「伝えておくよ。ところで――」櫻井は声を落として続けた。「アロハシャツの客が最後に賭けた時、俺は『1』に入れろといったのに、ボールは『2』に落ちた。結果的に正解だったわけだが、あれはわざとだったのか?」

「もちろんです」円華は頷いた。

「奴がチップを移動させるとわかったというのか?」

「そうです」

「どうして?」

「簡単なことです。それまで彼はあたしの動きなんか、まるで気にしていませんでした。ところが最後のゲームの時、チップを置いた後、あたしがボールを投げるのをじっと待っていました。おそらく十ゲーム目で自分が賭けていない『0』に入ったことで、突然疑ったんだと思います。もしかするとこの女ディーラーは狙ったところにボールを落とせるんじゃないかって。それならきっと、あたしがボール投入後にチップを移動させるだろうと予想したんです」

「なぜ『2』が空くとわかった?」

「移動させる前、『0』と『1』が空いていました。十枚重ねたチップを移動させるには、横にスライドさせるのが一番簡単です。だから『0』のところへは『2』のチップを移動させ、『1』のところには隣の『4』から移動させるだろうと予想しました」

櫻井がゆらゆらと顔を縦に揺らした。

「そういうことか。いや、見事だった」

「恐れ入ります」

「さっき社長とも話したが、驚いたといっておられた。君がよければ、また頼みたいとも」

「考えておきます」

「私個人も君には大いに関心がある。どうだろう。今度ゆっくりと食事でも?」櫻井が意味ありげな視線を円華に注いだ。その目からは単なる興味以外のものが感じられ、陸真は横で見ていて落ち着かなくなった。

だがきっぱりと拒否してほしいという陸真の願いに反し、「悪くないですね。それも考えておきます」と円華の反応は曖昧だ。

「その気になったら連絡してくれ」脈がありそうだと思ったか、櫻井は名刺を円華に渡した。さらに、「君も御苦労だった」といって陸真のほうを向いた。

「大したことはしてないですけど」

「マダムから聞いているよ。見事な化けっぷりだ。どんな花でも花が多いに越したことはないんだよ。だけどこの世界にはルールというものがあるんでね」櫻井が右手を出してきた。「その眼鏡は預からせてもらおうか」

ぎくりとした。「えっ、どうして……」

「客たち全員の顔が写ってるんだろ? そんな物騒なものを持ち出されるわけにはいかない。心配しなくても眼鏡は自宅に送り返す。さあ、早く」

円華を見ると、小さく首を縦に動かした。いわれた通りにしなさい、ということらしい。仕方なく、眼鏡を外し、櫻井に差し出した。

「お疲れ様」櫻井は満足そうにいった。

来た時と同様、目隠しをされて送られた。到着した先は、ワゴンに乗り込んだ場所だった。すでに周りは明るい。

円華の運転するクーペで送ってもらった。陸真は助手席で肩を落とした。

「ごめん。せっかく撮影したのに、俺がリモコンを見つかったせいで、何もかもが水の泡になっちゃった」

「陸真は何も悪くない。連中はプロだからね。素人が考えつくようなことはお見通しってこと。気にしないで」なぜか円華の口調は明るくて、軽い。計画が失敗したことで落ち込んでいないのか。

陸真が不思議に思っていることに気づいたか、ふふん、と彼女は鼻を鳴らして笑った。

「大丈夫。ばっちり撮ってあるから」そういって首に巻いたチョーカーを左手で指した。

えっ、と陸真は瞬きした。「それって、もしかして……」

「小型カメラが内蔵されてる。エクスチェッドたちの視点を調べるために開発したものをチョーカー型に改良したの」

「そんなものがあったんだ……」

「だったらあんな眼鏡は不要だった、とは思わないでね。今もいったけど、櫻井たちはあたしたちがカメラを持ち込むことは予想していたはず。だから囮《おとり》が必要だったの」

「俺の眼鏡カメラ、囮だったんだね」

「騙《だま》したみたいでごめん。でも、敵を欺くにはまず味方からっていうでしょ」

「わかってる。うまくいったんならよかった」

実際、心の底からほっとしていた。眼鏡を取り上げられた時には、すべてが無駄になったと思い、頭が真っ白になったのだ。

マンションの前でクーペは止まった。

円華は後部座席に置いてあったノートパソコンを膝《ひざ》に載せた。

「お父さんのノートを全部撮影してあるといってたよね。それをコピーさせて」

陸真はスマートフォンを操作し、円華に渡した。彼女は手早く機器を繋ぎ、データのコピーを行った。

「ありがと」円華はスマートフォンを返してきた。「午後、研究所に来てくれる？　カジノにいた客の映像と手配犯の顔写真を見比べて、君のお父さんが追っていたのが誰か、突き止めなきゃ」

「俺たちにできるかな」

「できるかな、じゃなくて、やるの」円華は、ぴしゃりといった。「そのために酔っ払いにお尻を触られても我慢したんでしょ」

うん、と陸真は頷いた。「そうだね」

「大丈夫。きっとできる。あたしたちには強い味方がいるし」

「味方？　誰？」

「来ればわかる」そういって円華は片目をつぶった。

脇坂が警察署に行くと特捜本部の雰囲気が変わっていた。捜査員たちの動きが慌ただしい。何らかの進展があったのだな、と感じ取った。

やがて、その内容が伝わってきた。殺害現場付近の防犯カメラに月沢克司らしき人物の姿が映っていた、というものだった。

間もなく開かれた捜査会議で、その映像が流された。場所は住宅地のようだ。半袖《はんそで》のポロシャツを着た男性が足早に歩いている。顔を見ると月沢克司に間違いなかった。

問題は月沢が手に持っているものだ。右手に提げているのは白いポリ袋だった。ゴミ袋だと思われた。

「撮影されたのは六月三十日の午前七時五十五分です」担当の男性捜査員が映像を指しながら説明した。「この地域ではゴミ集積所へのゴミ出しは午前八時までと決められています。つまり月沢克司さんは、どこかの集積所からこのゴミ袋を持ち出し、移動していたのではないかと考えられます」

「そのゴミ集積所は特定できているのか」ひな壇から高倉が訊《き》いた。

「まだです。半径二〇〇メートル以内に絞っても百箇所近くあり、おまけに住宅地なので防犯カメラも多くありません。現在、目撃証言を捜しているところです」

「月沢氏の行き先は？　それも不明か」

「残念ながら……。方向から推察して、多摩川のほうではないかと考えられますが、確証はありません」

「朝早くに起きて、他人のゴミ袋を持ち去る……か。その目的として考えられることはひとつだな」

「はいっ」申し訳なさそうに肩をすぼめていた担当者が、ほんの少し気合いの入った返事をした。「我々も、しょっちゅうやっていることです。特定の人物の生活実態を探ろうとしたのだと思われます。具体的に何を知りたかったのかまでは不明ですが」

「その人物とは誰か。その点について意見のある者はいるか?」高倉が場内を見回した。

はい、と手を挙げた者がいた。茂上だった。高倉が顎先《あごさき》で促す。

「これまでの捜査で、被害者の月沢克司氏が、逃走中の指名手配犯二名に、自分の口座へ金銭を振り込ませていたことが判明しています。見当たり捜査員時代の経験から、街中でたまたま発見した手配犯たちに接触し、見逃すことを条件に金銭を要求していたのではないか、と考えられています。しかし仮にそうした手配犯を見つけたとして、人違いの可能性もあるわけで、間違いなく手配犯本人であることを確認する必要があったはずです」

「つまり、今回もそうではないかといいたいわけだな。どこかで指名手配犯を見つけ、金銭を要求することを考えたが、その前に相手の身元を確認しようとした。そのためにゴミ袋を持ち去り、中のものを調べた、と」

「はい。その相手は、おそらく偽名を使って生活しているでしょうから」

「異論のある者はいるか?」

高倉の問いかけに反応する者はいなかった。

「よし。いずれにせよ、どこのゴミ集積所から持ち去ったものかを突き止めるのが先決だ。あとは不審人物の洗い出し。聞き込みの人数を増やして、現場周辺に偽名で生活している住民がいないか、片っ端から当たってみてくれ。怪しい者がいたら、指名手配犯のリストに似た人間がいないか確認する。以上だ」

指揮官からの指示に捜査員たちは力強く返事をした。

捜査会議が終わると、いつものように班に分かれての打ち合わせだ。だがそれを始める前に茂上が脇坂のところへやってきて、「御不満みたいだな」といった。

「茂上さんが手を挙げたので、あの話をしてくれるのかなと思ったんですけど」

「被害者の古いスマホに残ってた動画のことか？」

「ええ。あれは明らかに月沢氏のノートに貼ってあった『新島史郎』と同一人物です。どうせ現場周辺の聞き込みをさせるなら、捜査員たちにいって、あの顔に似た人間を捜させるべきだと思いませんか」

「同じことだ。そいつにしたって偽名で生活しているだろう。網には引っ掛かる。それにおまえの仮説が当たっているという保証はどこにもない。そうだろ？」

「それはそうですが……」

T町事件との関連については、まだほかの捜査員たちには隠しておくつもりらしい。おそらく高倉の指示なのだろうが、その狙いが脇坂にはわからなかった。

「ところで今日は、うちの班も現場での聞き込みに加わる。おまえはどうする？」茂上が尋ねてきた。「殺害現場付近で回収されたD資料の分析が終わり、二十人ほどの身元が判明している。昨日までと同様、そちらに当たってくれても構わない」

聞き込みに回ればチームで行動することになる。区域を割り当てる必要があるからだ。スタンドプレーを継続したい脇坂としては不便なわけで、茂上もそのことを配慮してくれたと解釈すべきだった。

「D資料を当たります」

「わかった。後ほど、リストをモバイルに送る」茂上は得心した顔でいった。

班ごとの打ち合わせが終わると脇坂は一人で警察署を出た。タクシーを拾い、最初に向かった先は岩本《いわもと》という七十八歳の男性宅だ。茂上から受け取ったリストには十九人の名前が並んでいるが、その中でも最年長だ。六十歳未満の人間は仕事で自宅にいない可能性が高いが、高齢者ならばその心配は少ない。しかも住所を見るかぎり一軒家らしく、本人は留守でも同居家族が在宅しているかもしれなかった。

この男性に最初に当たりたい理由がもう一つあった。D資料は煙草の吸い殻だが、それが殺害現場付近から十点も見つかっているのだ。しかも濡《ぬ》れ方などから、それぞれ日時が違うことが判明している。つまり男性は頻繁に多摩川を訪れ、そのたびに煙草を吸っていると思われる。滞在時間は不明だが、何かを目撃していることを期待できた。

脇坂はモバイルから顔を上げ、窓の外を眺めた。まだ午前中だというのに、強い日差しがアスファルトに反射して光っている。今日も暑くなりそうだ。いや、すでに三〇度近いかもしれない。

連中は、これからどうするつもりなのか――。

脇坂が思い浮かべたのは、月沢陸真と羽原円華の顔だ。ただし陸真の顔は、いつもとは違う。女装メイクを施した顔だ。ぱっと見ただけでは彼だとは気づかないだろう。それどころか何も知らされていなければ、そもそも男性だと思わなかったに違いない。

二人の姿を見たのは、昨夜の午後十一時頃だ。宮前純也から聞いた話を元に、銀座の『ブルースター』が入っているビルの裏を見張っていたら、怪しげなワゴンが道路脇に止まった。中から出てきた男も胡散臭《うさん》かった。やがてどこからか二人の女性が現れたが、その一方が円華だと気づいたので、もう一人は陸真らしいとわかったのだった。

二人を乗せたワゴンが動きだしたので、事前に確保しておいたタクシーで後を追った。幸い尾行には気づかれなかったらしく、途中でワゴンがトリッキーな動きを見せることはなかった。

到着した先は東麻布《ひがしあざぶ》だ。細い路地に止められたワゴンから陸真たちが降ろされるのを、脇坂は数十メートル離れた場所から確認した。すぐそばにビルが建っていて、二人はその裏に連れ込まれていった。おそらく裏口があるのだろう。

ワゴンがどこかへ去ってから、脇坂はビルに近づいた。一階がドラッグストアになっているが、ほかの階にどんなテナントが入っているのかは、どこにも表示されていなかった。建物を見上げると窓が並んでいるが、光の漏れているところはない。

エレベータに乗り、すべての階を調べるという手はある。ふつう、闇カジノが開催されているフロアには止まらない。止めるには何らかの認証が必要なのだ。

だが脇坂は、そこまでは立ち入らないことにした。カジノの関係者は、常に防犯カメラで周囲の様子をチェックしているはずだ。不審な動きを見せる者がいたら、警察ではないかと警戒するだろう。そうなって立場が悪くなるのは陸真と羽原円華だ。彼等が警察に密告したと疑われるおそれは十分にあった。

三十分ほど見張っていたが、二人がビルから出てくる気配はなかった。どうやら無事に闇カジノに潜入できたようだ。違法行為を知っていながら放置するのは抵抗があったが、陸真たちの邪魔をするのはそれ以上に気が咎《とが》めた。トラブルに巻き込まれないことだけを祈り、その場を離れた。

あとで宮前純也に連絡してみよう、と思った。陸真たちの邪魔はしない代わりに、何があったのかを教えてほしい、といってある。

そんなことを考えているうちに目的地に到着した。脇坂はタクシーを降りるなり、車外の暑さにげんなりして上着を脱いだ。

岩本という男性の家は二階建ての日本家屋だった。長男家族と同居で、本人だけが在宅していた。脇坂はこぢんまりとした居間に通され、痩《や》せた体格の岩本老人と向き合った。岩本は突然訪ねてきた刑事に対し、不快感を示したりせず、冷えた麦茶を出してくれたりして、むしろ歓迎する態度を示した。退屈していて話し相手がほしかったのかもしれない。

「知ってますよ、あの事件でしょう?」受け取った脇坂の名刺をしげしげと眺めながら老人は首を縦に動かした。「多摩川で男性の遺体が見つかったというやつだ。あれ、まだ犯人がわからんのですか」

捜査中です、と脇坂は短く流した。

「本日お邪魔したのは岩本さんにお尋ねしたいことがあるんです。失礼ですが岩本さんは、日頃よく多摩川の川縁《かわべり》におられるようですね」

「ほう、よく御存じですな」

「時々お見かけする、という話を聞きましてね。川縁で煙草を吸っておられるとか」

「ははあ、ヤマダさんでしょう？　あの方とは、よく会いますから」

「多摩川には散歩か何かで？」

「私自身はウォーキングのつもりですが、傍目《はため》には散歩にしか見えんでしょうな」岩本はテーブルの上に置いてあった煙草の箱とライター、そして灰皿を引き寄せた。箱から一本を引き抜いてくわえ、火をつけてから深々と吸った。うまそうな顔をして、ふうーっと煙を吐き出す。

「時間帯は？」

「朝の八時頃に家を出ます。近所を適当にぐるりと回った後、多摩川で一服するのが習慣でね。ははは、ウォーキングといいながら、煙草とライターを持参しているわけだから、身体にいいんだか悪いんだかわかりませんな」老人は黄色い歯を剝《む》き出して笑った。

ついでに携帯用灰皿も持っていったらどうだ、と嫌味をいいたい気分になった。毎日のように吸い殻をポイ捨てしているから、こうして刑事が訪ねてきたのだとは夢にも思っていないだろう。

それにしても、出かけていたのはやはり朝だったか、と落胆せざるをえない。事件に関するものを目撃している見込みはなさそうだ。

「多摩川の近くで、最近何か変わったことはありませんでしたか。怪しい人物を見かけたとか、不審物が置いてあったとか」あまり期待せずに尋ねた。

「そんなことはしょっちゅうですよ。何しろ、いろいろな人間がやってきますからな。この前なんか、ホームレスが寝ていると思ったら、酔っ払った会社員だった。どうしてまた、あんなところで寝ちまったのかね。不審物といやあ、ゴミの不法投棄も多い。スーツケースが捨ててあったこともあったな」

老人は熱心に話してくれるが、いずれもあまり有益とは思えない情報だ。そろそろ切り上げたほうがいいかなと脇坂が考え始めた時、ああそうだ、と岩本が手を叩《たた》いた。

「ゴミで思い出した。ゴミ袋を漁《あさ》っている男がいましたね。先月の末頃だったかな」

「ゴミ袋を?」

「明らかにどこかの集積所から持ってきたゴミ袋の中を探ってるもんだから、何やってるんだって声をかけたんですよ。ゴミはきちんと決められたところに捨てなきゃいかん、とね。そうしたらその男、捨てちゃいかんものを間違って捨ててしまったから、集積所に持っていく前に取り出してたんだというんです。どれだと訊いたら、これだといって、小さいプラスチックの丸いメダルみたいなものを見せました。子供の玩具《おもちゃ》だけど、女房が間違って捨ててしまったんだと」

「メダルみたいなもの?　大きさは?」

これぐらいだったかな、といって岩本は親指と人差し指で輪を作った。

「その後、男は急いでゴミ袋の口を閉じて、きちんと捨てますから御心配なくとかいってどこかに消えたんですけど、あれ、本当に捨てたのかな」そういってから岩本は灰皿の上で煙草を弾《はじ》き、灰を落とした。

「あの、そのメダルみたいなものについて、もう少し詳しく教えてもらいたいんですが。どんな色でしたか」

岩本は顔をしかめた。「いやあ、そういわれても、ちらっと見ただけだしなあ……」

「ちょっと待ってください」脇坂はスマートフォンを出し、画像検索をかけた。間もなく表示された画像の一つを岩本に見せた。「こういうものではありませんでしたか？」

岩本は首を伸ばし、老眼らしく目を細めて画面を覗《のぞ》き込んだ後、ああ、と口を半開きにして頷《うなず》いた。

「そうですよ。そんな感じのものでした。色は少し違っていたように思いますが」

「先月末だとおっしゃいましたよね。何日だったか、御記憶にないですか」

「さあ、いつだったかなあ」老人は腕組みし、首を捻《ひね》った。

六月三十日のはずだ、と脇坂は確信していた。ゴミ袋を漁っていた男は、月沢克司に違いない。

手元のスマートフォンを見た。画面に表示されているのは、カジノのチップだった。

23

午後二時ちょうどに陸真が駅に行くと、改札口のそばに純也の姿があった。Tシャツにデイパックという、いつものスタイルだ。誰かと電話中で、スマートフォンを耳に当てている。だが陸真に気づいたらしく、小さく手を挙げてきた。陸真も応じながら近づいていった。

「じゃあ、後で連絡します」そういって純也は電話を終え、スマートフォンを短パンのポケットに入れた。言葉遣いから、相手は目上の人間だと察しがついた。

「誰？」

「塾の先生。喉《のど》が痛いから休むっていっておいた」

「それ、大丈夫なのか？ お母さんとかにバレない？」

「平気だよ。先生が家に問い合わせたりしないから」

「それならいいけど……」陸真は答えつつ、本当にいいんだろうか、と不安になる。自分のせいで友達が受験に失敗したらと思うと気が気でない。もちろん純也が一緒にいてくれれば心強いのは確かなのだが。

今朝は午前十一時に目を覚ました。スマートフォンのアラームをセットしていなければ、起きられなかっただろう。何しろベッドに入ったのは、午前七時近くになってからだ。化粧を落とすのに手間取ったのだ。

すぐに純也に電話をかけ、無事に闇カジノでのミッションを終えたことを報告した。しかし詳しいことは話していない。午後に円華と会うことを聞き、自分も行くと純也がいいだしたからだ。

電車はすいていたので並んで座った。陸真は昨夜の出来事をかいつまんで説明した。円華が実際に狙ったところへボールを落としていった時の驚きを表現するのは難しかった。とにかくびっくりした、としかいえなかった。

「現場責任者の櫻井さんっていう人も最初は驚いてたけど、だんだん慣れていったらしくて、この機会にセコい賭《か》け方をする常連客をこらしめてやろうって感じで、円華さんにいろいろと指示を出してた。それをまた次々にやり遂げちゃうんだもんな。しかも最後なんかは客の裏まてかいちゃったんだ」

アロハ男がチップを動かした時の顚末《てんまつ》を聞き、純也は目を丸くした。

「そんなことまで？　あの人は一体何者なんだ」

「俺、やっと気がついた。あの人もあれだったんだ」

「あれって？」

「エクスチェッド――天才児だよ。だからあの研究所にいるんだ。もしかしたらエクスチェッドの第一号なのかもしれない」

「だけどエクスチェッドは、特殊な才能を持っている代わりに、何らかの障害を抱えているんだろう？　でも円華さんは、そんなふうには見えない。どこからどう見ても、健康で奇麗な女性だ」

「そう見えてるだけなんじゃないか」

「えー、そうかなあ。まあ、ふつうの人ではなさそうだってことは認めるけどさ。ところで闇カジノの客って、何人ぐらいいた？」

「数えてないけど、いろいろなテーブルがあったから、百人ぐらいはいたかもしれない」

「それを全部撮影したわけ？」

「そのはずだけど」

「で、その中に親父さんが追っかけてた男がいる?」

「さあ、それはわからない」陸真は首を傾げる。「常連客が全員来てたわけではないだろうからね。空振りの可能性だって大いにあると思う」

「その場合はどうする? もう一度、闇カジノに乗り込むわけ?」

「円華さんはそのつもりみたいだけど、問題は撮影できるかどうか……。あのカメラはもう使えないしな」

次も同じことをして、もしばれたらつまみ出されるだろう。それだけでなく、痛い目に遭わされるかもしれない。

数理学研究所に行くとロビーで円華が待っていて、「昨夜はお疲れ様。よく眠れた?」と尋ねてきた。爆睡した、と陸真が答えると、だろうね、と笑った。

彼女に案内されたのは、最初に連れてこられた会議室だ。陸真は中に入ってみて、はっとした。永江多貴子と照菜がいたからだ。

「二人にも画像を見てもらうことにしたの」円華がいった。「カジノの客の中から指名手配犯を見つけるには、なるべく多くの人間で見たほうがいいだろうと思って」

陸真は無言で曖昧《あいまい》に頷く。今朝、別れ際に円華がいった「強い味方」とは、このことだったのか。

会議室の机には二台の大型液晶モニターが載っていた。円華が慣れた手つきでパソコンのキーボードを操作すると、左側のモニターに顔写真がずらりと並んだ。克司の指名手配犯ノートに貼ってあったものだ。

「まだ逮捕されていない犯人の顔写真だけを切り取って並べてある。逮捕済みや解決済みのものは除いた」

円華はさらにキーボードを操作した。今度は右のモニターで動画再生のソフトが立ち上がった。カジノの光景が映し出されている。最初の画面は客たちが入ってくるところだ。

「さて、じゃあ始めましょう。やることは単純。動画に映っている客たちの中に指名手配犯がいないかどうかを確認するの。気がついたら声を掛けて」

スタートといって円華がリターンキーを叩くと、右のモニターで動画が再生を始めた。画面の中にある映像の舞台は、ほんの十二時間ほど前まで陸真がいた場所だった。

「すっげえ豪華。外国みたいだ」純也が嘆息した。中学生の目には、色鮮やかなゲームテーブルの間を派手な装いに身を包んだ男女が移動しているだけで、別世界に見えているはずだった。

円華が動画を一時停止させた。

「ここにいる男性だけど、この顔写真と似てないかな?」

彼女が右のモニターで指したのは、バカラをしている中年の男だ。その顔が、左のモニターで真ん中あたりに並んでいる顔写真に似ていないかというのだった。

陸真は両方を見比べた。たしかに似ている。しかし同一人物とまでは断言できない。そういうと、「僕も同感」と純也が同意した。「その程度に似ている人なんて、世の中にはいっぱいいるように思う」

「照菜ちゃんはどう?」円華は少女に尋ねた。

照菜は母親を見て、手を小さく動かした。それだけで多貴子は娘の意図を汲《く》み取ったらしく、頷いてから円華のほうを向いた。

「全然似ていない、といっています」

そうか、と円華は吐息をついた。

「照菜ちゃんがそういうのなら、そうなんだろうね」停止させていた動画を改めて再スタートさせた。

陸真は合点した。やはり「強い味方」とは照菜のことだった。彼女は円周率の途中であっても、数字の違っている部分を一目見ただけで見つけられるそうだ。顔の造作も、彼女にとっては数字の並びと似たようなものなのかもしれない。

照菜の顔をじっと見つめていると、「どうかした?」と円華が訊いてきた。

「すごいなと思ったんだ。一度見たものを決して忘れないって、どんな仕組みなんだろうって不思議になる。でも考えてみれば、親父もそんな才能を持っていた。だから見当たり捜査員としても優秀だった。そう考えると、照菜ちゃんは親父の血をしっかりと継いでいると思う。俺なんか、大したものは何にも受け継いでないっていうのに……」

円華がげんなりしたように手を横に振った。「こんな時に、つまらないことでいじけないで」

「いや、いじけてるんじゃなくて、照菜ちゃんがいてよかったと思ってるんだ。親父を殺したやつを突き止めようっていうのに、俺が何の役にも立ってないからさ」

「そういうのをいじけるっていうんでしょ」

すると照菜が多貴子に向かい、何やら手で合図を示した。

「照菜は陸真さんのことをすごいといっています」多貴子がいった。「ひとりぼっちになったのに、負けないでがんばってるのはすごいって。だから手伝いたいんだって」

その言葉を聞いて陸真は、ずしんと重たいものが胃袋に落ちたような衝撃を受けた。そんなふうに思っていることなど想像もしていなかった。

「今の聞いた？　がんばれよ、兄ちゃん」そういって円華がぽーんと陸真の背中を叩いてきた。

陸真は首をすくめ、黙って頷くしかなかった。

そんなふうにしてカジノに来ていた客一人一人の顔をチェックしていった。すると見ようによっては指名手配犯の顔写真と似ている者も少なからずいて、円華だけでなく陸真や多貴子も指摘した。だがそのたびに、ことごとく照菜から全然違うと却下されるのだった。遠慮がちではあるが、その身振りは断定的だった。

やがて映像は終わった。

「残念ながら空振りだったみたいだね」円華が腕組みをしていった。「仕方がない。もう一度行ってくるしかないか」

陸真は目を見張った。「またカジノでディーラーを？」

「社長に頼めば何とかなるんじゃないかな。でも、陸真はもう来なくていいよ。あたし一人で行ってくる」

「どうして？　円華さんが行くなら、俺も行くよ」

「中学生にそう何度も危ないことをさせられない」

「撮影はどうするの？　次は見つかっちゃうかもしれない」

「小細工は禁物だろうね。だから正直に話して頼むしかない。外には絶対に出さないから撮らせてほしいって」

「認めてくれるかな」

「わからないけど、ほかに方法がない」円華はスマートフォンを手にした。

「あの人に頼む気？　櫻井さんに」

「そうなると思う。それしかないからね」

「よくないよ」陸真は、円華の手首を摑《つか》んだ。「あの人、円華さんに下心を持ってる」

えっ、と声をあげたのは純也だ。「下心って……」

「わかってる。だからこそ、こっちの頼みを聞いてくれる可能性があるんじゃない。手を離してちょうだい。——離せといってるでしょっ」

円華に素早く動かれ、陸真は手を離してしまった。

「あの人には頼らないで。俺、円華さんのことが心配なんだ」

陸真の言葉に、険しかった円華の表情が和んだ。

「ありがとう。でも大丈夫。そんなに迂闊《うかつ》じゃないから」

「だけど……」

あの、と純也が手を挙げた。「ちょっといい？」

陸真は円華と共に友人の顔を見た。

「この中に、例の写真はないけど、いいの？」純也は左側のモニターを指した。

「例の写真って？」陸真が訊いた。

「あれだよ。親父さんが気にしてたっていう不気味な顔写真。新島史郎……だっけ」

「あの事件は解決済みで、新島は死んじゃってるよ。カジノにいるわけがない」

「そうかもしれないけど、念のために確かめたらどうかな。照菜ちゃんに見てもらうとか」なぜか純也は耳を赤くしていった。

「わかった。そんなにいうのなら見てもらおう」

陸真はスマートフォンを操作し、『新島史郎』のデータを表示させ、顔写真を照菜のほうに向けた。

「この顔の人物、カジノ客の中にいたかな？」

照菜はおそるおそるといった様子で画面を覗き込んだ。すると彼女の視線が一瞬揺れたが、すぐに曖昧な表情になった。それをどう解釈すればいいのか陸真にはわからなかった。

「どうなの？　いるの？　それともいないの？　はっきり答えてくれないかな」

陸真、と円華が窘《たしな》めてきた。「急《せ》かしちゃだめ」

「あ……ごめん」

多貴子が照菜と何やらやりとりした後、陸真のほうに顔を向けてきた。

「はっきりしないといっています。自信がないみたいです」

「でも、それらしき人物はいるんだね？　どの客？」

だが照菜は俯《うつむ》いたままだ。確信がないことは答えられない、といわんばかりだ。

「あれを見せたらどうだろ？」純也がいった。「ほら、親父さんの古いスマホに残されていた動画。あれ、たぶん新島史郎だといってたじゃん」

同じことを陸真も考えていたところだった。すぐにスマートフォンで動画を再生させ、照菜の前に差し出した。

彼女が反応を示すのは早かった。大きく目を見開いたかと思うと両手で口元を覆い、懸命に多貴子に目で何かを訴え始めた。

「えっ？　何？　いるのね？　わかった。どの人？　陸真さんに教えてあげて」多貴子が抑えた口調で娘にいって聞かせた。

円華がキーボードを操作した。右のモニターで動画の再生が始まった。

しばらくすると照菜が画面を指差した。円華は動画を一時停止させた。

「えっ、この人？　この人で間違いないわけ？」

円華が念押しした。その気持ちは陸真にもわかった。照菜が指したのは、思いがけない人物だったからだ。

「まさか……これが、あの写真の人物……」陸真は瞬《まばた》きした。

そこに映っているのはルーレットに興じていた老美魔女――赤木ダリアの顔だった。


二台の液晶モニターのそれぞれに顔のパーツが並んでいた。円華はキーボードを操作し、それらの一つ一つを拡大したり、位置を変えたりした。一方は克司の古いスマートフォンに残っていた動画から切り取った謎の男のものであり、もう一方はカジノで隠し撮りした赤木ダリアのものだ。

「数値解析してもらった結果、目の形はほぼ一致、両目と口の位置関係も一致、耳の形状も一致していることがわかった。頬骨《ほおぼね》の高さと顎の幅には違いがある。ただし美容整形による修正が可能な範囲。結論からいうと、同一人物と考えて間違いないと思う」そういって円華が皆を見回した。

「驚いたな。あの人が男だったなんて……」陸真は率直な思いを口にした。「俺の女装なんか、見抜けて当然だ」

「それはたしかに驚きだけど、もっと重大なことがある」円華がいった。「指名手配犯ノートに貼ってあった『新島史郎』が赤木だったとしたら、海に落ちて死んだといわれている人物は誰だったわけ？　別人のことを警察が『新島史郎』だと人違いした？　そんなこと、あり得るかな」

「そっちが人違いでないのなら、写真の人物を『新島史郎』と断定したのが間違いってことになる」

「そう。いずれにせよ、警察は大きな間違いをしでかした。しかもそのことが隠蔽《いんぺい》されている。そうでなきゃ、この状況は説明できない。で、おそらく陸真のお父さんは、そのことを知っていたんだと思う。本物の新島史郎は死んでいるけれど、『新島史郎』の写真の人物は生きているって。だから街中でたまたま見かけた時、すぐに気づいた。たとえ犯人が美容整形を受けて、老婦人に化けていたんだとしても」円華はモニターに映っている赤木の顔を指差した。

「親父は赤木の正体を突き止めようとしていたのかな」

「そうだと思う」

「するとそのことに気づいた赤木が逆に親父を……」

殺した、という直接的な言葉を使うことを陸真は躊躇《ためら》った。

「それを考える前にはっきりさせておきたいことがある。——純也」円華は立ち上がり、小太りの少年を見下ろした。「さっき君はどうして、『新島史郎』の写真を照菜ちゃんに見せようといいだしたわけ？　解決済みの事件の犯人で、すでに死んでるって陸真がいってるのに、念のために、といって粘った。今から思うと、まるでこの答えを知っていたみたいに感じるんだけど」

「あっ、そんな……」純也は顔の前で手を横に振った。「そんなことないよ」だがその声は弱々しい。

「とぼけてもだめ。あたしの目はごまかせないよ。カジノ客の動画を見ている間も、純也だけは手配犯と似ている人間を発見しなかった。できなかったんじゃなくて、見つけようとしなかった。なぜか？　最初から『新島史郎』の写真が鍵《かぎ》だとわかっていたから。そうだよね？」

純也は答えず、金魚のように口をパクパクさせている。その耳は真っ赤だ。

「そうなのか？」陸真は友人を見つめた。「本当のことをいってくれ、純也」

「た……たしかめてくれって……そういわれたんだ」純也の口から言葉が漏れた。「カジノの客に、あの写真……『新島史郎』に似た男がいないかどうか、確かめてくれって」

「誰から？」

「だから、あの刑事さんに……脇坂刑事に……」

「どうして脇坂刑事に？」

「仕方がなかったんだ」純也は顔を歪《ゆが》めた。

タクシーに乗り込む時には、まだ空は明るかったはずだが、ふと気づくと窓の外には夕闇が広がり始めていた。これからどんな夜が始まるのか、脇坂にはまるで予想がつかず、右手が膝《ひざ》頭《がしら》を叩くのを止められなかった。

宮前純也から電話がかかってきたのは四十分ほど前だ。少年はいきなり、ばれちゃいました、といった。何が、と脇坂が訊くと、ちょっと待ってください、といって誰かに電話を替わる気配があった。間もなく聞き覚えのある声が、羽原です、と名乗った。勝ち気そうな顔が瞼《まぶた》に浮かんだ。

「純也君から聞きました。彼を脅して、一種のスパイ行為を強要したみたいですね」

「強要？　それは人聞きが悪い。交換条件でした。しかも彼のほうから持ちかけてきたんです。情報提供をするから、陸真君や君の邪魔をしないでほしいと」

「そのように仕向けたんでしょう？『ブルースター』のコースターに気づいていながらその場では何もいわず、後から純也君一人を問い詰めるなんて、ずいぶんと陰険なやり方だと思いませんか？」

「こっちはこっちなりに気を遣ったつもりなんですけどね」

「見解の相違というわけですか。まあいいでしょう。ところであたしたちが闇カジノに行ったことを知っているのは、今のところ脇坂さんだけだと考えていいんですか？」

「そうです。上に報告していたら、今頃は大騒ぎになっている」

「だったら、まだ話し合う余地があるように思います。いかがでしょうか。お互いの情報を交換し、今後の対応策を考えませんか？」

「話し合うのは大いに結構です」

「では今すぐにこちらに来てください。数理学研究所にてお待ちしております」

「ちょっと待ってください。今すぐといわれても――」だが相手は脇坂の言葉を聞かず、そのまま電話を切ってしまったのだった。

脇坂は困惑しつつ、高倉はもちろん茂上にも何もいわず、特捜本部を離れた。元より、ほかに選択肢はなかった。何か訊かれたら、補足の聞き込みだ、とでもいってごまかすつもりだった。

岩本老人が多摩川の川縁で出会った男は、やはり月沢克司だった。月沢の顔写真を岩本に見せたところ、この男だと思うと断言したのだ。

貴重な情報だが、脇坂は上に報告していない。それをするには、月沢とカジノのチップの関連について説明する必要があるからだ。闇カジノが絡んでいて、一般人である羽原円華や月沢陸真が密《ひそ》かに乗り込んでいったことを隠す以上、チップについても知らなかったことにしなければならない。

では次にどうするべきか。脇坂は宮前純也からの情報次第だと考えていた。羽原円華と陸真がカジノで何か摑んできて、それに基づいて何らかの行動を起こす気なら、その内容によっては上司たちに報告するのもやむなし、と腹をくくっていた。

羽原円華たちのカジノでの首尾はどうだったのか。彼等は一体何をするつもりなのか。夜が更けて周囲が暗くなるのと同じように、先行きについても視界は不透明になる一方で、これから何が起きるのか脇坂にはまるで予想がつかなかった。

やがてタクシーが目的地に到着した。薄闇の中に建つ灰色の数理学研究所には不気味なオーラが漂っているようだった。

正面玄関から中に入ると羽原円華が待っていた。彼女は脇坂の背後を見て、「お一人ですね?」と尋ねてきた。

「もちろんです。どうして?」

「もしかしたらお仲間を連れてこられるかもしれないと思ったんです。その場合は、お引き取り願うつもりでした」

「見損なわないでください。ここへ来ることは誰にもいってません」

「そうだろうと思いましたけれど、念のためです」

どうぞ、といって羽原円華は先に歩き始めた。

案内されたところは、前にも来たことのある会議室で、陸真や宮前純也のほか、永江多貴子と照菜の姿もあった。机の上には大型ディスプレイが二台も並んでいる。動画や静止画を映しながら、あれこれと議論を交わしていたようだ。

陸真と目が合った。前に会った時よりも大人びて見えた。

「闇カジノで収穫は得られたのかな?」

脇坂の問いかけに陸真は伺いを立てるように羽原円華を見た。彼女が頷くと、陸真は呼吸で胸を上下させてから口を開いた。「親父が追っていた人物が見つかりました」

陸真はカジノでの映像をモニターに再生させ、説明を始めた。脇坂は驚いた。『新島史郎』の写真の人物だったのは予想通りだが、女に化けていたというのは意外だった。

「その人物の正体はわかってるのか？　本名は何という？」

「それはまだです」

「『ブルースター』のオーナーだとわかっているので、何とかなります」羽原円華が自信のある口調でいった。「夜の世界にコネクションを持っている知り合いもいますから」

脇坂は勝ち気そうな目を見返した。「そういうやり方は、あまりお勧めできないな」

「なぜですか」

「危険が伴うからです。闇カジノの一件もそうだが、あなたは無謀すぎる。ここから先は我々に任せてもらえませんか」

「任せる？　どのように？」

「簡単なことです。その赤木とかいう人物がいる時に闇カジノを摘発します。その場にいる全員を拘束できるので、赤木についても徹底的に取り調べができる」

「闇カジノがどこにあるか、御存じなんですか」

脇坂は少し間を置いた後、「把握しています」と答えた。

羽原円華の表情が、途端に冷徹なものに変わった。彼女は純也を一瞥《いちべつ》した後、脇坂に冷たい視線を注いできた。「昨夜、あたしたちを尾行したんですね？」

「あなた方の邪魔はしない、という純也君との約束は守りました」

「カジノの主催者たちが尾行に気づいていたら、あたしたちが警察にリークしたと疑ったでしょう。そんなことになっていたら、それこそ危険でした」

「最大限の注意は払いました。だから気づかれなかった」

「結果論です。先程あなたはあたしのことを無謀だといいましたけど、その言葉をそっくりお返しします」そういって羽原円華は、ぷいと横を向いた。

かんに障ったが、脇坂は反論できなかった。彼女の言い分には一理ある。

「わかりました。若干軽率な行動であったことは認めましょう。謝れというのなら謝ります。しかし結果的に闇カジノの場所を突き止められました。この収穫を生かさない手はありません」

羽原円華は顔を戻し、脇坂を睨《にら》みつけてきた。

「カジノの摘発には断固反対します。もしどうしてもやるというのなら、その前に主催者に連絡し、会場を撤収するようにいいます」

脇坂は唖然《あぜん》とし、彼女の顔を見返した。

「そんなことをしたら、あなたも罪に問われます」

「どうぞ。卑怯《ひきよう》者になるぐらいなら、そっちのほうがましです」

「なぜそんなに闇カジノを庇《かば》うんですか」

「あたしは陸真のお父さんを殺した人間を突き止めたいだけで、ほかの人間を巻き込みたくはないんです。カジノの人たちは手を貸してくれました。裏切るわけにはいきません」

脇坂は腕を大きく横に振った。

「そんな気遣いは無用です。奴らのやっていることは違法行為なんだから」

すると羽原円華は、ふんと冷笑を浮かべた。

「賭博《とばく》罪なんて、国の御都合主義だけで成立している罪状にすぎません。競輪や競馬などの公営ギャンブルや実質上は金銭を賭けているパチンコはＯＫで、それ以外の賭け事は禁止なんておかしいと思いませんか」

「闇賭博は反社会的勢力の資金源になるおそれがあるからです」

「そう、所詮《しょせん》はお金の話。公営ギャンブルは国にお金が入ってくる。闇カジノはそうじゃない。だから禁止。お金の行き先が反社会的勢力だから、なんていうのは詭弁《きべん》。結局のところ、ギャンブルを運営する権利を国家で支配したいだけのこと。本当に国民の幸福を願うなら、全部禁止にするべきです。射幸心を煽《あお》り、夢中になった人々が人生を棒に振る危険性を孕《はら》んでいるという点では、公営ギャンブルも闇カジノも同じなんだから。でも政権者たちにそんな発想はないでしょう。この問題に関して、国民のことなんかは露程も考えていないんです」羽原円華は陸真たちのほうを見た。「少年たち、よく覚えておきなさい。法律は国家にとって都合のいいように作られている。国民なんて二の次だし、ましてや正義なんてものは無関係。昨日までは無罪だったものが、ある日突然有罪になる。そんなものに振り回されちゃだめ。何が正しいかは、自分で考えなきゃいけない。わかった？」

あまりの剣幕に中学生たちは目を白黒させつつも頷いている。

というわけで、といって羽原円華は脇坂のほうに顔を戻した。

「あのカジノを摘発したいのならどうぞ。だけどそれは別の機会にしてください」

脇坂は深々とため息をついた。

「ではどうするというんですか。あなたのプランを聞かせてください」

「その前にこちらから質問があります。なぜ『新島史郎』の顔写真の人物が、カジノにいると思ったのですか？　T町一家三人強盗殺人事件と今回の事件には、どんな繋がりがあるんですか？」

真正面から見つめてくる羽原円華の目に脇坂は気圧《けお》された。捜査情報を一般人に明かすことに躊躇いを覚えつつ、この期に及んでそんな杓子《しゃくし》定規な言い訳が通用するわけがない、と自分にいい聞かせてもいた。

25

夜の駅には思ったよりもたくさんの人がいて、次々に改札口をくぐっていった。開明大学の学生だろうと思われた。夏休み中でもサークルなどで大学に来ていたのかもしれない。多くの者はこのまま真っ直ぐに帰宅するのだろうが、羽目を外しに行く者も少なくないはずだ。昼間はキャンパスライフを楽しみ、夜は繁華街に繰り出す——数年後には友人たちの殆《ほと》んどがそんな大学生になっているに違いなかった。たぶん自分には縁のない世界だろうけれど、と陸真はぼんやりと思った。

「だから、陸真のところには行ってないっていってるだろ。……ちょっと都合が悪いみたいで。……わかんないよ。……これから帰る。……何も食べてない。……うん、わかった」そばで電話をかけていた純也が、スマートフォンをポケットにしまった。「お待たせ」

「塾をサボったこと、バレてなかった?」

「大丈夫だよ。それより、陸真のことを心配してた」

「そうか……」陸真は鼻の下を擦《こす》った。

研究所に脇坂がやってきて、あれこれ議論になったが、結論はなかなか出なかった。気づくと窓の外はすっかり夜だ。そのことに気づいた円華が、純也に帰宅するよう命じたのだった。

「今夜は帰らなくてもいいんだ」純也は抵抗した。「陸真のところに泊まるかもっていってあるから」

だが円華は、帰りなさい、といい放った。

「これからどうなるかわからない。何をするにしても、純也は関わらせない」

「どうして? 仲間外れにしないでよ」

「してないから、今ここにいるんでしょ。でも、ここまで。この先は各自が行動に責任を負わなきゃいけない。純也に、そんなことはさせられない」

「責任負うよ、僕だって」

「わかんない子だね。邪魔だといってるの」

さっさと帰りなさい、と円華にドアを指差され、純也は泣きだしそうな顔になった。いい返すこともできず、のろのろと立ち上がった。あまりにかわいそうだったので、陸真が駅まで見送ることにしたのだった。

「陸真、僕、役に立ってないのかな」改札口に向かう前に純也がいった。「脇坂刑事に利用されただけで……」

「そんなことないって。脇坂刑事と取り引きしたのは、俺や円華さんのことを考えてくれたからだろ？　いい判断だったと思う。むしろ、役立たずは俺だよ。何にも貢献してない。照菜ちゃんがあんなに活躍してるっていうのにさ。円華さんは、俺のことこそ邪魔だと思ってるんじゃないかな。当事者だからそうはいわないだけでさ」

純也は眉間《みけん》に皺《しわ》を寄せ、頭を掻《か》いた。「邪魔ってことはないと思うけど……」

「何の取り柄もない中学生なんて、いてもいなくても同じなのは確かだ」

そうかなあ、と純也は首を捻る。「それでもやっぱり、何かできることはあるんじゃないの？」

「あるかもしれないけど、俺でなきゃだめってことはない。代わりなんていくらでもいる。機械の部品と同じだ」

「えっ？」

純也は釈然としない顔で首を傾げた後、じっと見つめてきた。「いないと思う」

「陸真の代わりなんていないと思う。少なくとも、僕にとってはそうだ」

意表を突く言葉だった。陸真は返答に窮した。どんな顔をしていいのかもわからない。

「じゃあ、行くよ。がんばって」純也がにっこりと笑った。

陸真は、うん、と頷き、改札口に向かって歩いていく友人を見送った。

数理学研究所に戻り、会議室に行ってみると、脇坂が一人で弁当を食べていた。陸真を見て、おかえり、と刑事は割り箸《ばし》を手にしたままいった。

「羽原さんが食事を用意してくれた。君の分もあるよ」

机の端に、四角い弁当の容器とお茶のペットボトルが置いてあった。陸真は椅子に腰を下ろし、容器を開けた。豪華な洋食弁当だった。ハンバーグだけでも嬉しいのに、海老《えび》フライまでついている。ありがたかった。今日は寝起きにカップラーメンを食べたきりだった。

陸真は割り箸を袋から出してから、「円華さんは？」と訊いた。

さあね、と脇坂はいった。「少し考えさせてくれといって、どこかへ消えた」

「これからどうするか、意見はまとまったんですか？」

「まだだ。だから俺も動けないでいる。彼女が何をする気なのかわからないままじゃ、ここから立ち去るわけにはいかない」

「カジノの摘発はどうなったんですか」

「それも保留だが、今夜すぐにというのは難しいだろう。何しろ君たちがしていることについて、俺は上に殆ど報告していないからな」

「それは純也と約束したからですか」

「それもあるけど、俺のほうにもいろいろと事情があってね。組織の中にありながら、スタンドプレーを要求されることもあるんだよ」脇坂は言葉を濁している。迂闊には話せないことなのだろう。

陸真は弁当を食べ始めた。白い米飯は少し冷めてはいたが、美味《おい》しかった。だがその手を止めると脇坂を見た。

「あの男……赤木が親父を殺したんでしょうか」

脇坂は小さく唸《うな》った。「断言はできないけど、その可能性が一番高いだろうな」

「せっかく指名手配から逃げられてたのに、親父に見つかったから？」

「そうだ。君が教えてくれたことだが、親父さんは長年、T町事件の犯人だという『新島史郎』の写真が引っ掛かっていた。新島史郎本人が死亡しているにもかかわらず、こだわっていた。写真の人物は新島史郎とは別人ではないかと考えていたからだ。いや、確信していたというべきかな」

「別人……」

「そしてついにモーターショーで警備をしている最中に、真犯人を発見した。女性に化けていたけれど、克司さんは見破った。そこで急遽《きゆうきよ》仕事を早退し、尾行することにした。やがて住処《すみか》を突き止めたんじゃないだろうか。だが克司さんとしては、男がT町事件の犯人だという確証がほしかった。そのために住処を見張った。虫眼鏡を持ち歩いていたのも、『新島史郎』の画像や動画と見比べるためだったんじゃないかな。やがて女性に化けた男がゴミ袋を出した。克司さんはそれを持ち去り、中を調べた。まずは男の変装だという証拠がほしかったからだ。するると意外なことに闇カジノのチップが出てきた。克司さんは、T町事件の被害者が闇カジノの常連客だったことを思い出し、女装男が真犯人だという自分の推理に自信を深めた――」そこまで一気にしゃべった後、脇坂は間を取るようにペットボトルの茶を口に含んだ。「それから克司さんがどんな行動に出たのかは全くわからない。『ブルースター』に現れたということは、ゴミ袋から赤木の名刺か何かを見つけたのかもしれないな。克司さんの過去の行為を振り返れば、赤木に近づき、口止め料を要求したことも考えられる。逆に私利私欲は捨て、出頭するようにいったかもしれない。いずれにせよ赤木が素直に要求に従っていれば、克司さんが死ぬことはなかったんじゃないかと思う」

「赤木は要求に従うことより、親父を殺すほうを選んだってわけですね」

「そういうことになる」

陸真は呼吸が荒くなるのを、口を開け、胸を上下させて対応した。脇坂の話には説得力があった。十分に筋が通っている。

「やっぱり、親父は金目当てで赤木に近づいたんですよね。正義のためだったら、警察に通報すればいいわけだから」

「そうともいいきれない。単に通報しても無駄だと思ったのかもしれない。T町事件は解決済みだ。今さら真犯人は別にいるといっても、取り合ってもらえない可能性は高い」

これまた妥当性のある回答だった。脇坂なりに、すでにいくつかの疑問を抱き、答えを見つけだしているのだろう。

陸真は箸を動かし、料理を口に運んだ。味わう余裕はなかった。とりとめのない考えが、行き場を失って脳内を漂っている。

ふと箸を止めた。大事なことを確かめるのを忘れていた。脇坂さん、と呼びかけた。

「それで、あの……親父の目は正しかった、赤木こそがT町事件の犯人だったってことは証明されるんでしょうか」

食べ終えた弁当を片付けていた脇坂の顔つきが険しくなった。目を閉じて大きく深呼吸をすると、陸真のほうに身体を向けてきた。

「そのことを誰がどうやって立証するか、それがおそらく最も高いハードルだろう」

「どういうことですか？」

「人は誰も自らの過ちを認めたくない。それは警察でも同じことだ」

「警察でもって……」

刑事の言葉に陸真が戸惑っていると、ドアが開いて円華が入ってきた。手に一枚の紙を持っている。つかつかと脇坂に近づき、はいこれ、と無愛想にいってテーブルに置いた。

脇坂が紙に目を落とし、怪訝《けげん》そうに眉根《まゆね》を寄せた。「何ですか、これは？」

「赤木の正体。変装していた男の本名と住所。カジノの顧客リストに基づいているから、間違いないと思います。ただしかなり昔のものだから、おそらく実際の住所は違っているだろうとのことです」

さらりと答えた円華の言葉に陸真は仰天した。立ち上がり、駆け寄っていた。

脇坂は紙を手に取り、険しい目で見つめてからテーブルに戻した。陸真も見下ろした。そこには、『赤木貞昭』という氏名が記されていた。住所は神奈川県藤沢《ふじさわ》になっているが、そんなところから夜な夜な通っているとは思えない。

アカギサダアキ、と脇坂が呟《つぶや》いた。「どうしてこれを？」

「あたしの知り合いが、『ブルースター』のことを教えてくれた人物から聞き出してくれたんです。教えてくれなければ、カジノが摘発されるおそれがあるといって」そういって円華は陸真を見て、口元を緩めた。

石黒のことだ、とすぐにわかった。知り合いというのはタケオだろう。

脇坂は苦々しい顔になった。「なぜそんな勝手なことを……」

「勝手？　あたしは自分の判断で行動したまでです。どうしてあなたの許可を得る必要があるんですか？」

「捜査協力をお願いしたはずです」

「協力はしています。それとも邪魔をしたとでも？」

「その情報提供者は信用できるんですか？　本人に知らせて逃走を促すようなことはありませんか」

「信用できるとはいえませんけど、本人に知らせることはありえません。何しろ、端《はな》から関わり合いになるのを拒んでいましたから」

脇坂は苛立《いらだ》ったように頭を掻いた後、改めて紙を手にした。「この赤木貞昭なる人物について、何かわかっていることはあるんですか？」

「情報提供者自身はよく知らないそうです。人から聞いた話によれば、『ブルースター』以外にも、飲食店から風俗まで手広くやってる実業家らしいとのことです」

「通称は赤木ダリア……でしたっけ」

「店やカジノでは、マダムと呼ばれていましたけどね。さて脇坂刑事、どうします？」円華が訊いた。「赤木貞昭が犯人だと決まったわけではないんですけど」

脇坂は低く唸った後、内ポケットからモバイルを出してきた。スマートフォンとは少し外観が違う。

アカギサダアキ、と脇坂はモバイルに向かっていった。さらに住所も読み上げた。間もなく何かが画面に表示されたようだ。

「それは警察用の端末ですか?」円華が訊いた。

「そんなところです。——運転免許証の住所は藤沢のままですね。住民票は移していないらしい。年齢は……今年四十八歳か。意外と若いな。大昔に交通違反をしているだけで逮捕歴はなし……と」

横で聞いていて陸真は驚いた。住所と名前だけで、即座にそこまでわかるらしい。

脇坂はモバイルをしまった。

「とりあえず、赤木の居場所を突き止める必要があります。すべてはそれからです」

「居場所……となれば、一番手っ取り早い方法はひとつですね」

「カジノは今夜も開帳されますか」

「そのはずです」円華が目を輝かせた。「赤木貞昭も現れると思います。カジノから出てくるのを待ち、跡をつけましょう。そのつもりで目立たないクルマを調達してあります」

だが脇坂は渋面を作った。

「いや羽原さん、ここは俺に任せていただけませんか。人数が多いと目立つし、何より一般人を巻き込みたくはありません」

円華は目を見張り、脇坂ににじり寄った。

「ここまで情報を出させておいて、お留守番をしていろと? 脇坂刑事、それはいくら何でも虫が良すぎるんじゃないですか」

「そういうことではなく、何かあった時の用心です」

「御心配なく。どんなことが起きようとも、警察に責任を取ってもらおうとは思いません。覚悟はできています」

　脇坂はゆらゆらと頭を振った。「参ったな」

「参る必要はないでしょう。そんなに心配なら、表向きは別行動ということでも構いません。たまたま行き先が同じだったということにしておけば、何かアクシデントがあった時でも脇坂刑事の責任は問われないのでは？」

「そういう問題じゃありません」強い口調でいい、脇坂は唇を嚙《か》んだ。きつく目を閉じてしばらく黙り込んだ後、唇と共に瞼を開いた。「わかりました。あなたはいいでしょう。でも陸真君は連れていけない」

　えっ、と陸真は声を漏らした。「どうして？　俺、当事者です。一緒に行きます。いいよね、円華さん」

　だが円華は同意してくれなかった。陸真のほうを向くと、ふっと息を吐いた。

「気持ちはわかるけど、ここは脇坂刑事の折衷案を受け入れよう。君はここまで。今日は帰りなさい。成果は明日、教えてあげる」

「そんな……」

「我慢してくれ」脇坂が懇願するような目を向けてきた。「我々の推理通りなら、相手は危険な人間だ。君のお父さんを殺したかもしれない」

　陸真は刑事の顔を見つめ返した。だから一緒に行きたいんじゃないか、といいたかった。だがその思いは伝わらなかったらしく、わかってくれるね、といって脇坂は肩に手をのせてきた。

　その手を払いのけたかったが堪《こら》えた。自分は何の取り柄もない役立たずの中学生なのだ。

はい、と小さく答えていた。

26

意識が覚醒《かくせい》したのを感じてから、ゆっくりと瞼を開いた。周囲は薄暗いが、窓から入る弱々しい光のおかげで手元が見えないほどではない。傍らに置いたスマートフォンを手に取り、時刻を確認した。間もなくアラームをセットした午後十一時三十分になるところだった。アラームが鳴るより少し前に仮眠から目を覚ますのは特技の一つだ。

脇坂が横になっているのは遊戯室と呼ばれる部屋だった。数理学研究所の研究対象になっている子供たちが使っているらしい。眠る前に見回したところ、精緻《せいち》な絵が飾られていたり、意味不明の数式がホワイトボードに記されたりしていた。羽原円華によれば、エクスチェッドと呼ばれる特殊な才能を持った子供による作品だとのことだった。

「人々はＡＩの活用に夢中ですけど、もう少し生きた人間の脳にも関心を持てばいいと思うんですけどね」羽原円華は冷めた顔でいったが、脇坂にしてみればＡＩにしろエクスチェッドにしろ、自分とは縁遠い世界の話としか思えなかった。

上体を起こし、首を回した。遊戯用クッションマットのおかげで身体が痛くない。

どこかでスイッチ音がし、天井の明かりが点《とも》った。見回すと入り口に羽原円華が立っていた。

「お目覚めでした?」小首を傾げ、尋ねてきた。

「ちょうど起きたところです。すっきりしました」

「御希望とあればシャワーを浴びられますけど」

「いや、結構。さっぱりしすぎるとまた眠くなりそうだ」脇坂は立ち上がり、傍らに置いてあった上着とネクタイ、そして鞄《かばん》を手に持った。「いつ、出かけますか?」

「あたしはいつでも。クルマの準備は整っています」

「カジノが開くのは午前一時でしたね。では、そろそろ用意をしましょうか」

「わかりました。ロビーで待っていてください。すぐに行きます」

羽原円華が去った後、脇坂は明かりを消して遊戯室を出た。廊下を歩いてロビーに向かう途中、研究員と思われる男性とすれ違った。こんな時間でも仕事をしているらしい。

ロビーに着いてからスマートフォンやモバイルをチェックした。どこからも急な連絡は入っていないし、捜査状況に変化もないようだ。

仮眠前、茂上に電話をかけた。夕方に警察署を出たきりで、そのまま何の連絡もしていなかったからだ。

「全く参っちゃいましたよ。怪しい男のことを思い出したからすぐに来てほしいっていうから、晩飯の途中だったけれど、急いで駆けつけたんです。電話では説明しにくいっていうし」

「それで、話は聞けたのか?」茂上は興味がなさそうだった。脇坂の口ぶりから、話のオチに見当がついたからだろう。

「とりあえずはね。たしかに怪しい男の話でした。深夜に多摩川の川縁で大きな箱を台車で運んでたっていうんですからね。箱の中身は死体だったかもしれない、という空想も悪くありません。でもそれが先月の初めだっていうんじゃ話にならない。事件が起きるより一か月も前だ」

　ははは、と乾いた笑い声がスマートフォンから聞こえてきた。「それは無駄足だったな」

「そんなわけで、思わぬ時間の浪費をしちゃいました。今日は、このまま帰宅します」

「わかった。明日は通常通りに特捜本部に集合だ」

「了解です。お疲れ様でした」

　茂上に怪しんでいる様子はなかった。脇坂は後ろめたさを感じつつ、こうするしかないと自分を納得させた。今さら説明のしようがない。ここまで来たからには、自分だけで何とかするしかないと腹をくくっていた。

　羽原円華が姿を見せた。黒の半袖パーカーに黒いパンツ、おまけに黒いキャップを被《かぶ》っていた。

「黒ずくめですね」

「少しでも闇に溶け込めればと思って」そういって笑った。唇から覗いた歯は真っ白だ。

　駐車場に止めてあったのは白い軽ワゴンだった。これなら路上駐車していても目立たないだろう。運転は俺が、といって脇坂は羽原円華からキーを受け取った。

「彼は何といっていましたか？」走りだして間もなく、脇坂は訊いた。

「彼って？」

「陸真君です。帰る時、見送りに行ったでしょ？　何か話したんじゃないんですか」

　ああ、と羽原円華は声を漏らした。「特に何も」

「何も？　彼は悔しがってませんでしたか」

「さあ、どうでしょう。よろしくとだけいっていました」

「よろしく……そうですか」

意外だった。父親の死の真相を知りたいからこそ、女装までしたのではなかったのか。

強引に帰した自分のことを恨んでいるのではないかと思っていただけに、脇坂としては拍子抜けする気分だった。

軽ワゴンの走りは悪くなかった。夜中で高速道路がすいていたこともあり、予想よりも早くに目的地の近くまで辿《たど》り着いた。午前一時まで三十分近くある。

あのビルです、といって脇坂は数十メートル先の建物を指した。

「あなた方は裏口から入ったようですが、客たちの出入口は正面にあります。ただし、通常はエレベータの止まらないフロアでしょう。それが何階かは不明です」

「四階です」

羽原円華があっさりと答えたので脇坂は驚いた。「目隠しされていたんでしょう?」

「見えなくても自分の身体の移動距離ぐらいはわかります」

「移動距離……」

エレベータに乗っているのだから横の移動はない。つまり上下にどれだけ動いたかがわかるということか。自分にできるかどうかを考え、すぐに無理だと結論づけた。この女性は特別なのだ。

「ここは地名でいえば東麻布のようですね」スマートフォンを見ながら羽原円華がいった。

「そうです。麻布十番《じゅうばん》や六本木からも近い。遅くまで飲んでいた客が気分転換に遊びに来るのにちょうどいい距離です」

「あたしはこんな場所でルーレットのディーラーをしていたんですね。今夜来るお客さんたちは、少しは勝たせてもらえるといいんだけど」羽原円華は少し楽しそうだ、昨夜のことを思い出しているのか。

「それについて教えてほしいことがあります」脇坂は躊躇いつついった。「いや、その、捜査には全然関係ないんですが」

「何でしょうか」

「トリックのことです。一体どうやったんですか。ルーレットの数字を的中させたり、狙ったところにボールを落としたりできるなんて、不思議としかいいようがない」

羽原円華はつまらなそうに横を向いた。「そのことですか」

「いろいろと考えてみたんですが、全くわかりません。教えてください。どうやったら、そんなことができるんですか」

「あなたがいった通りですね」

「えっ?」

「捜査には全然関係がない」

「あっ……まあ、そうですが……」頭に手をやった。

「脇坂刑事、磁石がなぜ鉄にくっつくか説明できます?」

「磁石?」

「S極とN極を近づければ引き合います。でもS同士やN同士だと離れようとします。なぜでしょうか？」

「なぜって、磁石というのはそういうものだから……じゃだめか」

羽原円華は笑みを浮かべ、ふふんと鼻を鳴らした。

「だめじゃありません。それでいいと思います。磁石が鉄にくっつくことに疑問を感じる人はあまりいません。それと同じスタンスでいいんです。この世界にはルーレットの数字をいい当てられる人間がいる。狙った数字にボールを落とすこともできる。理由は不明だけれど、そういう人間は存在する。それでいいじゃないですか。なぜだめなんですか？」

脇坂は瞬きし、羽原円華の小さな顔を見返した。

「じゃあ、トリックなんかではないと？」

「だからそれを考える必要はありません。すべての出来事を自分の理解できる範囲に収めてしまおうとするのは強引だし、傲慢《ごうまん》です。そんな狭小な世界観から解き放たれた時、人間は初めて次のステージに一歩を踏みだせるんです」

「次の……」

たとえば、と羽原円華は人差し指を立てた。

「ルーレットのディーラーをしたのが、あたしじゃなくロボットだったとします。ＡＩによってコントロールされたロボットです。そのロボットが数字を的中させたり、自在にボールを操ったりしたとします。それでも脇坂さんは質問するでしょうか？　このＡＩはどんな仕組みになっているのか、と」

「それは……しないでしょうね。教えてもらっても、たぶん理解できないだろうから」

「そう、ＡＩはすごい。何が何だかわからないけど、とにかくすごい。だからできる――それでおしまい。何の疑問も持たない。違いますか？」

「違いません。その通りだ」

「だったら、同じことが人間にできたからといって驚いてはいけません。人間は、もっと人間の可能性を信じるべきです。ＡＩごときを相手に卑屈になってどうするんですか」

「はあ、そうですか……」

自分よりも若い女性の論法に脇坂は手も足も出なかった。この女性にはどうやらおそろしく高い見識があるらしい、ということだけはよくわかった。

「脇坂刑事、あれを」羽原円華が前方を見ていった。

ビルの前に止められたタクシーから二人の男女が出てきて、中に入っていった。どちらも派手な身なりをしていた。カジノの客とみて間違いないだろう。

まるでそれが合図であったかのように、次から次へと怪しげな人々がやってきて、ビルの中へと消えていった。今宵《こよい》も闇カジノは盛況のようだ。

「主役の登場です」羽原円華がいった。

タクシーからひとりの人物が降りたところだった。ゆったりとした黒いワンピース姿で、長く伸ばした髪が背中に達している。体形のわかりにくい服を着るのは女装だとばれないためか。

「あれが赤木貞昭ですか」

「はい」

「なるほど……」

彼女に同行してもらってよかったと脇坂は思った。自分ひとりだったら気づけなかったかもしれない。

赤木貞昭は周囲をさっと見回した後、ビルの中へと消えていった。

脇坂は腕時計を見た。

「時刻は午前一時三十五分……か。どれぐらい遊ぶ気かな」

「昨日は二時間程度でした。今夜もそれぐらいかもしれませんね」

「だったら後ろのシートに移動しましょう。運転席と助手席に人がいたら、周りから目立ってしまう」

「あたしは少し散歩してきます。あのビルの周りも見ておきたいので」

「カジノの連中に見つからないよう気をつけてください。あなたは顔を知られている」

「ええ、わかっています」

脇坂は一旦《いったん》外に出ると、反対側に回ってスライドドアを開け、後部座席に乗り込んだ。

羽原円華がビルに向かって歩いていくのを後ろから見送った。チラシのようなものが舞っている。台風が近づいているとかで少し風があるが、今夜も外は蒸し暑い。軽ワゴンとはいえ電気自動車なので、停車中でもエアコンを効かせられるのはありがたかった。

約三十分後に戻ってきた羽原円華はコンビニのレジ袋を提げていた。クルマに乗ってから、「長い夜になりそうだから」といって袋の中のものを出した。缶コーヒーやサンドウィッチなどだ。いただきます、といって脇坂はコーヒーに手を伸ばした。

「あたしから質問が一つあるんですけど」

「何でしょうか」

「脇坂刑事は、なぜ単独捜査をしているんですか」

飲みかけていた缶コーヒーでむせそうになった。手の甲で口元をぬぐい、羽原円華を見返した。「どうしてそんなことを？」

「もしかするとあたしと同じ考えをお持ちなのかもしれない、と思ったからです」

脇坂は顎を引き、身構えた。

「俺がどんな考えを持っていると？」

すると羽原円華は頬を少し緩めつつ、目に冷徹な光を帯びさせ、徐《おもむろ》に唇を開いた。

「今回の事件には警察の闇が関わっている——そうですよね？」

脇坂は首筋が一瞬冷たくなるのを感じた。

「闇……ですか」

「その表現が大げさだというなら、汚点、とでもいい直しましょうか。いずれにせよ大っぴらにできない何かです。巨大な組織は、できればそれを隠し通したままで今回の事件を終結させようとしている。でもどんな組織にも空気を読まない異端児がいて、真相を知りたいという好奇心を抑えきれず、突っ走ってしまう」羽原円華は人差し指の先を脇坂の胸に向けてきた。

「好奇心というのが不本意なら正義感といってもいいですけど」

脇坂は苦笑した。「好奇心で結構です」

「あたしの想像、外れてはいないみたいですね」

「遠からず、というところです。T町事件の顚末について疑問を持っていて、それが今回の事件に関係していると睨んでいます。でも汚点と表現すべきことなのかどうかまではわかっていません」

「汚点でなければ隠そうとはしないと思うんですけどね」羽原円華は含み笑いをした。

「俺のほうからも質問していいですか」

「どうぞ。内容によってはお答えできないかもしれませんが」

「あなたこそ、なぜ自分の力で真相を突き止めようとするんですか。最初から警察を疑っていたわけではないでしょう?」

「単なる好奇心……じゃだめですか」

「だめですね」脇坂は大きく首を左右に動かした。「中学生に女装させ、闇カジノに乗り込んでいるんです。好奇心だけで納得しろというのは無理です」

「そうか……そうでしょうね」羽原円華は諦《あきら》めたように、ふっと息を漏らした。「うまくいえないんですけど、あの二人——陸真君と照菜ちゃんに、お父さんの本当の姿を見せてやりたいから、というところでしょうか」

「どういうことですか。本当の姿って」

羽原円華は前を見つめたまま、ぴんと背筋を伸ばした。真意を語る覚悟をしたように見えた。

「警察の捜査が進めば、いろいろなことが明らかになっていくでしょう。犯人の正体や犯行動機なんかもね。でもきっと公表されるのは事件に直接関わる無機質で表面的なことばかりで、月沢克司という人がどんなことを考えながら生きていて、何を望んでいたのかということはわからないままだろうと思ったんです。だからあたしが警察の代わりにそういうことを調べ、二人に示してやろうと考えました。父親のことがよくわからないままでは、母親の違う二人が心を通わせるのは難しいでしょうから」

脇坂は羽原円華の整った横顔を見つめた。彼女の回答は思いがけないものだった。

「でも、あまりいい結果にはならないかもしれませんよ」脇坂はいった。「月沢克司氏の目的はやはり金銭目当てだった、という可能性も否定できないわけで……」

「そうですね。でもそれならそれで仕方がありません。悲しみや怒りを共有することにも意味があります」落ち着いた口調は、彼女の揺らぎない信念を感じさせた。

やはりこの女性の見識は自分の想像以上に高そうだ、と脇坂は思った。

それからしばらくして、脇坂刑事、と羽原円華が呼びかけてきた。「出てきました」

背もたれに体重を預けていた脇坂は、急いで身を乗り出した。たしかに黒いワンピース姿の赤木がビルの外に立っている。間もなく、そばの路上に止まっていたタクシーが動きだし、赤木の横についた。事前に呼んであったようだ。

赤木が乗り込むとタクシーは走りだし、こちらに向かってきた。脇坂はスマートフォンを取り出してカメラモードにすると、タクシーが軽ワゴンの横をすり抜ける間に何度かシャッターを押した。

羽原円華がスライドドアを開けようとしたが、待ってください、と制した。「まだタクシーがそこにいる。降りるところを見られたくありません」

「でも早くしないと見失ってしまいます」

「大丈夫」

タクシーが走り去ったのを確認し、「前に移りましょう」と脇坂はいった。

だが運転席に座ってもすぐにはクルマを発進させず、脇坂はスマートフォンの画面を見ながらモバイルを操作した。

「何をしているんですか?」羽原円華が急かしてくる。「早く尾行しないと」

「タクシーのナンバーがわかっているので急ぐ必要はありません。警察では都内を走るすべてのタクシーの位置情報を捕捉しています」脇坂はモバイルの画面を示した。地図と当該タクシーの現在地が表示されている。

羽原円華が目を見開いた。「そのモバイル、譲っていただけます?」

「残念ながら貸与品なので無理です」

行きましょう、といって脇坂はクルマを出した。

ハンドルを操作しながらモバイルのモニターを横目で見た。タクシーは芝公園《しばこうえん》から高速道路に乗るようだ。場所を変えて別の店で飲み直すことはないと考えていいだろう。

「方向から察すると多摩川に向かっていますね」羽原円華がいった。「月沢克司さんが殺害された現場付近じゃないでしょうか」

「その可能性は高いです。赤木の自宅も、あの周辺にあると考えられますから」

「表の顔は実業家。夜な夜な女装のままで闇カジノ通い。あのような人物は一体どんなところに住んでるんでしょうね。それだけでも陸真君たちに見せてあげたかった」

「大丈夫です。ばっちり撮影する予定ですから」

脇坂はクルマのスピードを少し上げ、タクシーを追った。位置情報がわかるのであまり慌てる必要はないが、追いつく前に赤木がタクシーを降りてしまったら、見失ってしまうおそれがある。

赤木を乗せたタクシーは、荏原《えばら》インターチェンジで高速道路から出た。やはり、多摩川の近くにあると思われる自宅に帰るようだ。脇坂はアクセルを踏み、車速をさらに上げた。

高速道路を下り、一般道を走った。住宅地に入ると道路は網の目のように細かく交わっている。間違えて曲がり角を通り過ぎたりすれば、元の道に復帰するのにえらく時間がかかるため、慎重に進む必要があった。無論、だからといってのんびり進んでいたのでは追いつけない。焦る気持ちとそれを抑える感情が綱引きを繰り返した。

かなり近くまで迫ったと思われた時、タクシーが止まり、動かなくなった。地図を見るかぎり、信号待ちなどではないようだ。赤木が降りるのだろう。

さらに少し進むと、前方にハザードランプを点《つ》けたタクシーが止まっていた。降りてくる人影は赤木に間違いない。だがここで停車するわけにはいかず、脇坂は速度を緩め、ゆっくりとタクシーの横を通り過ぎた。赤木がすぐ近くの一軒家に入っていくのを横目で捉《とら》えた。

クルマを路肩に寄せ、止めた。背後を振り返り、赤木が入っていった家を見つめた。コンパクトな洋風家屋だった。

「マンションではなかったんですね」羽原円華がいった。

「このあたりにマンションは少ないし、もしそうならゴミ袋はクリーンステーションに出すでしょう。月沢克司氏が赤木のゴミ袋を持ち去れたのは、一軒家だからだろうと睨んでいました」

「なるほど、さすがですね」

「大した推理じゃありません。それより、ここで待っていてください。表札を確認します」

「あたしも行きます。こんな時間ですから、カップルを装ったほうがいいです。防犯カメラで見られているかもしれないし」

いわれてみて、そうかもしれないと脇坂は合点した。慎重すぎて悪いことはない。

「わかりました。ドアの開閉音には気をつけてください」

「はい」

クルマから降り、二人並んで歩きだした。羽原円華が身体を寄せ、脇坂の左腕にしがみついてくる。これなら誰かに見られても怪しまれないだろう。大した役者だと感心した。

家の前を通過した。表札は『赤木』だった。偽名は使っていなかった。考えてみれば当然かもしれない。赤木貞昭は指名手配されていない。新島史郎がT町事件の犯人として死んでいったから、逃げ隠れする必要は全くないのだ。

バイクが一台、路上に止められていた。この住宅地の中で、それだけが少し異質に見えるのは気のせいだろうか。

「今夜はここまでにしておきましょう。戻ります」

脇坂は戻ろうとしたが、羽原円華に引き留められた。彼女は家を見上げている。

何か、と訊いた。

「明かりが漏れてきませんね。どの窓からも」

脇坂は家のほうを見た。たしかにどの窓も真っ暗だ。

「カーテンが閉じられているからじゃないですか」

「明かりをつけたなら、隙間から少しは漏れるはずです」

「廊下の明かりはつけたでしょう。そのまま寝室に向かい、ベッドに倒れ込んだのかもしれません」

「服も着替えず？　あの厚化粧も落とさずに？」

的確な指摘に脇坂は反論できなくなった。「じゃあ、何だと？」

「考えられることは二つです。ひとつは、わざと赤木は明かりをつけないでいる。そのほうがカーテンの隙間などから外の様子を窺《うかが》いやすいからです」

「我々に気づいていると？」

「ええ」

「もう一つは？」

「明かりをつけられない何らかの事態が生じている」

「何らかの事態？」

脇坂の発言を制するように羽原円華は手を出した。さらに鼻をひくつかせ、眉根を寄せた。

「タンカスイソ……」

「えっ？」

「炭化水素の臭いがします。石油、ガソリン、灯油……うん、これはきっと灯油だ」

そういわれて脇坂は何度か鼻から空気を吸ったが、そんな臭いはしない。

「俺にはわかりません。気のせいじゃないんですか」

「間違いありません。あそこから臭いが漏れてきます」羽原円華は隣家との隙間を指差した。排気ダクトのようなものが見える。

「屋内で灯油が使われていると？　こんな時期に？」

「この臭いの強さから察して、単なる使われ方ではない気がします」そういうなり羽原円華は脇坂の腕を離し、足早に歩きだした。家の玄関に向かっている。

「待ってください。少し様子を見たほうがいい」

「そんな余裕はないかも」羽原円華は玄関に近づくと、いきなりインターホンのボタンを押した。屋内でチャイムが鳴ったのが聞こえた。

脇坂は頭に血が上り、狼狽《ろうばい》した。「何をする気です？」

羽原円華は、黙ってろ、というように人差し指を唇に当てた。そしてまたインターホンのボタンを押した。二度目のチャイムが鳴る。

少し待つとスピーカーのスイッチが入る気配があった。

(どちら様ですか)

意外なことに男の声だった。赤木だろうか。

羽原円華が脇坂に目を向け、促してきた。話せ、ということらしい。

「……夜分に申し訳ございません」脇坂はマイクに向かっていった。「警察の者ですが、確認させていただきたいことがありますので、玄関を開けていただけないでしょうか」

インターホンにはカメラが付いている。向こうには脇坂の顔は見えているということだ。果たして、どう対応してくるか。

数秒の間があり、（少しお待ちください）と相手はいった。そのままスピーカーの音は切れた。

脇坂は混乱していた。少し待てとはどういうことか。こんな時間の訪問など怪しまれないわけがなく、警察に通報されているかもしれない。

羽原円華は、考えを巡らせるように宙の一点を見つめている。その手にはスマートフォンが握りしめられていた。

玄関の施錠が解かれる音が耳に入った。ぎょっとしてドアを見つめていると、ゆっくりと開いた。

顔を覗かせたのは年配の男性だった。

しかも知っている顔だった。つい最近、会っている。ところが名前が思い出せない。あまりにも予想外だからだ。

脇坂は内ポケットに手を入れ、警察手帳を出した。だがそれを提示する前に、「脇坂君ですね」と相手がいった。「捜査一課強行犯係の脇坂刑事——そうですね？」

その瞬間、相手の名前を思い出した。

警察庁科学警察支援局の伊庭だ。

27

「伊庭課長……なぜあなたがここに？」

「それはこちらが訊《き》きたい。後ろにいる方は?」伊庭が尋ねてきた。

「捜査協力者です。説明すると長くなるのですが」

「二人だけですか?」

「そうです」

「いいでしょう。お入りください」

伊庭に促され、脇坂は屋内に入った。羽原円華も後からついてくる。

玄関には控えめな明かりが点《つ》いていた。これでは外に漏れなくても不思議ではない。

「靴を脱ぎ、上がってください」伊庭がいった。

二人が靴を脱ぎ、廊下に上がったところで、「そこで止まって」と後ろから伊庭が命じてきた。

脇坂は振り返り、ぎょっとした。伊庭の手にはセミ・オートマチックの拳銃《けんじゅう》が握られていた。銃口は二人に向けられている。

「……何の真似です?」

「両手を上げ、頭の後ろで組むんだ。ここからはこちらの命令に従ってもらう。一応いっておくが、この拳銃は警察の支給品ではない。警察には何らデータが存在せず、仮に発射したとしても弾丸からは何も判明しない」

「あなたは一体……」

「しばらく口を閉じていてもらえるかな。そして動かないように。抵抗しなければ、危害を加える気はない。――お嬢さん、脇坂刑事のベルトの後ろに黒いケースが装着してあるはずだ。

上着をめくればわかる。確認してもらえるかな」

羽原円華が脇坂の後ろに立った。ベルトの後ろを触られる感触がある。

確認しました、と彼女がいった。

「ケースの蓋《ふた》を開け、中のものを出して。そう、手錠が入っているね。脇坂刑事、両手をゆっくりと背中のほうに下ろすんだ。お嬢さん、後ろ手で彼に手錠をかけてくれるかな。二人とも、決して妙な気を起こさないように。こちらは引き金に指をかけている。おかしな真似をしたら咄嗟《とっさ》に撃ってしまうかもしれない。そんなことは、お互いにとってよくはないだろ？」

脇坂は両腕を下ろした。わけがわからなかったが、いう通りにするしかなかった。

手首に金属の触れる冷たい感触があった。同時に脇坂は臭いに気づいた。たしかに灯油の臭いが漂ってくる。

金具の繋《つな》がる音と共に両手の自由がきかなくなった。手錠が手首に食い込んでいる。

「いいだろう。脇坂刑事、そのままゆっくりと前に進んでくれ」

廊下を進むと奥にドアがあり、開いたままになっていた。脇坂は入り口に立ち、室内を覗《のぞ》き込んだ。明かりは点いておらず、薄暗い。灯油の臭いは、ここから漏れている。

床に誰かが倒れていた。はっきりとは見えないが、黒いワンピースという服装から赤木貞昭らしいとわかった。ロングヘアのウィッグが外れかけている。

「死んではいない」伊庭がいった。「気を失っているだけだ。特殊な薬剤を注射した。解剖しても血液からは睡眠薬の成分しか出ない。あと二時間は目を覚まさないだろう」

屋内で待ち伏せし、赤木が部屋に入ってきたところを襲ったらしい。

そばにポリタンクが置いてあることに脇坂は気づいた。よく見えないが、床に灯油がまかれているようだ。

「家に火をつける気か」

「その予定だ。ただし君たちが現れたせいで、少し計画をアレンジする必要が出てきたがね。では脇坂刑事、そのままこちらを向き、腰を下ろしてくれ」

脇坂は回れ右をした後、その場で膝《ひざ》をついた。伊庭は羽原円華の背後に立っている。銃口を背中に押しつけているようだ。

「その女性は解放してやってくれ。事件とは関係のない一般人だ」

「無関係なら、こんな時間にこんなところへ来たりはしないだろう。いずれにせよ、君の話を聞いてから判断するとしよう。では質問だ。今夜、ここに来たのはなぜだ？」

「我々は赤木貞昭を尾行してきただけだ。東麻布の闇カジノから」

「なぜ赤木を？」

「T町一家三人強盗殺人事件の真犯人だと睨《にら》んだからだ。新島史郎が犯人だということになっているが人違いだ」

ほう、と伊庭は低い声を発した。

「これはまた意外な言葉が出てきたな。T町事件とは。私が把握しているところでは、君は高倉警部の下で、専らD資料の対象者たちの聞き込みに回っていたはずだ。なぜT町事件なんかに目をつけた？」

「月沢さんの指名手配犯ノートだ。あの中に『新島史郎』の顔写真が貼られていたが、新島史郎が指名手配された事実はないし、月沢さんの同僚だった捜査員に訊いても、見たことのない写真だといっていた。そこでその写真について調べていくうちに、T町事件の顛末《てんまつ》には不可解なことが多いと気づいた」

「たとえばどんなことだ」

「それを話せば、その女性を解放してくれるのか？」

「話を聞いてからだといっただろ。さあ、答えるんだ。どこまで知っている？」

「月沢さんがT町事件の再捜査に関与していたことや、新島史郎の部屋からT町事件で殺された山森夫人のアクセサリーが見つかった経緯には疑問があることなどだ」

伊庭の目に、さっと翳《かげ》りが生じた。脇坂の発言は気に入るものではなかったらしい。つまり核心をついているのだ。

「なるほどね。つまり君はD資料の聞き込みなどという地味な作業の陰で、そんなことを嗅《か》ぎ回っていたわけだ。しかしおかしいね。その成果が捜査会議には全く出てきていない。なぜだ？　高倉警部に報告していないのか」

「途中までは報告したが、係長は慎重だった。T町事件は解決したことになっているから、扱いが難しいのだろうと察した。よほどの確証がないかぎりは動けないのだろうと判断し、以後は報告を見合わせていた」

「それで単独行動をしているというわけか。納得したよ。それにしても、やはり鍵《かぎ》はあの写真だったか」伊庭は片手を懐に入れた。出してきたのはモバイルだ。手早く操作してから画面を向けてきた。「この写真だな？」

脇坂は目を見開いた。画面に表示されているのは、『新島史郎』の顔写真にほかならなかった。そうだ、と答えた。

伊庭は口元を歪《ゆが》め、吐息を漏らした。

「重要なことを教えてやろう。正確にいえば、これは顔写真じゃない。コンピュータによって作り出された画像だ。CGということになる」

「えっ？」

「T町事件の唯一の手がかりは被害者の妻の爪から検出された血痕《けっこん》だ。犯人ともみ合った際に相手を引っ掻《か》いたものと推察された。早速DNAが解析されたが、警察庁にあるデータベースとは一致せず、遺留DNA型として保管されただけだった。その血痕に再び光があてられたのは、それから十年後だ。ゲノム・モンタージュの作成だ」

「ゲノム……」

「ゲノム・モンタージュ。DNA解析による復顔術だ。警察庁科警支援局が、いくつかの研究機関と共同で開発した。同様の研究は各国で進んでいるが、科警支援局で開発された技術は世界最高水準といっていいだろう。最大の特徴は、顔認証システムに対応していることだ。画像をシステムに入力してやれば、顔の主が映っている動画や静止画をAIが捜しだしてくれるというわけだ」

「そんなことが……」脇坂は呆然《ぼうぜん》とするしかなかった。DNAからの復顔が研究されているらしいと聞いたことはあるが、まだ先の話だろうと思っていた。

「ゲノム・モンタージュの基本的技術が確立したのは十年ほど前だ。国内で運用されている顔認証システムの八割以上で良好な結果を得られた。そこで科警支援局主導の下、実証実験が行われることになった。DNAが存在する未解決事件の容疑者の顔をゲノム・モンタージュによって作成し、警察庁の支配下にあるすべての映像からAIに見つけださせようという計画だ。その結果、大阪、名古屋、さらには福岡で迷宮入りしていた事件の犯人が次々に見つかり、解決に至った。もちろんゲノム・モンタージュが使われたことは、末端の捜査員などには知らされなかったがね」

小倉から聞いた話と一致している。やはりあれは単なる噂ではなかった。

「次はいよいよ警視庁だ。そこで選ばれたのがT町一家三人強盗殺人事件で、作られたゲノム・モンタージュがさっきの画像だ。早速、全国の顔認証システムで照合が行われた。ところが福岡や名古屋、大阪の時とは違い、合致する人物はなかなか発見できなかった。大きな原因は事件からの経過時間だと思われた。十年近く経てば、人によっては顔が大きく変わったりもするからね。そこで事件から年月が経っていることを考慮し、新たにゲノム・モンタージュが作られた。しかも一通りではなく、複数のパターンだ。生活習慣や環境によって人相は変わる。それらを考慮したわけだ。また、捜索範囲を絞った。T町事件の被害者である山森達彦は闇カジノの常連客で、その筋とも付き合いがあった。山森が関わっていそうな場所に出入りしている人間の顔情報が徹底的に集められ、顔認証システムにかけられた。その結果、ひとりの男が浮上してきた」

「それが新島史郎……」

「そういうことだ。山森が出入りしていた店に勤務していた実績があり、裏社会との繋がりも確認できた。極めてクロに近いグレーというのが、科警支援局が下した判断だった。そこでその情報が、警視庁の未解決事件捜査班に回されることになった。その際、科警支援局から指揮官として派遣されたのが――」伊庭は空いている左手の親指で自分の胸元を示した。「この私だった」

脇坂は眉《まゆ》が薄く、表情も乏しい伊庭の顔を見つめ、首を上下させた。「そういうことか」

そのことは高倉も知っていたのだろう、と脇坂は思った。だからT町事件をほじくり返すことには慎重だったのだ。

「こうして再捜査が行われることになった。私はもちろんのこと、上層部は皆、ゲノム・モンタージュの存在を知っていた。だがある事情があって、そのことは表に出さないよう警察庁から厳命されていた。そこで、新島史郎がT町事件の犯人だ、という匿名情報が届いたことにした」

「そのある事情というのは？」

「君は知らなくていいことだ」伊庭は薄ら笑いを浮かべた。「さて、その後の経緯は君も知っているると思う。無能な捜査員たちは新島のＤＮＡすら採れず、逃走を図られた挙げ句、海に飛び込まれるという大失態を犯した。大混乱に陥った事態を収束させられるとすれば、方法は一つしかなかった」

「新島がT町事件の犯人だった、という結論で決着させることにしたわけか」

伊庭は肩をすくめた。

「ほかに道があるか？　あのままでは新島が犯人だとも、犯人ではないとも断定できなかった。

逆にいえば、犯人だと断定しても誰にも否定できないわけだ」

「新島の部屋から採取したＤＮＡがＴ町事件の遺留ＤＮＡ型と一致した、というのは事実ではないんだな」

伊庭は冷めた目で見返してきた。

「ストーリーの落ち着き先は決まっている。被疑者死亡で不起訴というものだ。ならば警視庁、警察庁、そして検察、みんなが仕事を片付けやすくしたほうがいい」

「殺された奥さんのアクセサリーが新島の部屋にあったように偽装したのはあんたか？」

「書類の不備を補ったまでだ。ＤＮＡだけでは送検するのに不十分だと思ったからね。帳簿の穴を埋めるために数字を書き足したようなもので、役所ではよくあることだ。誰に迷惑をかけたわけでもない。その証拠に、多少疑念を抱いた者はいたかもしれないが、新島の送検に物言いをつけた者はいなかった。無事にＴ町事件は解決。それで終わりのはずだった。世間はすぐに忘れてくれたしね」

「だけど、ひとりだけ忘れていない人間がいた」脇坂は伊庭を睨みながらいった。「月沢克司さんだ。ゲノム・モンタージュの画像を後生大事に保管していて、真犯人がどこかにいると信じていた」

伊庭は眉尻《まゆじり》を下げ、唇をへの字に曲げた。

「あの人物を絡ませたのは最大の失敗だった。元々はゲノム・モンタージュの正しさを証明するために声をかけたにすぎない。新島の顔を見て、ゲノム・モンタージュの人物に間違いないといってくれれば、それでよかったんだ。せっかくだから腕利きの見当たり捜査員がいいだろうと思い、捜査共助課での実績を見込んで声をかけたのが月沢だった。ところがゲノム・モンタージュを見た月沢は協力を断った。こんな画像では月日が経った姿を想像できないというんだ。コンピュータで作られた顔だから人生が感じられないってね。もし作り物でない本物の画像があるのなら、それがどんなに古いものであっても、そして現在どんなに姿を変えていようとも必ず見分けられると断言した。そこまでいわれればこちらもムキにならざるをえない。本物の画像を見せてやることにした」

「本物の画像？」

「じつは事件発生直後に集められた現場周辺の防犯カメラの映像を顔認証システムで精査した結果、ゲノム・モンタージュとの一致率が極めて高い人物が一人だけ見つかっていた。近くのショッピングモールにいた男で、複数のカメラが姿を捉《とら》えていた」

月沢克司の古いスマートフォンに残されていた動画だ、と脇坂は思い当たった。

「だが残念ながら、身元の特定には至らず、データはお蔵入りになっていた。その映像を月沢に見せたところ、捜査に協力するといった。それで早速新島の監視を続けている張り込み部屋に連れていき、新島の姿を確認させた」

「月沢さんの答えは？」

「全くの別人、というものだった。あんたらはＡＩに踊らされ、無関係な人間を見張り、逮捕しようとしているんだと馬鹿にされたよ。はらわたが煮えくり返ったが、吹聴されては困るので、他言無用を約束させた上で丁重に引き取ってもらった。以後、一切関わりは持たないようにしていた」

「月沢さんは頭から離れなかったんだろう。T町事件の犯人は別にいて、今も街中をうろついているとと信じていた。そうして先月、とうとう見つけた。相手は女装していたけれど、それでもごまかされなかった。尾行し、この家を突き止めたというわけだ」

それからどうしたか――。

脇坂の想像は悲観的な方向に流れざるを得なかった。

「連絡してきたよ。メールという骨董《こっとう》品のツールを使ってね。T町事件の真犯人を見つけたと書いてあった。犯人が闇カジノに出入りしていることも摑《つか》んだらしく、カジノの場所を突き止めるつもりなので、別件逮捕してからDNA鑑定する手もある、などというアドバイスまで付け足されていた。正直、肝を冷やした。今さらほじくり返されたくない案件だ。何とか月沢を止めねばならないと思った」

そのやり取りを捜査陣が摑めなかったのは仕方がない。スマートフォン本体がなければ、メールの解析は事実上不可能だ。

「それで殺したのか」

「ほかに選択肢がなかった。ぐずぐずしていて、月沢が闇カジノを通報でもしたら大変だからな」

脇坂は倒れている赤木に目をやった。

「特殊な薬剤を注射したといったな。同じものを月沢さんにも？」

「そうだ」

「何という身勝手なことを……」脇坂は唇を嚙《か》んだ。

「心外だな。私が保身のためにやったとでも思っているのか。社会システムに革命を起こすには、誰かが手を汚さなければならないこともある。それを身勝手とは」

「社会システム？　革命？　何のことだ」

「さっき、君は知らなくていいといったが、訂正したほうがよさそうだ。教えてやろう。その革命とは、全国民のＤＮＡ型データベースの構築だ。しかもこれまで警察庁で管理していたものとはレベルが違う。従来は単に個人識別だけを目的にしていたので、ＤＮＡの中でも身体的特徴や人種といった具体的な情報を含まない部分が登録されていた。しかし現在構築が進んでいるシステムには、すべての情報が登録される。ある人物をピックアップすれば、持病、体質、容姿などがすべてわかる。それだけじゃない。血縁関係にある人間を見つけだすことも可能になる」

「馬鹿な。そんなことが認められるはずがない。同じようなことが過去に何度も提案されたけれど、いつも廃案になったじゃないか」

「廃案になったのは、国民に対してＤＮＡ情報の登録を義務化することだ。勝手に情報を集める分には合法だ」

「勝手に集めるって、どうやって？」

「おいおい、君はここ数日、Ｄ資料の対象者たちと会ってたんじゃないのか。警察は彼等のＤＮＡをどうやって集めた？」

「捨てられた吸い殻や空き缶を拾ってきたって、それが誰のものかがわからなければ、データベース化することなんてできないはずだ」

「なぜわからないと決めつける？　先程から我々は何の話をしてきた？」

脇坂は全身に鳥肌が立つのを感じた。伊庭のいいたいことがわかった。

「そうか。ゲノム・モンタージュを作ればいいんだ」

「ようやく気づいたか。そういうことだ。ゲノム・モンタージュがあれば、今の世の中、それがどこの誰かを突き止めるのはじつに容易《たやす》い」

「全国の防犯カメラの映像から顔認証システムで捜し出すのか？　しかし身元はそう簡単にはわからないはず……」そこまでしゃべったところで脇坂は、ある可能性に思い当たった。「いや、そんなことはしなくていいのか。今や多くの国民が、自分の顔と名前をセットにして国に提出している」

「その通り。国が義務化を推し進めるIDナンバーカードだ。運転免許証や健康保険証とも一体化されつつある。あの顔写真と照合すれば、ゲノム・モンタージュの主はたちどころに判明する。だからこそ君も、多摩川で吸い殻や空き缶をポイ捨てした人物のところへ出向くことができたわけだ」

「DNAの資料はどこで採取しているんだ？」

「いろいろなところだ。喫煙所、公園、図書館——無防備にDNAが廃棄されている場所など、いたるところにある。学校や会社、病院といった、業者を取り込めば大量の採取が可能になる場所もある」

「そんなことが明るみに出たら大騒ぎになるぞ」

「だからゲノム・モンタージュの存在は現時点では伏せられている。公にしたら犯罪捜査が楽になるし、犯罪防止にも役立つだろうが、世間からの反発も予想されるからね。しかしすべてが公表される日はそう遠くない。全国民の約半数のＤＮＡ情報が登録されれば発表にゴーサインが出されるんじゃないかな」

「そんなにうまくいくものか」

「わかってないね、君は。うまくいってるんだよ。じつに順調なんだ。間もなくこの国の人間は二分される。ＤＮＡを管理する側とされる側だ。当然、管理する側に回ったほうが将来は明るい。どんなビジネスを手がける者でも、喉《のど》から手が出るほどほしい情報だろうからね。そこで君に提案だ。こちら側の人間にならないか？　私なら、君がそれなりのポジションにつけるよう差配できる。悪くない話だと思うが。直近のメリットをあげるとすれば、今の状況を打開できる。さっきから君はこのお嬢さんの身を案じているが、君の態度次第では無傷で帰ってもらおうじゃないか」

「あんたがやったことを黙っていろ、というのか」

「簡単にいえばそういうことだが、口約束だけでは安心できない。そこで共犯者になってもらおうと思う。といっても難しいことじゃない」伊庭はズボンのポケットに手を入れ、何かを取り出した。ジッポーのライターだった。「床にまいた灯油に、これを使って火をつける。ただそれだけだ。その瞬間、君は立派な共犯者になる。仲間だと認めよう」

「赤木を殺し、家を燃やす理由は何だ？」

「そんなこと、いうまでもないだろう。月沢がゴミ袋を持ち去った映像が見つかったことで、特捜本部はこの地域の住民全員に疑惑の目を向け始めた。赤木が目をつけられるのも時間の問題だ。万一、赤木がT町事件のことを自供でもしたら大変じゃないか。ここは自殺に見せかけて殺すのがベストだと判断した。灯油をまき、タイマーで発火の仕掛けを施した後、睡眠薬を飲んだ、というふうにね。動機は月沢克司殺害の罪が発覚するのを悟ったから、でいいんじゃないか。月沢殺害の動機は、闇カジノ通いをネタに恐喝されていた、というのはどうかな」

「よく思いつくもんだな」

「職業柄ね。どうだ、やってくれるかな？」

「断ったら？」

伊庭は目を大きく見開いた。

「なぜ断る？　そんな選択肢があるとは思わなかった。その場合にはシナリオを変更するしかない。赤木が自殺する前に、突然二人の男女が訪ねてきたというストーリーだ。そして赤木に月沢克司殺害を認めて出頭しろと迫った。気が動転した赤木は二人を銃で殺害した後、自らの命も絶った――どうだ、これでもきちんと辻褄《つじつま》が合う」

「そんな不自然な状況、誰が納得する？」

「拳銃に赤木の指紋が付いていれば、それ以外には説明がつかないじゃないか。捜査一課の若手刑事が功を焦ってスタンドプレーに走った挙げ句、一般人を巻き添えにして犯人から返り討ちに遭った、というわけだ」

「考え直せ。うまくいくわけがない」

「考え直すのは君のほうだ。十秒ほど待ってやろうか。あまり時間がないのでね」伊庭の目が鋭くなった。拳銃の先端を羽原円華の背中から彼女の顎下《あごした》に移した。「さあ、どうする？」

羽原円華は目を閉じている。その顔が蒼白《そうはく》なのが薄闇の中でもわかった。

引き金に掛かった伊庭の指に力の加わる気配があった。脇坂は項垂《うなだ》れ、歯をくいしばった。

ここは観念して、いう通りにするしかない。

わかった、といおうとした時だった。

ピンポーン——思いがけない音が耳に届いた。インターホンのチャイムだ。

脇坂は顔を上げた。伊庭が凍りついたように身体を硬直させていた。その顔は引きつっている。

ピンポーン、再びチャイムが鳴った。

「誰だ?」伊庭が訊いてきた。

わからない、と脇坂は答えた。実際、見当がつかなかった。目を開けた羽原円華も無言で首を横に振っている。

その直後だ。

「まだむーっ」不意に外から声が聞こえた。甲高いがハスキーな声だ。「マダムーッ、開けてー、リマだよー」玄関先で喚《わめ》いているようだ。

脇坂は愕然《がくぜん》とした。いつもとは違う奇妙な発声をしているが、その主は陸真にほかならなかった。なぜここに来たのか。

「おーい、マダムー、起きてるー?」陸真の能天気な奇声が近づいてきたと思ったら、閉じられたカーテンの向こうから、どんどんとガラス戸を叩《たた》く音が聞こえた。敷地内に入り込んだらしい。「ねえ、マダムー、開けてよー。どうしたのお」

伊庭の顔に困惑の色が浮かんだ。陸真の声は隣近所にも響き渡っているはずだ。

「あの子、あたしの妹分です」今まで無言だった羽原円華がいった。「マダムに気に入られて、時々遊びに来ることもあるみたいです。放っておくと、いつまでも騒いでるかも」

「何だと……」伊庭が舌打ちした。

「あの子を巻き込みたくありません。帰るようにいっていいですか？　あたしがいえば、いうことを聞くと思います」

マダムー、と陸真の声が響いた。「寝てんのー？　起きてえ」

伊庭は憎々しげな目を羽原円華に向けた。

「わかった。ただし、変な真似はするなよ」

羽原円華がゆっくりとカーテンに近づいていく。その後ろから伊庭は銃口を彼女の背中に向けたままついていった。

羽原円華がカーテンを少し開けた。ガラス戸の向こうに派手な女装をした陸真の姿があった。羽原円華を見ると満面の笑みを浮かべ、飼い主を見つけた子犬が尻尾《しっぽ》を振るように、両手を激しく横に振り始めた。

「リマ、帰りなさい」羽原円華が右手で追い払うしぐさをした。陸真は不思議そうな顔をして耳に手を当てている。聞こえない、といっているようだ。

羽原円華は手を横に伸ばしてクレセント錠を外し、ガラス戸を十センチほど開いた。

「円華さーん、何やってんの？　マダムはどこ？」陸真が訊いてきた。

「マダムは寝てる。酔い潰《つぶ》れたから、あたしが送ってきたの。あなたは帰りなさい」

「えー、どうしてえ？　リマも一緒にいたい」そういって陸真はガラス戸に手をかけ、大きく開いた。

羽原円華の背後にいた伊庭が、壁の後ろに隠れた。その瞬間、彼女の背中に押し当てられていた銃口が下を向いた。

脇坂は立ち上がり、「逃げろっ」と大声で叫んだ。さらに伊庭に向かって駆け出した。

伊庭が銃を向けてきた。脇坂はスライディングタックルを仕掛けようとしたが、その直前に銃声が響いた。脇坂は腰に衝撃を受け、身体のバランスを崩した。そのまま床に倒れ込んだ。

羽原円華が庭に飛び出していくのが見えた。すぐに伊庭も後を追うしぐさを見せたが、出ていく前に脇坂のほうを向くと、ジッポーライターに火をつけ、床に放り投げた。

ぼうっと炎が立ち上がった。室内が眩《まぶ》しいほどに明るくなり、脇坂は全身で熱量を感じた。立ち上がろうとした瞬間、激痛が下半身に走った。あまりの痛みに気を失いそうになった。

28

陸真の頭の中は真空状態だった。

何も考えられず、判断もできなかった。とにかくがむしゃらに自転車のペダルをこぐだけだ。後ろの座席に座った円華から、そうしろといわれたからだ。

真夏の風は生暖かい。そんな風が陸真のウィッグをなびかせた。

なぜこんなことになったのか。本当ならば今頃は、部屋のベッドで丸くなっていたはずだ。

ただし眠れていたかどうかはわからない。円華たちのことが気になり、悶々《もんもん》としていたかもしれない。

そうならなかったのは、円華のせいだ。

今日は帰りなさいといわれ、従うことにした。自分がいても役に立てず、下手をすれば足手まといになるだけだと思ったからだ。

だが研究所を出る直前、見送ってくれた円華から、あるアプリのダウンロードを提案された。特定の人物の位置情報を確認できるというものだ。あたしの現在地を知っておいて、と円華はいった。

「行動に参加はしなくても、あたしたちがどこにいるかを知れば、あれこれと想像を巡らせることもできるでしょ？　それによってどう思い、どう行動するかは君次第。ただし忘れないで。君の代わりはどこにもいない。君が動かなければ世界も変わらない」

意味ありげな言葉に戸惑いつつ、陸真はアプリをダウンロードし、円華のスマートフォンの場所をリアルタイムで確認できるように設定した。それだけで一体感が増したような気がして、少し嬉《うれ》しくなったのは事実だ。

研究所を出て、帰宅する途中で純也に電話をかけた。結局自分も帰されることになったことを伝えたかったからだ。すると純也は意外なことをいいだした。自分も陸真の部屋に行き、円華たちの行動を見守りたいというのだった。

「どうせ今夜は陸真の家に泊まるつもりだったんだ。構わないだろ？」

やけに熱い口調で語る純也に、だめだとはいえなかった。自分だけが除《の》け者にされていたように感じていたに違いなく、何らかの形で加わりたいのだろうと思った。

陸真がマンションに帰ると、すでに入り口に純也の姿があった。泊まることを認められたらしい。何かあった時のために自転車に乗ってきたと彼はいった。

「円華さんたちはクルマで移動してるんだぜ。自転車なんかあったって、何にもできないよ」陸真は鼻で笑った。

スマートフォンを傍らに置き、円華の動きを時折チェックしながら、純也と様々な話をした。最大の話題は、やはり赤木貞昭についてだった。本当に克司は、あの女装男に殺されたのだろうか。

「もしそうだとしたら、やっぱりカネ目当てだったんだろうなあ」陸真はいった。「警察に通報しない代わりにカネを寄越せといって赤木を脅したんだ。預金通帳に記録が残ってた二人の時と一緒だよ。赤木は要求をのむふりをして親父を油断させ、睡眠薬を飲ませた後、多摩川に沈めたってわけだ。そう考えると、親父に同情の余地はあまりないよな。自業自得だという人も多いんじゃないか」

「そんなふうに決めつけるのはよくないよ。まだ何もわからないわけだし」

「だけど少なくとも過去に二人の指名手配犯からカネを受け取っている。今回だけは違うといえる根拠がない」

純也は、ふてくされたような表情で黙り込んだ。あっさりと認めたくはないが、反論も思いつかなかったのだろう。

円華の動きに変化が現れたのは午後十一時半を少し過ぎた頃だ。数理学研究所を出て、都内に向かい始めた。移動速度から推して、クルマを使っていると思われた。

陸真は純也と共に、円華の行方を見つめた。やがて落ち着いた場所は、東麻布の街中だった。移動する気配がないので、闇カジノが開かれている場所のそばらしいと思われた。

「麻布か……行ったことのない場所だ」陸真は呟いた。「大人ってのは、いろいろなところで悪いことをしてるんだなあ」

「大人っていいよな。僕も大人になったら、そういうところにどんどん行ってみよう。闇カジノなんかも楽しそうだし」

「だけど違法だぜ。捕まったらどうするんだ」

すると純也は眉間《みけん》に皺《しわ》を寄せ、口を尖《とが》らせた。

「僕は円華さんのいったことには一理あると思う。本当に国民のことを思っているなら、ギャンブルは全部禁止にしたらいいんだ。結局法律なんて、国や役人が都合のいいように作られてるだけだ。連中は、僕たちのことをパズルのピースぐらいにしか思ってない。だから管理しやすいようにルールを作っていくんだ。IDナンバーカードなんか、その典型だと思う。僕はそんなものには振り回されたくない。何が正しいかは自分で考える。闇カジノが悪いところなら、どう悪いのか、この目で確かめる。だって僕たち、もう中学三年だぜ。あと三年もしたら選挙権があるんだ」

純也の力説を聞き、円華の考え方を早速取り入れられる柔軟性に陸真は感心した。同時に自覚もした。そうだ、そろそろ自分で判断しなきゃいけない年齢なんだ——。

そんなことを考えながら、少しぼんやりしていたら、不意に身体を揺すられた。「陸真、起きてっ」

「あれっ、なんだ」頭を振った。どうやら居眠りをしてしまったらしい。

「円華さんたちが移動を始めた」

「えっ、どこへ？」

「わからない。わりと急いでいる感じだから、尾行を始めたんだと思う」

陸真は目を凝らし、スマートフォンの画面を睨んだ。

その時だった。着信があった。かけてきているのは円華だ。電話を繋ぎ、はい、と応じた。

ところが彼女からの返事はない。そのかわりに会話が聞こえてきた。

「方向から察すると多摩川に向かっていますね」円華の声だ。「月沢克司さんが殺害された現場付近じゃないでしょうか」

「その可能性は……赤木……あの周辺……ますから」声が遠くて聞きづらいが、相手は脇坂だろう。陸真はスピーカーホンにし、音量を上げた。

「表の顔は実業家。夜な夜な女装のままで闇カジノ通い。あのような人物は一体どんなところに住んでるんでしょうね。それだけでも陸真君たちに見せてあげたかった」

「大丈夫です。ばっちり撮影する予定ですから」

その後、会話は途切れた。だが電話は繋がっている。

陸真は、こちらの音声が入らない設定にした後、純也と顔を見合わせた。「どうしたんだろう。間違えてかけてきたのかな」

「円華さんがそんなミスをするわけない。絶対にわざとだ」純也は強い口調でいった。

「何のために？」

「僕たちに会話を聞かせるためだ。円華さんは陸真を連れていけないという脇坂刑事の意見に同意したけど、やっぱり本意じゃなかったんだ。だから自分の位置情報を教えることにした。でもそれだけじゃない。今夜、これから何かが起きるかもしれないと思い、知らせてきたんだ。多摩川の付近なら、これから急げば僕たちだって行けるじゃないか」

「まさか……」

「それ以外に何が考えられる？　こうして電話を切らないままなのは、どうして？」

陸真は黙ってスマートフォンを見つめた。いつの間にか息が荒くなっている。

「じゃあ……行こうか」

「決まり」そういって純也は立ち上がったが、考え込む顔を向けてきた。「でも陸真は着替えたほうがいいかも」

「着替え？」

「女装。だって赤木と顔を合わせるかもしれないだろ？　その格好じゃ却《かえ》って警戒されるかもしれない」

「顔、合わせるかな」

「わかんないけど、万一ってことがある」

そういわれれば否定はできなかった。

大急ぎで服を着替えたが、大変なのは化粧だ。じっくり時間をかける余裕はなく、ファンデーションやら頰紅《ほおべに》やらを塗りたくり、口紅やアイメイクも適当に描いた。どうかなと純也に訊いたら、いいんじゃないのという答えが返ってきた。

帰りは明るくなっているかもしれないと思い、上から被《かぶ》れるTシャツを持っていこうと思った。たまたまソファの横にTシャツがあったので、バックパックに突っ込んだ。

純也が自転車で来ていたのは幸いだった。二人で真夜中の多摩川に向かって出発した。

陸真は片手にスマートフォンを持ち、時折円華の位置を確認した。さらにワイヤレスイヤホンを耳に付けていた。電話は繋ぎっぱなしなのだ。円華と脇坂の会話が耳に入ってくるが、あまりうまく聞き取れず、内容が殆《ほとん》ど理解できない。だが赤木の自宅に近づいているのは間違いないようだった。

やがて陸真たちも、現地に近づいた。角を曲がったところで白い軽ワゴンが目に入った。おそらく、あのクルマだろう。一旦《いったん》身を隠してから、改めて様子を窺《うかが》った。ところが車内に人影はない。円華たちはどこへ行ったのか。

陸真はイヤホンに集中した。円華の声は全く聞こえない。しかし誰かが話している。脇坂のようだ。ところがそれに対して、応じる声があった。知らない男性の声だ。

「どうした?」純也が訊いてきた。

「何だかおかしいんだ」陸真はイヤホンを外し、スピーカーホンにした。

自転車を路肩に止め、二人でスマートフォンを挟んだ。脇坂ではないほうの男性が何やら長々と語っている。その内容は込み入っていて、理解するのが難しかった。ゲノム・モンタージュという言葉が頻繁に出てくるが、何のことなのか。

「円華さんたちは家の中に入ってるんだ。赤木と話してる」純也が声をひそめていった。

「いや、相手は赤木じゃないよ。こんな声じゃなかった」

「じゃあ、誰？」

「わからない」

「もう少し近くに行ってみよう」

自転車を押しながら進んでいくと、表札に『赤木』と出ている家があった。ここに間違いないだろう。だが窓から明かりは漏れてこない。

「正直、肝を冷やした。今さらほじくり返されたくない案件だ。何とか月沢を止めねばならないと思った」

スマートフォンから聞こえた男性の言葉に、陸真はぎくりとした。克司の名前が出てきたからだ。

「それで殺したのか」脇坂の声だ。

「ほかに選択肢がなかった。ぐずぐずしていて、月沢が闇カジノを通報でもしたら大変だからな」

「特殊な薬剤を注射したといったな。同じものを月沢さんにも？」

「そうだ」

「何という身勝手なことを……」

「心外だな。私が保身のためにやったとでも思っているのか。社会システムに革命を起こすには、誰かが手を汚さなければならないこともある。それを身勝手とは」

陸真は息を呑《の》んだ。今のやりとりによれば、脇坂の相手の男が克司を殺したのだ。

だがそれからの展開に、陸真はあれこれと考える余裕を失った。どうやら脇坂と円華は窮地に陥っているらしい。火をつけるとか、銃で殺害とか、物騒な言葉がいくつも飛び出してくるではないか。

「陸真、何とかしなきゃ」純也が小声でいった。その顔は引きつっている。たぶん自分もそうだろう、と陸真は思った。

どうすればいい？　自分に何ができるだろうか？　懸命に思考を働かせるが、いいアイデアは出てこない。とにかく敵の邪魔をしなければと思った。

考えが浮かばぬまま陸真は歩きだし、玄関に近づいていた。インターホンの前に立った瞬間、自分が何をすべきか閃《ひらめ》いた。殆ど迷うことなくボタンを押した。

だが応答はない。おそらく中の連中は驚いているのだ。こんな時間に訪ねてくる者などいるはずがない。

もう一度チャイムを鳴らしたが、やはり反応はなかった。ではどうするか。陸真は覚悟を決めた。大きく息を吸った。

まだむーっ、と叫んだ。「マダムーッ、開けてー、リマだよー」

陸真は横の庭に入った。

「おーい、マダムー、起きてるー？」

庭に面した部屋はカーテンが閉じられていて、何も見えない。陸真はガラス戸を叩いた。

「ねえ、マダムー、開けてよー。どうしたのお」

緊張と恐怖で心臓は高鳴ったままだ。今にも中から弾丸が飛んでくるのではないかと足が震えた。それでも懸命に声をあげた。

「マダムー、寝てんのー？　起きてえ」

するると変化が起きた。閉じられていたカーテンが少し開き、円華が顔を見せたのだ。陸真は懸命に喜びの顔を作り、両手を振った。

円華が何かいって右手を動かしている。陸真は耳に手を当てた。

すると円華はガラス戸を十センチほど開けた。

「円華さーん、何やってんの？　マダムはどこ？」

「マダムは寝てる。酔い潰れたから、あたしが送ってきたの。あなたは帰りなさい」

「えー、どうしてえ？　リマも一緒にいたい」陸真はガラス戸に手をかけ、さらに大きく開けた。

その時だった。室内で誰かが動き回る音がしたと思ったら、「逃げろっ」という声が聞こえた。

円華が飛びだしてきた。直後、ぱんっという乾いた音が聞こえた。銃声のようだ。

走って——円華にいわれ、陸真は一目散に駆けだした。

何が何だかわからない。ハンドルを握りしめ、力一杯ペダルを踏み続けた。ミニスカートがまくれあがってパンツが丸見えかもしれないが、気にはしていられない。そもそも見られたってどうってことない。

そこは右、次は左、そこは真っ直ぐ——陸真の腰に腕を回した円華が甲高い声で指示を出してくる。いわれるままに陸真は自転車を走らせた。

住宅地の入り組んだ道を走り抜けたかと思うと、突然視界の開けた道路に出た。向こう側に行くには中央分離帯を越えねばならない。

「ここまで来れば大丈夫かな？」息をきらしながら陸真はいった。

「だめ。もうすぐあいつもここへ来る」円華はなぜか陸真のバックパックをまさぐりだした。

「バイクの音が近づいてくる」

「バイク？」

陸真がいった時、道路の数十メートル後ろに一台のバイクが現れた。陸真たちが自転車に飛び乗って逃走した直後、後方でエンジン音が響いたのを覚えている。相手の男はバイクで追いかけてきたのだ。

男は何度かエンジンを空ぶかしさせた後、バイクをスタートさせた。さらに急加速させ、猛然と突進してくる。

「もうだめだ。円華さん、逃げなきゃっ」陸真は叫んだ。

だが円華は、まるでバイクを迎え撃つように仁王立ちをした。

「逃げてはだめ。少年よ、覚えておきなさい。人には無限の可能性がある。君の限界を決めるのは君じゃない」そういって右手で何かを放った。

その直後、陸真は背中から強い風を受けた。その風に煽《あお》られ、円華の投げたものが宙を舞っている。

そこへバイクが突っ込んできた。すると舞っていたものが、まるで意思を持っているように男の顔を覆った。

視界を失った男はハンドルの操作を誤った。

バイクは横転し、火花を散らしながら道路を滑り、中央分離帯に激突して止まった。

陸真は声を出せなかった。何が起きたのかは自分の目で見ていたが、現実感がまるでなかった。

バイクを運転していた男は、ぴくりとも動かない。気を失っているのだろうか。

円華はどこかに電話をかけている。話の内容から、救急車を呼んでいるらしいとわかった。

陸真は、おそるおそるバイクに近づいていった。男の顔を包んでいるものを見て、はっとした。それは陸真の赤いTシャツだった。

『闘』という白抜きの文字が見えた。

29

人々のざわめく声が頭の中で響いている。何をそんなに騒いでいるのか。もう少し眠らせてほしいのに意識が覚醒《かくせい》していくのがわかる。やがて聞こえているのは声ではなく、低い耳鳴りらしいと気づいた。だがそれも少しずつ遠のいていく。

脇坂は瞼《まぶた》を開けた。すぐ近くに女性の顔があった。

「目を覚まされたみたいですね。脇坂さん、御気分はいかがですか？」

自分はベッドに寝かされているのだと気づいた。救急車で病院に運びこまれたところまでは記憶があった。

大丈夫です、と脇坂は看護師らしき女性に答えた。身体を起こそうとしたが、手足に力が入らない。

「まだ無理しないでください。クスリが効いていますから。じつは脇坂さんに会いたいという方がいらっしゃっています。茂上さんという方です。先生に確認したところ、短時間ならいいだろうとのことでした。お呼びしてもいいですか?」

お願いします、と脇坂は答えた。

看護師と入れ替わりに茂上が入ってきた。脇坂の顔を覗き込み、「わりと元気そうだな」といった。「あわや焼け死ぬところだったと聞いたぞ」

「危ないところでした」

「中学生に助けられたって?」

「その通りです」

腰に銃弾を浴び、到底動ける状態ではなかった。それでもどうにかして脱出しようと必死でもがいた。その時、腕をぐいと引っ張られた。見上げると、丸い頰に子供っぽさの残る顔があった。

「宮前君?」

どうして君がここに、と訊こうとし、激しく咳《せ》き込んだ。

「しっかりしてっ」

決して身体の大きくない宮前純也が、脇坂の身体を戸外へ引きずり出そうとしていた。少年の手を借り、脇坂はもがくようにして外に出た。

家が燃えているのをぼんやりと眺めていると、間もなく二人の警官が煙の中から現れた。彼等は赤木の身体を運んでいた。

救急車の近づく音を耳にしたのは、それからすぐのことだった。

「脇坂、よく聞け」茂上がいった。「もう少ししたら警務部の人間が来る。表向きは護衛だが、実際には見張りだ。そうすると自由には面会できなくなる。俺がおまえから話を聞き出せるチャンスは今しかない。一体何があったのか、全部話せ」

「全部……ですか。そういわれても、どこから話せばいいのか」

「どこからでもいい。ここ数日、おまえがどこで何をしていたのか、包み隠さず白状しろっ」

茂上は苛立《いらだ》つように吐き捨てた。

すべてを話すとなれば、フリーライターの津野知子から聞いた話や宮前純也と約束したこと、さらに闇カジノについても説明する必要があった。ある程度のスタンドプレーが認められていたとはいえ、いつ茂上が怒りを爆発させるだろうと冷や冷やしながら順番に話していった。だが茂上は奇想天外な展開に当惑した様子を示しつつ、事実関係を正確に把握することが最優先だと考えているのか、時折質問を挟みながら、冷静に聞いてくれた。

意外だったのは、伊庭の名前を聞いても茂上が動揺を示さなかったことだ。その名前が出ることはすでに予想していたように見えた。

「大体わかった。隠していることはもうないな?」

「ないはずです」

「じゃあ俺は、このまま係長に報告する。今後おまえは聴取されるだろうけど、それまでは余計なことを話すな。わかったな」

「わかりました。あの、茂上さん、彼等はどうなりましたか？」

「彼等とは？」

「羽原さんと陸真君です。伊庭に狙われたと思うのですが……」

「彼等は無事だ。伊庭は、まだ意識が戻っていない」

「えっ、何があったんですか？」

「二人を追いかけてバイクの運転を誤り、事故を起こした。ヘルメットを被っていなかったから、頭部を損傷した」

「どうしてそんなことに……」

「風に煽られた布か何かが顔に巻きついたそうだ。天罰かもな」そういって茂上は首を傾げた。

茂上が去った後、脇坂は自分の所持品がそばに置いてあることに気づいた。ところがモバイルはあったが、スマートフォンは見当たらなかった。どこかで落としたのか。

　それから三日間、脇坂は病院にいた。さほど重傷ではなかったので、もっと早くに退院できたが、上からの命令だった。その間、見張りが付けられた。茂上がいったように面会は禁止だった。

　退院した翌日、聴取が行われた。やけに広い会議室で、刑事部長を筆頭に捜査一課長、理事官、管理官、そして係長の高倉が居並ぶ中、面接を受けるようにぽつんと一人でパイプ椅子に座らされ、いくつかの質問を受けた。仕切り役は理事官だった。

どの質問に対しても、脇坂は知っていることをすべて話した。上官たちの反応は鈍く、驚きの色はなかった。すでに把握済みの内容を脇坂の供述によって裏付けを取っているだけ、というふうに感じられた。

高倉は、ずっと無言だった。脇坂と目を合わせようともしなかった。

脇坂からの質問は認められなかった。聴取が始まる前から、「君のほうにも疑問は多々あるだろうが、今日のところは一切答えられないのでそのつもりで」と理事官から釘《くぎ》を刺されていた。

その後、二週間の自宅待機が命じられたが、数日おきに聴取のための呼び出しがあった。そのたびに相手の顔ぶれは微妙に変わった。警察庁の刑事局や科警支援局から来ている者が同席したこともあった。だが彼等は発言しなかった。

何が起きているのか、脇坂にはまるでわからなかった。赤木はどうなったのか。伊庭は意識を取り戻したのか。だがテレビやネットを見るかぎり、一連の出来事は報道さえされていないようだ。

自宅待機が明ける直前、高倉からモバイルにメッセージが入った。知らせたいことがあるので登庁するように、とのことだ。あまりいい予感はしなかったが、指示された時刻に合わせて出勤した。

会議机があるだけの殺風景な部屋で待っていると、ドアが開いて高倉が入ってきた。脇坂が立ち上がろうとすると、そのままでいい、と高倉はいった。

「まだ怪我は治ってないんだろ？　無理するな」

すみません、といって脇坂は腰を下ろした。松葉杖《づえ》なしで歩けるようになったのは、ほんの二日前だ。

高倉は向かい側に座ると、一枚の書類を脇坂のほうに出してきた。「おまえの処遇が決まった」

脇坂は書類に目を落とした。「捜査資料分析室……ですか」

「曲がりなりにも本庁に残れるんだ。ありがたいと思え。過去の事件を現在の視点で振り返るのも悪くないぞ。おまけに定時出社の定時退社だ。正式な辞令は、もう少し先だ。不満があるなら、今聞いておこう。聞くだけで何もしてやれないが」

「いえ、不満はありません。ただ……」

「なんだ?」

「質問したいことはたくさんあります。今回の事件がどのように扱われるのか、とか」

「だろうな」高倉は肩をすくめ、ため息をついた。「だが今ここで俺に話せることはない。いろいろと未確定だからな。何しろ、この案件はすでに俺たちの手を離れている」

「そうなんですか? 特捜本部は?」

「実質上、解散だ。現在、理事官の指揮下で特命係が処置に当たっている。もう俺たちの出番はない」

「……決着したら、その内容は公表されるんですか」

「おそらくな。ただし、おまえが納得できるものになるかどうかはわからない」

高倉の歯切れは悪い。真相がありのまま白日の下に晒《さら》される、というのは期待できないということか。

「あれは、当分公表されないんでしょうか。ゲノム・モンタージュの存在や国民全員のＤＮＡ型データベースが作られつつあることなんかは」

高倉は首を小さく捻《ひね》った。

「さあな。俺にはわからんよ。しかし、いつまでも秘密にはしておかないだろう」

「公になれば大騒ぎになるでしょうね」

「どうかな。少しは反発するかもしれないが、じきに慣れるんじゃないか」

「そういう国民性だから？」

「それもあるが、もっと大きな理由がある。メリットに気づくからだ」

「メリット？」

「おまえに娘がいたとする。十代のかわいい女の子だ。ある日、その子が死体で見つかった。身体には乱暴した形跡があった。唯一の手がかりは犯人のＤＮＡ。さて、親のおまえはどうだ？　さっさとデータベースと照合して犯人を突き止めろ、もしデータベースにないならゲノム・モンタージュを作り、顔認証でＩＤナンバーカードから捜し出せ――そういうんじゃないか？　もう一つ、例を挙げよう。おまえの子はレイプ魔には襲われなかったが、重い病気にかかったとする。治療するには移植しかないが、適合条件が厳しい。だがＤＮＡ型データベースを検索することで適合者を見つけだせた。おかげで無事に移植を受けられ、子供は元気になった。さあ、それでもおまえはその技術に感謝しないか？」

脇坂が返答に窮すると高倉は満足げに頷《うなず》き、腰を上げた。

「せっかくの機会だから、新しい職場に就く日まで休みを取れ。落ち着いたら送別会をしてやる」

　脇坂は、小さくかぶりを振った。「送別会は結構です」

　そうか、といって高倉はドアに向かいかけたが、「忘れるところだった。鑑識から預かっているものがあるんだ」といって内ポケットに手を入れ、ビニール袋に入ったものを机に置いた。「赤木の家の焼け跡から見つかったそうだ」

　脇坂は袋の中のものを見て、はっとした。スマートフォンだった。

　焼け跡で見つかったというのは嘘だろう。その証拠にスマートフォンは奇麗だった。試しに電源を入れてみると、ちゃんと機能した。

「親御さんにでも電話してやれ」そういって高倉は出ていった。

　会議室を後にし、帰路に就こうと歩いていたら、受け取ったばかりのスマートフォンに着信があった。表示を見ると茂上からだった。


　呼びだされた新橋《しんばし》のバーは、店内にジャズの流れる落ち着いた店だった。脇坂たちがついた席は奥の壁際で、密談には最適だった。

　ハイボールで乾杯した後、茂上は口を開いた。

「赤木貞昭の取り調べは終わっているようだ。T町での山森一家殺害を認めたらしい。やはりDNA鑑定の結果が決め手になったそうだ。ただし動機は意外なものだった」

「何でした？」

「赤木と山森達彦は男同士だが、特別な関係にあった。特に赤木のほうが夢中で、山森に資金援助をすることもあったらしい。だが次第に山森の気持ちが離れていき、会おうとしなくなった。それならば金を返せとばかりに家に乗り込んだが、赤木との関係を家族に隠そうとする山森の態度に逆上し、刺し殺してしまったというわけだ」

「それはたしかに……意外な動機でしたね」脇坂は瞬《まばた》きした。「そんな短絡的な犯行が迷宮入りすることもあるとは……」

「短絡的すぎて盲点になったということだろうな。赤木本人は、すぐに逮捕されるんじゃないかとびくびくしていたそうだが、予想に反して捜査の手は伸びてこなかった。それどころか十年以上経ってから、全く別の人間が犯人として報道された。しかも船から飛び込んで死んだという。これで完全に助かった、何も恐れることはないと、それ以来油断しきっていたらしい」

「モーターショーの後、月沢さんに尾行されていたことには気づいていなかったんですね？」

「全く知らなかったといっているそうだ。今回、赤木は帰宅したところをいきなり襲われたわけだが、病院で意識を取り戻した時も、何が起きたのかさっぱりわからず、まさかT町事件で追及されるとは夢にも思わなかったらしい」

おそらくそうだろう、と脇坂も思った。

「T町事件の真犯人を逮捕、と発表されるんでしょうか」

「そうなるだろう。しかしすぐには無理だ。新島の部屋から見つかったDNAが遺留DNA型と一致したことや、山森夫人のアクセサリーについて説明する必要がある」

「伊庭をどうするか、ですね」

「殺人犯、捕らえてみれば科警支援局の課長——上の人間たちは頭を抱えているよ。聞くところによれば、まずは鑑定留置に回すようだ。犯行をもみ消すわけにはいかないから、せめて精神に異常をきたしていたってことにしたいんじゃないか。とはいえ、それで済む話とも思えない。月沢氏を殺したのは伊庭だろうが、新島史郎をT町事件の犯人に仕立て上げたのが伊庭ひとりの仕業だったとはかぎらない」

「そりゃ頭も抱えますね」

茂上はグラスを置き、顔を寄せてきた。

「俺も今回初めて知ったんだが、T町事件の顚末について疑念を持っていた人間は少なくなかったようだ。しかし指揮を執ったのが警察庁から来ていた人間ということで、表立って口にする者はいなかった。ところが今度の事件を捜査する過程で、若手刑事の一人がT町事件をほじくり返してきた」茂上は脇坂の胸を指差した。「高倉係長は焦った。真相究明は必要だが、いきなり捜査会議でぶち上げられるネタではない。そこで若手には釘を刺しつつ、自由にやらせてみることにした、というわけだ」

「そういうことだったんですか。どうりで……」

茂上や高倉の対応に不可解なものを感じていたが、どうやら自分は猟犬として嗅ぎ回らされていただけらしいと脇坂は悟った。

「それにしても今回は、羽原という女性と中学生たちに助けられたな。特にあの女性は一体何者なんだ？」

「さあ、俺にもわかりません」

「ああ、そうだ。月沢氏に関して、ひとつわかったことがある。銀行口座に二人の指名手配犯から振り込みがあっただろ。そのうちの一人が博多《はかた》で捕まった。月沢氏に見つかったことは認めたようだ。だが脅されて金を払ったわけではなく、いわば保釈金だったそうだ」

「保釈金？」

「自分から警察に出頭するから、通報しないでくれと頼んだらしい。すると月沢氏から、だったら保釈金を出せといわれたようだ。二十四時間以内に出頭したら元の口座に戻すから、と」

「そこで金を支払ったが、やはり出頭する気になれず、再び雲隠れしたというわけですか」

「どうやら、そういうことらしい」

つまり月沢克司は指名手配犯たちに裏切られたのだ。それで腹いせに受け取った金を娘の治療費に充てたのかもしれないが、空しさがどれほど解消されたかはわからない。

しかしこのことは教えてやったほうがいいかもしれないな――女装した月沢陸真の顔を思い浮かべながら思った。

30

古いトレンチコートを突っ込んだら、四十五リットルのゴミ袋がほぼ満杯になった。クロゼットに吊《つる》してあったネクタイをまとめて摑み、ゴミ袋の隙間にねじ込んだ後、足で踏みつけながら袋の口を縛った。

「もったいないよなあ」横で純也が嘆息した。「まだ着れる服だって、いっぱいあるじゃん。

ネットのフリマで売ったら、いくらかにはなったと思う」

「そんなこといったって、しょうがない。捜査資料にするかもしれないので処分しないでくれって警察からいわれてたんだから。それに、フリマに出しても売れてたかどうか。センスのいい古着ならともかく、おっさんが着てた流行遅れのスーツとかジャンパーだぜ。せいぜい百円とかだったんじゃないか」

「百円だろうが十円だろうが、お金はお金だ。あわてて処分する必要はないと思う」

「そんなこといったって、置いとくところがないんだからしょうがない。自分の服でさえ、全部は持っていけないんだから」

陸真の言葉に、ごめん、と小太りの友人は途端にしょげ返った。

「そうだった。段ボール箱二つだけなんだよな。無神経なこといっちゃった」

「謝るなよ。どうってことない話なんだから」陸真は純也の背中を叩いた。実際、感傷的になっていない。

児童養護施設への入居が決まったので、マンションを引き払うことにしたのだった。家具や家電品はすべて処分することになった。ダメ元でネットオークションにかけたが、あきれるほど買い手がつかなかった。純也によれば、いずれの品も汚いことが致命的らしい。不具合を正直に書いたのも、あまりよくなかったかもしれない。

結局、代金を支払って粗大ゴミとして処分した。自分たちはゴミの中で生活していたんだな、と、がらんどうになった部屋を眺めて思った。

陸真さん、と呼ばれた。永江多貴子が平たい箱を抱えている。「これ、どうしたらいいかな？」

　見たことのない箱だった。

「どこにありました？」

「クロゼットの上段の奥に……」

　陸真は首を捻りながら箱の蓋を外し、あっと声を漏らした。

　中に入っていたのは写真だった。厳密にいえば、デジカメのデータをプリントアウトしたものだ。写っているのは幼かった頃の陸真や亡き母の姿だった。克司が一緒に写っているものも何枚かある。

　箱には写真を飾るためのフレームもいくつか入っていた。ただし使った形跡はない。

「親父、どうしてこんなものを……」

「きっと部屋に飾る気だったのよ。でも忙しくて、そのままになっていたのね」

　そうではなく、たぶん機会を失ったのだろうと陸真は思った。息子に母親の死を意識させないためには、写真などは飾らないほうがいいと考えたのだ。

「これ、施設に持っていくでしょ？」

「どうしようかな」

「持っていきなさい」多貴子が思いがけない強い口調でいった。「持っていってあげて。私たちが持ってるのも変だから。ねっ？」

　はい、と陸真は頷き、箱を受け取った。

　多貴子はキッチンに移動し、流し台の下などを調べ始めた。部屋を引き払うといったら、後片付けを手伝うといってくれたのだった。今日は朝早くから来て、不要品の整理などをしてくれている。

彼女によれば、照菜も来たがったらしい。父親が住んでいた部屋を一度見てみたかったようだ。だが今日はどうしても研究所を抜けられない用があったのだという。

その用というのを聞き、陸真は心が少しざわついた。

羽原円華とのお別れ会だというのだ。

聞けば、彼女は研究のためにアメリカに行くらしい。いつ戻ってくるかはわからず、もしかすると向こうで永住するかもしれないとのことだった。

あの事件の夜以来、円華とは会っていない。事情聴取のため、陸真は何度も警察署に呼ばれたし、同様に彼女も呼ばれているはずだったが、とうとう顔を合わせることはなかった。電話をかけたし、メッセージを送ったりもしたのだが、応答はない。研究所に訪ねていくことも考えたが、口実がなかった。やがて時間だけが過ぎてしまい、陸真自身も部屋を出る日が来てしまったというわけだ。

もしかしたら円華なりの配慮なのかもしれないとも思った。陸真が事件のことなど一刻も早く忘れ、新たな気持ちで明日への第一歩を踏み出すには、余計な関わりは断っておいたほうがいい、というわけだ。

一方で、そんなわけないな、と冷静に否定する気持ちもあった。あの女性はそういう人じゃない。事件が片付いたから連絡を取る必要もなくなった——ただそれだけだろうと思った。もしかしたら、そんな意識もないかもしれない。単に陸真のことなど忘れているだけ、という可能性が一番高そうだ。

だがあの不思議な女性のおかげで、陸真は大切なことに気づけた。きっと彼女のいう通りに違いない。国家が作るのは、国民をコントロールするのに都合のいい法律だけだ。ＤＮＡもＩＤナンバーカードも、国民を管理するツールにすぎない。だからこそ大事なのは、そんなものに振り回されたりせず、困難にぶち当たった時には、自分で考え、道を切り拓《ひら》かねばならないということだ。頼るのはＡＩなんかじゃない。自分の頭だ。

だからたぶん、もっと勉強しなきゃいけないんだろうな——。

そんなことをぼんやりと考えていたらインターホンのチャイムが鳴った。純也が受話器を取り、応対した。

「クリーニング屋さんだ」

「ようやく来たか」陸真は玄関に向かった。今日、届けてもらえるように手配しておいたのだ。

ビニール袋に入れられた洋服を受け取り、リビングルームに戻った。部屋の隅に段ボール箱を二つ、並べてある。施設に持っていく物を入れる箱だ。そのうちの一つを開けた。

「何だよ、クリーニングに出すほどの大事な服って」純也が興味津々といった顔で近寄ってきた。「そんな一張羅、持ってたっけ?」

「これだよ」陸真はビニール袋を純也に見せた。

ドレスだった。銀座の『ブルースター』に行く時に着ていった服だ。

段ボール箱には化粧品セットや下着、そしてウィッグとヌーブラも入れてある。いずれも大切な宝物だ。ただし、次にいつ使うかはわからない。

もし円華さんに会えるなら、と思った。その時には女装するのも悪くないと思った。

そしてもう一着、クリーニングに出したものがあった。

純也、と声をかけた。友人は勝手に箱からウィッグを出している。

「何？」

「いろいろとありがとう」

純也は照れ笑いを浮かべ、ウィッグを被った。「やめようよ、そういうのは」

「あの言葉、嬉しかった」

「何かいったっけ？」

「代わりはいないといってくれた。自分にとって陸真の代わりはいないって」

ああ、と純也はウィッグの髪をいじりながら口を開けた。「だって、そうだから」

「俺にとっても、純也の代わりはいない。これからもそうだ。よろしくな」

「もちろんだよ」

「だから最大の宝物を譲る」

陸真はビニール袋を差し出した。中身は『闘』のTシャツだ。

純也は目を輝かせ、ウィッグを被ったままで両手を挙げた。

東野圭吾（ひがしの　けいご）
1958年大阪府生まれ。85年『放課後』で第31回江戸川乱歩賞を受賞しデビュー。99年『秘密』で第52回日本推理作家協会賞、2006年『容疑者Ｘの献身』で第134回直木賞、12年『ナミヤ雑貨店の奇蹟』で第７回中央公論文芸賞、13年『夢幻花』で第26回柴田錬三郎賞、14年『祈りの幕が下りる時』で第48回吉川英治文学賞を受賞。その他の著書に『ラプラスの魔女』『魔力の胎動』『ブラック・ショーマンと名もなき町の殺人』『白鳥とコウモリ』『透明な螺旋』『マスカレード・ゲーム』など多数。

魔女《まじょ》と過《す》ごした七《なの》日《か》間《かん》

2023年３月17日　初版発行

著者／東《ひがし》野《の》圭《けい》吾《ご》

発行者／山下直久

発行／株式会社KADOKAWA
〒102-8177　東京都千代田区富士見2-13-3
電話　0570-002-301（ナビダイヤル）

印刷所／旭印刷株式会社

製本所／本間製本株式会社

ISBN 978-4-04-113225-8　C0093

◆ラプラスの魔女

◆東野圭吾

◆角川文庫

彼女は計算して奇跡を起こす。
作家デビュー30周年記念作品。

遠く離れた2つの温泉地で硫化水素による死亡事故が起きた。検証に赴いた地球化学研究者・青江は、双方の現場で謎の娘・円華を目撃する——。東野圭吾が小説の常識をくつがえして挑んだ、空想科学ミステリ！

魔力の胎動

東野圭吾

角川文庫

悩める人々の前に現れた彼女は、
魔女。
あたたかな希望と共感の物語。

成績不振に苦しむスポーツ選手、息子が植物状態になった水難事故から立ち直れない父親、同性愛者への偏見に悩むピアニスト。挫けかけた人々は、不思議な娘・円華の力と助言によって光を取り戻せるか？